Timon Karl Kaleyta

Heilung

Timon Karl Kaleyta

HEILUNG

Roman

PIPER

Mehr über unsere Autorinnen, Autoren und Bücher:
www.piper.de/literatur

Von Timon Karl Kaleyta liegt im Piper Verlag vor:
Die Geschichte eines einfachen Mannes

Das Zitat auf Seite 7 stammt aus
PATRICIA HIGHSMITH: TAGE- UND NOTIZBÜCHER
herausgegeben von Anna von Planta
Aus dem Amerikanischen von Melanie Walz, pociao,
Anna-Nina Kroll, Marion Hertle und Peter Torberg

Unser Versprechen für mehr Nachhaltigkeit
Klimaneutrales Produkt
FSC®-zertifiziertes Papier
Hergestellt in Deutschland

FSC
www.fsc.org
MIX
Papier | Fördert gute Waldnutzung
FSC® C014496

ISBN 978-3-492-07171-0
4. Auflage 2024

Gesetzt aus der FreightTextPro
Satz: Satz für Satz, Wangen im Allgäu
Druck und Bindung: GGP Media GmbH, Pößneck
Printed in the EU

Für Frido

»Jeder Mensch trägt in seinem Inneren ein schreckliches anderes Universum der Hölle und des Unbekannten mit sich herum. [...] *Es ist ein gewaltiger Abgrund, tiefer als der tiefste Krater der Welt, dünner als die dünnste Luft, weit hinter dem Mond.«*

Patricia Highsmith

TEIL I

INNEN

Rund um das Außenbecken lag meterhoch Schnee. Die Gipfel der Berge ragten nach allen Seiten hin in den sich bereits verdunkelnden Nachmittagshimmel. Es war kaum ein Laut zu hören, die Bäume schluckten jedes Geräusch, nur in meinen Ohren pochte nach den Behandlungen des Tages das Blut im Takt meines Pulses. Ich glitt in das warme, salzige Wasser und tauchte unter.

Schon seit Tagen fiel der Schnee ohne Unterlass aus den Wolken, es war einer der kältesten Winter der vergangenen Jahrzehnte. Große Teile Europas lagen unter einer dichten weißen Decke. Auch jetzt schneite es, und als ich nach ein paar Sekunden wieder auftauchte, den Kopf in den Nacken legte und mir die Haare zurückstrich, fielen dicke Flocken auf mein Gesicht, wo sie augenblicklich schmolzen.

Ich ließ mich einige Minuten lang treiben, starrte hinauf in den rauschenden Himmel und atmete ein und aus. Wenn meine Ohren dabei für ein paar Sekunden lang untertauchten, hörte ich ein tiefes Dröhnen. Über der Wasseroberfläche war wieder alles still.

Als ich mich nach einer Weile in Bauchlage drehte und in Richtung Aufgang schwamm, legte eine Frau von vielleicht Mitte dreißig ihren Bademantel ab und stieg mit federnden Schritten unmittelbar vor mir ins Wasser. Ich sah, dass ihre Wangen und ihre Stirnpartie von einer vermutlich gerade beendeten kosmetischen Anwendung glühten. Ihr Körper war durchtrainiert, drahtig, doch anmutig, und als sie mir scharf in die Augen sah, wandte ich meinen Blick abrupt ab, um ihr zu erkennen zu geben, dass ich ihre Nacktheit keinen Moment zu lang betrachten würde. Ich trocknete mich in der klirrenden Kälte ab, streifte mir den Bademantel über, und erst als ich die Tür zum Innenbereich öffnete, drehte ich mich noch einmal kurz nach ihr um – die Frau schwamm langsam, ich sah nur ihren über das Wasser dahingleitenden Hinterkopf.

Tags zuvor war ich auf Anraten meiner Frau Imogen hierhergereist. Hoch in die Berge Südtirols, ins San Vita, ein luxuriöses Gesundheitsresort, das erst vor rund zwei Jahren eröffnet hatte und mit seinem ganzheitlichen Ansatz aus Naturheilkunde und Spitzenmedizin seither international für Aufsehen sorgte. Auf der minimalistischen Webseite stand nur ein einziger Satz, dunkelgrau auf weiß: *Länger besser leben.*

Imogen hatte entschieden, dass ich meinem Problem, das längst zu unserem Problem geworden war, dass ich meinem »Zustand«, wie sie es nannte, noch einmal anders begegnen müsste. Dass nur hier, in den Dolomiten, auf 1500 Metern Höhe, abgeschottet von den Ablenkungen des Alltags, eine Lösung gefunden werden konnte.

»Du musst es versuchen«, hatte sie noch am Tag der Abreise gesagt und meine Hände mit ihren umfasst. »Gib Professor Trinkl und seinem Team zumindest die Chance, dir zu helfen!«

Seit Wochen wehrte ich mich dagegen, machte ihr Vorwürfe, verlor immer wieder die Nerven. Ich glaubte nicht daran, dass Prof. Trinkl mir würde helfen können, aber dass ich meiner Frau so ablehnend und gereizt begegnete, war selbstverständlich bereits Teil meines Problems, das weiß ich jetzt.

Mein »Zustand« hatte sich vor drei Jahren schleichend eingestellt. Immer früher am Tag überfiel mich eine entsetzliche Müdigkeit. Eine Müdigkeit, so umfassend, dass sie all meine

Gedanken lähmte, so erdrückend, als hinge eine schwere Bleischürze über meinen Schultern.

Wie ein dem Leben entrissener Geist stand ich morgens mit dunklen Augenhöhlen vor dem Spiegel. Innerhalb weniger Wochen verlor ich sieben Kilo an Gewicht, ich hatte kaum noch Appetit. Die Hosen rutschten mir von den Hüften, die Hemden wehten um meine Schultern, und sosehr ich es auch ignorieren wollte, schon gegen Mittag ließ ich mich wieder auf das Tagesbett in unserer Küche fallen. Dort glitt ich in ein mehrstündiges Dösen, aus dem ich viel zu spät völlig orientierungslos hochschreckte. Und es dauerte ein, zwei Minuten, bis ich wieder wusste, wer oder wo ich war.

Monatelang tat ich die Müdigkeit ab und versuchte, ihr beizukommen, indem ich immer noch etwas früher zu Bett ging. Doch als auch nach zwölf Stunden Nachtruhe keine Besserung eintrat, als ich, je mehr ich schlief, immer nur noch träger wurde, ahnte ich, dass etwas Grundlegendes ins Rutschen gekommen war.

»So geht es nicht weiter. Wir müssen was tun«, höre ich Imogen noch heute sagen. Und es war die Sorge in ihrem Ausdruck, die Strenge, mit der sie mir bedeutete, endlich etwas zu unternehmen, die meinen Trotz weckten. Lange Zeit verbot ich ihr, das Thema anzusprechen. Ich war sicher, mein Zustand würde genauso schnell und unvermittelt wieder verschwinden, wie er gekommen war.

Erst nach über einem Jahr ohne Besserung erklärte ich mich bereit, mir helfen zu lassen. Doch je mehr Spezialisten ich aufsuchte, je präziser ich ihnen meine Symptome schilderte und je gründlicher sie mich untersuchten, desto eindeutiger geriet am Ende die Diagnose: Ich war nicht krank. Mir fehlte nichts.

An manchen Tagen schaffte ich es nicht mehr aus dem Bett, ich ließ mich hängen, und an den Abenden, wenn Imogen nach ihrer Arbeit langsam zur Ruhe kam, saßen wir wortlos beieinander, ehe wir zu Bett gingen. Später hörte ich sie manchmal leise in ihrem Zimmer weinen. Was war bloß über mich gekommen, fragte ich mich, bis der Aufenthalt in einem Schlaflabor eine erste Antwort lieferte.

»Hier, sehen Sie ... Diese Kurve zeigt es ganz deutlich«, sagte der Somnologe und deutete auf einen Graphen, der sich spitz über Millimeterpapier schlängelte. »Sie finden nicht in den Tiefschlaf. Kein einziges Mal. Wirklich erstaunlich.«

Ich schaute ihn fragend an.

»Und leider auch besorgniserregend. Dafür ist das menschliche Gehirn nicht gemacht.«

»Und das heißt?«

»Na ja, das Gehirn ... es braucht seine Ruhephasen.«

»Aber ich schlafe eigentlich gut.«

Der Arzt schaute sich die Ergebnisse noch einmal genauer an.

»Na gut, dann frage ich anders. Können Sie mir sagen, wann Sie zum letzten Mal geträumt haben?«

Seltsamerweise konnte ich mich nicht entsinnen.

»Experimente an Ratten haben gezeigt, dass die Tiere nicht länger als eine Woche überleben, wenn man ihnen das Träumen nimmt«, führte er aus. »Sie verlieren den Verstand und verenden schließlich.«

»Wovon träumen Ratten?«, fragte ich zurück, bekam aber keine Antwort.

Stattdessen zeigte er mir eine Videoaufzeichnung der untersuchten Nacht. Darauf war zu sehen, wie ich, ohne selbst Notiz davon zu nehmen, alle zehn bis fünfzehn Minuten wach wurde, den Kopf hob, die Augen aufriss, nervös die Bettseite wechselte und wieder einschlief – so ging das die ganze Nacht, eine einzige Raserei.

»Sie finden keine Entspannung«, sagte er, »etwas blockiert. So etwas wie Sie habe ich, ehrlich gesagt, noch nie gesehen.«

»Schön und gut, aber was können wir tun?«

»Wir müssen, nein, *Sie* müssen die Ursache für diese Blockade finden. Und sie beseitigen ...« Er legte die Stirn in Falten und sah mich an. »Ich bin zwar kein Therapeut, aber möglicherweise gibt es da, grob gesprochen, etwas, das Sie beschäftigt?«

»Nein«, entgegnete ich.

»Irgendein Problem?«

Ich schüttelte den Kopf.

»Belastet Sie etwas? Eine Veränderung? Eine schwere Aufgabe? Haben Sie Angst?« Er trat ganz nah an mich und sprach im Vertrauen zu mir. »Probleme finanzieller Natur? Wissen Sie, das ist keine Schande.«

Ich schloss die Augen. »Nein«, sagte ich ruhig. »Geld ist kein Problem. Meine Frau und ich ... Wir ...« Ich wollte den Satz nicht zu Ende führen. »Uns geht es gut.« Ich unterdrückte ein Gähnen.

»Na dann, wenn Sie keine Probleme haben ... Vielleicht müssen Sie einfach Ihr Leben ändern?«

Da ich der festen Überzeugung war, dass man Probleme ausschließlich mit sich selbst auszumachen hat, begann ich, Sport zu treiben. Ich stellte meine Ernährung um, verzichtete auf Fleisch, trank mehrere Liter Wasser am Tag, hörte mit dem gelegentlichen Rauchen auf und veränderte fast sämtliche meiner Gewohnheiten. Und doch verschlechterte sich mein Zustand. Ja, es kam mir sogar so vor, als wäre diese Verschlechterung gerade deswegen eingetreten, weil ich mit jemandem darüber gesprochen hatte, als wäre es bereits ein Fehler gewesen, der Sache überhaupt auf den Grund gehen zu wollen, anstatt darauf zu vertrauen, dass alles irgendwie gut werden würde.

Inzwischen wachte ich jede Nacht mehrfach auf, war mit einem Mal hellwach und fand bis zum frühen Morgen nicht wieder in den Schlaf. Um Imogen mit meiner Unruhe nicht zu belästigen, schliefen wir in getrennten Zimmern, und nicht selten verließ ich nach Mitternacht unsere Wohnung und fuhr mit dem Aufzug hinunter in die Tiefgarage, setzte mich in unser Auto, schaltete die Klimaanlage ein und lauschte bis zum Morgengrauen dem nächtlichen Radioprogramm. Und manchmal döste ich dabei sogar für ein paar Momente ein.

Innerhalb von zwei Jahren war ich für Imogen zu einer Last geworden. Ich sehe das inzwischen ganz klar. Und sooft ich mir auch vornahm, dass mit dem kommenden Tag alles anders werden würde, sowenig war ich im Alltag noch imstande, so etwas wie Normalität aufrechtzuerhalten. Eine Normalität, die Imogen allerdings für ihre berufliche Tätigkeit dringend benötigte.

»Vielleicht brauchst du therapeutische Hilfe?«, probierte es meine Frau. »Kann doch sein?«

»Fängst du jetzt auch noch damit an?«

»Es ist keine Schande, zu einem Psychologen zu gehen. Ich kenne Hunderte Leute, die das tun.«

»Verschone mich bitte mit diesem Unsinn!« Entgegen meiner Natur wurde ich immer aggressiver.

»Oder ... es sind die Hormone?«

»Kann sein«, bemühte ich mich.

»Vielleicht klappt es ja deswegen nicht bei uns«, sagte Imogen, und ich verstand ihre Andeutung sofort. »Vielleicht hängt alles miteinander zusammen?«

»Vielleicht«, sagte ich, doch in Wahrheit hatte ich aufgegeben. Ich glaubte nicht mehr daran, dass ich meine Schlafstörung und alles, was damit einherging, in den Griff bekommen würde. Viel eher wollte ich mich damit arrangieren, so wie ich es immer getan hatte, wenn ich mich mit einem Problem konfrontiert sah. Ich würde mich an den Zustand gewöhnen, das Beste daraus machen und lernen, damit umzugehen – insgeheim fürchtete ich mich jedoch vor dem Tag, an dem Imogen erkannte, dass sie ohne mich besser dran war.

Dieser Tag allerdings war noch nicht gekommen. Mindestens eine Woche, besser zwei oder drei, würde ich nun bei Prof. Trinkl in den Bergen verbringen. Imogen hatte bei einem Abendessen ihres Galeristen erstmals vom San Vita erfahren, sie hatte aus erster Hand von Menschen gehört, die, wie es hieß, von Grund auf verändert von dort zurückgekehrt waren. Und obwohl ich ihr zu verstehen gab, dass ich die Kosten für Aufenthalt und Behandlung entschieden zu hoch fand, obwohl ich sie davor warnte, mich im San Vita heimlich einer Seelenschau unterziehen lassen zu wollen, ließ sie keine Widerrede gelten und arrangierte alles.

»Sei unbesorgt, es ist etwas anderes«, sagte Imogen bei meiner Abreise. »Im San Vita ist alles anders.«

Ich musste zumindest so tun, als würde ich daran glauben. Es war meine letzte Chance. Und so war ich gegen meinen erklärten Willen hierhergekommen.

Bedingt durch die extreme Witterung erreichte ich den winzigen Bahnhof in Terlan erst mit drei Stunden Verspätung. Es war bereits stockfinster. Als einziger Passagier stieg ich aus und sah in dem dichten Schneegestöber die Hand kaum vor Augen. Ich versuchte, das Resort telefonisch zu erreichen, doch eine Verbindung ließ sich nicht herstellen.

Plötzlich sah ich, zunächst schemenhaft, dann immer deutlicher, eine gedrungene, winzige Gestalt auf mich zukommen.

»Verzeihung?«, rief ich ihr zu, da war sie schon ganz dicht an mich herangetreten, lächelte und streckte die Hand nach meinem Gepäck aus.

»Darf ich?«

Der Mann war beinahe so breit wie hoch, er erinnerte mich an einen Zwerg. Ich nickte.

»Schön, dass Sie es geschafft haben. Wir haben uns bereits Sorgen gemacht«, sagte er mit einer gepressten Stimme, in seinem Bart glitzerten ein paar Eiszapfen. »Wenn Sie mir bitte folgen wollen? Es ist nicht weit.«

Mit festem Schritt stapfte er voraus, meine Reisetasche über seine rechte Schulter geworfen, das dichte Fell seiner Kapuze wippte vor mir auf und ab.

»Sie haben hier aber nicht seit drei Stunden auf mich gewartet?«, rief ich ihm zu und lachte, und er drehte sich um und lachte nur zurück, da erreichten wir die schmale Straße. »Bitte verzeihen Sie die Umstände.« Er deutete auf einen uralten roten Fiat Panda, der mit laufendem Motor im gelben Licht einer Laterne stand. »Mit schwereren Autos kommen wir nicht gut durch die Serpentinen.«

»Natürlich«, antwortete ich und zwängte mich auf die Rückbank, während der kleine Mann meine Tasche im Kofferraum verstaute.

Die Fahrt dauerte etwa eine halbe Stunde. Draußen vor dem Fenster war nicht das Geringste zu erkennen. Mein Fahrer sprach kein Wort mehr, und auch ich stellte keine Fragen. Einmal stöhnte er leise und riss hektisch das Lenkrad herum, ohne dass das Auto eine besondere Wende gemacht hätte. Erst jetzt bemerkte ich, dass mit seinem linken Arm etwas nicht stimmte. Er lenkte und schaltete nur mit der rechten Hand.

Wir glitten dahin. Ich hatte mich in losen Gedanken verloren, als wir wie aus dem Nichts zum Stehen kamen und im Scheinwerferlicht des Fiat ein schweres Eisentor aufschwang. Vor uns lag die hell erleuchtete Einfahrt einer Tiefgarage, die unmittelbar in den Berg hineinführte.

Noch in dem Moment, da ich aus dem Wagen stieg, nahm mich eine Ärztin im weißen Kittel in Empfang. Sie führte mich aus der kargen Garage hinaus in ein Treppenhaus und weiter ins Atrium. Überall knarzte das Holz, das Licht war warm und wohlig, es duftete nach Zirbe und aromatischen Ölen.

»Im Namen von Professor Trinkl heiße ich Sie herzlich willkommen. Hatten Sie eine gute Reise?«

Ich lächelte verkniffen.

»Sie haben gleich Gelegenheit, sich auszuruhen«, sagte sie. »Wir müssen nur noch rasch einen Blick auf Sie werfen. Es geht auch ganz schnell.«

In einer Art Aufnahmezimmer legte ich hinter einem Paravent meine Kleidung ab und gab sie mitsamt meinen Wertgegenständen in eine weiße Kunststoffbox. Auch mein Telefon durfte ich nicht bei mir behalten. Stattdessen fand ich später auf dem Sekretär meiner Hütte einen Füllfederhalter, mit dem ich rund um die Uhr Nachricht und Empfänger auf einen Bogen Papier notieren konnte, um, sobald eine Antwort vorlag, diese, ebenfalls handschriftlich, zugestellt zu bekommen.

Lediglich meine goldene Armbanduhr behielt ich an – Imogen hatte sie mir vor ein paar Jahren gekauft, eine kleine Überraschung, und ich hatte sie seither kein einziges Mal abgelegt. Ich streifte die bereitliegende Unterwäsche aus angenehm weicher Baumwollgaze über und trat halb nackt hinter dem Paravent hervor.

Ich durchlief ein Belastungs-EKG sowie eine Koloskopie, eine Assistentin maß meinen Puls und Blutdruck und schloss mich zur Überprüfung der Lungenfunktion an eine mit zahlreichen Schläuchen und Pumpen versehene Maschine an. Schließlich schoben mich zwei Pfleger der Länge nach in einen Kernspintomographen. Nachdem ich all diese Tests hatte über mich ergehen lassen, gab ich eine Harn- und Stuhlprobe ab, wurde für die erste Nacht mit zwei Sensoren an den Schläfen versehen, und zuallerletzt nahm man mir drei Ampullen Blut ab, sodass mir beim Aufstehen kurz schwarz vor Augen wurde.

»Damit haben Sie das Unangenehmste auch schon hinter sich«, sagte die Ärztin mit einem Lächeln, »ab jetzt geht es nur noch bergauf.« Und dann gingen wir gemeinsam meine Termine für die kommenden sieben Tage durch. Ein straffer Zeitplan der Säuberung und Regeneration lag vor mir, der – wie sie es ausdrückte – vollständigen Neuorganisation meiner Selbstheilungskräfte.

Es fiel mir schwer, mich auf all ihre Erklärungen zu konzentrieren. Doch ich nickte verständig, tat nach der langen Reise ganz einfach, was sie von mir verlangte, und verschwand im Anschluss an ein leichtes Abendessen, bei dem ich nur etwas gedünstete Forelle und zwei kleine Salzkartoffeln zu mir nahm, in meine Holzhütte, wo mich bereits eine handschriftliche Nachricht von Imogen erwartete.

Wenn du das hier liest, hast du schon viel geschafft. Ich bin unglaublich stolz auf dich. Die Leute sagen, Professor Trinkl könne zaubern. Es heißt, er blicke direkt in die Menschen hinein und nehme sie als sie SELBST wahr! Bitte lass es einfach geschehen. Und dann kommst du geheilt wieder zurück. Abgemacht?

Nichts versetzte mich zu jener Zeit in größere Panik als die Vorstellung, jemand könnte in mich hineinsehen. Trotzdem machte ich mich gleich an eine Antwort und schrieb, einerseits, weil es der Wahrheit entsprach, andererseits, weil ich wusste, dass Imogen es von mir erwartete, zwei kurze Sätze auf das bereitliegende Papier:

Ich liebe dich. Und: *Das werde ich.*

Die erste Nacht im San Vita verbrachte ich in gewohnter Nervosität. Ich fand in dem riesigen Zirbenholzbett, unter den schweren, gestärkten Oberbetten, keine Ruhe. Mitten in der Nacht wachte ich auf, und nach ein paar Momenten der Orientierung nahm ich die Beißschiene aus dem Mund, ging barfuß über die warmen Holzdielen zum Fenster und schaute hinaus in die eisklare Nacht.

Hier und da flackerte noch Licht in den anderen Hütten, die sich rund um einen kleinen, vermutlich künstlich angelegten See reihten. Aus ihren Schornsteinen stieg dünner Rauch auf, sonst regte sich weit und breit nichts. Der Schneefall hatte ausgesetzt, ein greller Vollmond stand hoch am Himmel, nur ganz langsam zogen einzelne Wolken an ihm vorbei, und erst jetzt erkannte ich, dass das Resort von dichtem Wald umgeben war.

Alles im San Vita war zur Ruhe gekommen. Ich warf mir eine Wolldecke über, schlüpfte in die samtenen Hausschuhe und trat hinaus auf die Terrasse. Mein Atem schlug aus. Irgendwo rief ein Kauz. Dann wieder Stille. Ich verlor mich in Gedanken, als ich plötzlich ein Knacken im Unterholz hörte. Etwas kam langsam aus dem Wald und näherte sich über die geschlossene Schneedecke dem Haupthaus. Ich sah eine dunkle Gestalt, die ein totes Tier hinter sich herzog und dabei eine tiefe Spur hinterließ. Vor einem der Seitenflügel blieb sie stehen, öffnete eine in den Boden eingelassene Tür und verschwand die Treppe hinunter – und ich meinte zu hören, wie der Kopf des Tieres Stufe für Stufe dumpf auf Beton schlug.

Erst kurz vor Sonnenaufgang schlief ich noch einmal ein.

Am kommenden Tag warteten schon Termine auf mich. Nach dem Frühstück hatte ich bereits eine Telomerlängenmessung zur Bestimmung meines biologischen Alters über mich ergehen lassen und mich im Anschluss ein paar Stunden mit Dampfbädern, Saunagängen und Solebädern beruhigt. Nun würde ich Prof. Trinkl erstmals persönlich kennenlernen und mit ihm meine Labor- und Testergebnisse durchgehen. Für alle Gäste stellte das Aufeinandertreffen mit Trinkl eine besondere Erfahrung dar, so viel hatte ich im Vorfeld verstanden. Und obwohl ich mich innerlich noch immer dagegen wehrte, obwohl ich auf die raunende Bewunderung gegenüber dem Professor nicht das Geringste gab, obwohl ich ausschließen konnte, dass hier, an diesem Ort, die Lösung meines Problems auf mich wartete, so bewirkte, nach allem, was ich heute weiß, allein die Luftveränderung, vielleicht die ausgezeichnete Forelle am Vorabend, vielleicht die Massage gleich nach dem Mittagessen oder die allgemeine Zugewandtheit, mit der mir begegnet wurde, bereits eine kleine Verschiebung meiner Wahrnehmung.

Doch das gestand ich mir zu diesem Zeitpunkt noch nicht ein. Ganz im Gegenteil.

Der Professor erwartete mich in seinem Zimmer, das im zentral gelegenen Hauptgebäude zu finden war. Die gesamte Anlage war durch ein unterirdisches Tunnelsystem verbunden. Man trat aus seiner Hütte hinaus ins Freie, dann ein paar Stufen hinab in ein Netz aus Gängen, das einen zu den Behandlungen leitete, ohne dass man sich Wind und Wetter aussetzen musste. Anders als die Behandlungsräume der Assistenzärzte aber, die klinisch modern gestaltet waren, weiß, hell erleuchtet und mit spiegelnden Oberflächen, empfing mich der Professor in einer Art Salon. Flammen tanzten in einem Kamin, die holzvertäfelten Wände sorgten für einen wohligen Klang, und Trinkl saß in einem Ohrensessel vor einem beeindruckenden Bücherregal und kraulte den Kopf eines Berner Sennenhundes, der gutmütig vor seinen Füßen auf einem Fell lag und vor sich hin döste.

Ich stand in der Tür und klopfte zweimal fest gegen das Holz.

»Guten Abend«, sagte ich.

Langsam erhob sich Prof. Trinkl und drehte sich in meine Richtung. Er war groß, bestimmt ein Meter neunzig, in jedem Fall größer als ich. Er trug einen steifen weißen Kittel, darunter Jeans und an den Füßen ausgetretene Wildlederloafer.

Seine Haare waren voll, leicht ergraut und lockig – ich schätzte ihn auf um die sechzig, und dennoch machte er einen agilen, athletischen Eindruck. Gewiss, dachte ich, wäre er in der Lage, mich zu überwältigen.

»Guten Abend, treten Sie ein.« Er machte eine einladende Geste.

Ich zog den Gurt meines Bademantels fest und schritt in meinen Pantoffeln lautlos über die auf dem Tafelparkett ausgelegten Läufer. An einem Sekretär in der Ecke saß eine weiß gekleidete junge Frau und begann augenblicklich, in einen Computer zu tippen.

Prof. Trinkl kam mit einem breiten Lächeln auf mich zu. Er hatte einen festen Händedruck. Auch ich drückte entschieden zu, und je länger wir uns die Hände schüttelten, desto fester und fester geriet unser Griff.

»Und? Wie gefällt es Ihnen bei uns?«, fragte Trinkl.

»Gut«, sagte ich knapp und erwiderte sein Lächeln.

»Haben Sie sich schon eingelebt?«

»Ja«, sagte ich.

Trinkls Augen waren gütig, und doch erkannte ich in ihnen von der ersten Sekunde an den Wunsch, in mich einzudringen.

»Wunderbar. Das höre ich gern. Und ...« Er machte eine Pause. »Wie war Ihre erste Nacht?«

Für einen Moment war ich irritiert, ließ im Griff etwas nach, was der Professor erkannte, und sogleich lockerte auch er seinen Händedruck.

»Wissen Sie, die Sache ist, ich ...«, wollte ich zu einer Antwort ansetzen, da unterbrach er mich.

»Lassen Sie gut sein, das war eine Fangfrage«, sagte er und ließ meine Hand nun los. »Natürlich haben Sie schlecht geschlafen. Deswegen sind Sie ja hier, nein?«

Trinkl wandte sich ab und durchmaß in aller Seelenruhe den Raum, bis er vor dem Fenster zum Stehen kam.

»Kommen Sie«, rief er mir zu. »Lassen Sie uns ein wenig plaudern.«

»Sollten wir nicht über meine Testergebnisse sprechen?«, fragte ich zurück. »Ich meine, darum geht es doch.«

Trinkl lachte. »Gewiss, gewiss«, sagte er. »Aber warum die Eile? Wir haben alle Zeit der Welt.«

Ich trat zu ihm ans Fenster, er deutete nach draußen. Die gesamte Anlage leuchtete in bernsteinfarbenem Licht, wie heiße Quellen unterbrachen die verschiedenen Badestellen den Schnee.

»Hübsch, nicht wahr?«

Ich zuckte mit den Schultern und nickte. »Ja, natürlich.«

Trinkl lächelte und hielt dann, ohne hinzusehen, der Assistentin seine offene Hand entgegen. »Schön.«

Die Frau reichte ihm eine Akte. Trinkl warf einen Blick hinein, ging entspannt die eingelegten Blätter durch und machte dabei ein paar Brummgeräusche. Urplötzlich verzog er das Gesicht, als hätte ihn ein Schmerz durchfahren, dann klappte er die Akte wieder zu.

»Schlechte Nachrichten?«, fragte ich verunsichert.

»Nein«, sagte Trinkl. »Ganz und gar nicht. Jedenfalls, nicht im herkömmlichen Sinne.« Er musterte mich von oben bis unten, nahm meine Hand, befühlte meinen Puls und ließ sie wieder los. »Erzählen Sie doch mal: Was hat Sie hierhergeführt?«

»Ich hatte gehofft«, ich stockte, »meine Frau hatte gehofft, Sie könnten mir helfen. Bei meinem Schlafproblem.«

»Ha!«, rief Trinkl. »Ich hab's gewusst. *Das* ist das Problem. Natürlich!«

»Welches Problem?«

»Sie sind noch nicht wirklich hier. Sie *fühlen* es nicht«, sagte Trinkl laut, doch ohne jede Spur von Aggressivität. »Sie lassen sich nicht richtig auf unser Angebot ein. So etwas haben meine Leute schon angedeutet. Sie wehren sich. Im Grunde genommen wehren Sie sich seit dem Moment, da Arnim Sie am Bahnhof aufgelesen hat. Übrigens: Ein wunderbarer kleiner Mensch, finden Sie nicht?« Trinkl drückte seine Stirn an die Scheibe. »Ach, schauen Sie, da unten! Da ist er ja!«

Ich sah ebenfalls hinunter und versuchte, in dem schummrigen Licht etwas zu erkennen. »Was macht er denn da?«, fragte ich.

»Er fällt einen Baum«, sagte Trinkl und schmunzelte. »Der Mann ist ein Faszinosum. Man weiß nie, womit er gerade beschäftigt ist und warum, manchmal sehe ich ihn tagelang nicht. Und doch ist er da. Immer und überall. Hält seine Augen und Ohren wach. Ohne ihn wären wir alle verloren.«

Ich nickte nur.

»Aber zurück zu Ihnen. Also, was genau missfällt Ihnen hier?«

»Wissen Sie«, ich wog jedes Wort genau ab, »ich war in den letzten Jahren bei sehr vielen Spezialisten. Ich bin, wie soll ich sagen, nicht mehr besonders hoffnungsfroh, was ...«

»Sie waren aber noch nicht im San Vita!«, fiel mir Trinkl mit erhobenem Zeigefinger ins Wort. »Sie waren noch nicht im San Vita.« Er legte die Akte auf den Sekretär, ging zum Kamin, erweckte die Glut mit einem Schüreisen zum Leben und legte zwei Scheite Holz nach. »Was glauben Sie«, fragte er nun aus einigen Metern Entfernung, »ist der Unterschied zwischen einem gewöhnlichen ›Krankenhaus‹ und uns?«

Ich legte einen interessierten Gesichtsausdruck auf. »Verraten Sie es mir.«

»Gern. Passen Sie auf«, entgegnete Trinkl. »In ein Krankenhaus ... oder sagen wir: In eine Klinik – das klingt besser – kommen die Menschen, weil ihr Leben ein Ende zu nehmen droht, ein Unfall, eine schwere Krankheit et cetera. Diese Menschen glauben allerdings, noch nicht an der Reihe zu sein. Sie wollen den Tod noch ein kleines bisschen hinauszögern. Aber seien wir ehrlich, was ist das für ein unwürdiges Unterfangen für alle Beteiligten? So viel Hoffnung, so viel Leid, so viel Ernüchterung.«

»Hm«, sagte ich.

»Zu uns aber kommen die Menschen aus einem anderen Grund. Sie kommen, weil ihr Leben erst so richtig losgehen soll. Das ist der Unterschied.« Er machte eine bedeutungsvolle Pause. »Ins San Vita kommen Menschen, die wissen, dass sie gesund sind. Sie haben bereits die besten Ärzte der Welt aufgesucht. Und nun wollen sie von uns bestätigt bekommen, dass auch darüber hinaus alles in Ordnung ist. Sie wollen, wie soll ich sagen, von einem unguten Gefühl befreit werden, von einem Unbehagen, das sie belastet.«

»Ein Unbehagen?«

»Ja, und dieses Unbehagen nimmt zu, ganz allgemein. Verstehen Sie?«

Ich hörte die Assistentin tippen, der riesige Hund rollte sich im Schlaf auf die Seite.

»Ich verstehe, ehrlich gesagt, überhaupt nichts von dem, was Sie mir sagen wollen ... Ich finde sogar, Sie reimen sich da eine ganze Menge zusammen. Ein Unbehagen? Ein ungutes Gefühl?«, fragte ich fast grob.

»Ganz ruhig«, sagte der Professor und lächelte. Das Tippen pausierte, die beiden warfen sich einen verschwörerischen Blick zu. »Wir fangen noch einmal ganz von vorn an, in Ordnung?« Trinkl zeigte mit dem Finger auf meine Akte. »Ihre Ergebnisse sind eindeutig: Sie sind kerngesund. Ich gratuliere.« Er deutete eine Verbeugung an. »Ihr Blut. Ihr Gehirn. Ihr Herz. Ihre Leber. Ihre Lunge. Ihr Urin. Ihr Stuhl – gerade Ihr Stuhl ... Das sieht alles gut aus. Sehr gut sogar. Sie sind bis ins letzte Glied Ihres Genoms und Ihres Körpers ohne gravierende Fehler. Gut, Sie haben ein paar allergische Dispositionen, wenn ich das richtig deute, aber wer hat die nicht? Wer hat die nicht ...« Trinkl lachte trocken auf. »Nichts, also wirklich gar nichts in Ihnen fällt aus der Ordnung. Keine Entzündungen.

Keine Wucherungen. Keine Anzeichen für den geringsten Verfall – dabei sind Sie schon jenseits der vierzig. Da ist einfach nichts, was einem normalen Arzt Sorgen bereiten würde.«

»Gut«, sagte ich. »Aber das weiß ich bereits.«

»Sehen Sie! Genau das meinte ich. Und es kommt noch besser, unsere Untersuchungen haben ergeben, dass Sie biologisch gesehen im Körper eines Einunddreißigjährigen stecken. Mit anderen Worten ... Sie könnten, so wie viele andere unserer Gäste, problemlos einhundert Jahre alt werden.«

Trinkl bückte sich zu seinem Hund hinunter und kraulte ihn hinter den Ohren. »Die Frage ist nur: Wie wollen Sie diese einhundert Jahre verbringen?«

Ich spürte, wie mich mit einem Mal eine enorme Müdigkeit überkam. Die Aufregung bei der Ankunft, die großen Erwartungen meiner Frau, die Anspannung vor dem Gespräch mit Professor Trinkl hatten mich derart in Erregung versetzt, dass ich die Erschöpfung kaum bemerkt hatte. Nun aber spürte ich, dass meine Beine schwach wurden.

»Entschuldigen Sie, dürfte ich mich kurz setzen?«

»Aber ja«, sagte Trinkl und deutete auf eine olivgrüne Récamiere. Ich legte mich ungelenk darauf ab, da ich tunlichst vermeiden wollte, durch eine Unachtsamkeit delikate Körperteile zu entblößen.

»Sie sind sehr müde, nicht wahr?«, sagte Trinkl.

»Sehr müde, ja ...«

Er trat zu mir und legte mir eine Hand auf die Schulter. »Drei Jahre bald, wenn ich nicht irre?«

Ich drehte ruckartig meinen Kopf zu ihm. »Woher wissen Sie das so genau?«

Er lächelte. »Ich habe mit Ihrer Frau gesprochen. Sie haben eine wunderbare, eine sehr starke Frau an Ihrer Seite. Sie können sich glücklich schätzen. Ich denke, sie liebt Sie.«

»Aber ...«, wollte ich meiner Verwunderung Ausdruck verleihen, doch der Professor unterbrach mich erneut.

»Ihre Frau hat mir auch davon erzählt, wie sehr Sie beide sich ein Kind wünschen.« Trinkl machte eine Pause. »Das hatten Sie im Anamnesegespräch mit meiner Kollegin gar nicht erwähnt. Also, dass es da auch so ein kleines Problemchen gibt.«

»Was?!« Ich versuchte aufzustehen, aber Trinkl übte von oben einen sanften Druck auf meine Schultern aus und hielt mich so auf der Liege.

»Bitte, das ist keine Schande. Und vor allem ist es nichts, wofür Sie sich schämen müssten.« Er begann, behutsam meine Schultern zu massieren. »Sie verkrampfen so leicht. Lassen Sie los.«

Die Müdigkeit zwang mich, meinen Widerstand aufzugeben. Ich gähnte.

»So ist es gut«, sprach er. Die Assistentin tippte noch schneller als zuvor, sie musste mittlerweile mehrere Seiten vollgeschrieben haben. »Wollen Sie denn nicht wissen, was wirklich hinter Ihrem Unglück steckt?«

»Aber mir fehlt nichts!«, sagte ich wie ein Mantra auf. »Die Medizin sagt, dass mir nichts fehlt!«

»Na!« Trinkl wirkte geradezu erfreut. »Jetzt kommen wir dem Kern schon näher.« Er unterbrach seine Massage, dann sprach er in fast flüsterndem Ton weiter. »Mit der Medizin ist es so eine Sache. Sie ist eine Wissenschaft. Und mit der Wissenschaft ist es ganz allgemein, na ja, ›schwierig‹«, erklärte er. »Sie kann uns, weiß Gott, nicht auf alles eine Antwort liefern. Ich meine, sehen Sie sich um.« Er wies abermals durch die Fenster nach draußen. »Hatte man uns nicht gesagt, das alles würde schon längst ein Ende haben? Hatte uns ›die Wissenschaft‹ nicht erklärt, so etwas werde es nicht mehr geben? Den herrlichen Schnee. Die bitterkalten Nächte. Und jetzt? Sehen Sie! Es ist bald April, und die halbe Welt liegt eingefroren da. Ist das nicht wunderbar? Was sagt Ihnen Ihre Wissenschaft dazu?«

»Woher soll ich das wissen?«, gab ich zurück. »Eine Ausnahme, eine Anomalie?«

»Eine Anomalie? Mag sein, mag nicht sein«, Trinkl zuckte mit den Schultern. »Wir werden sehen. Für den Moment aber wollen wir das Wetter genießen, nein? Und seien Sie ehrlich, wünschen wir uns nicht alle, die Wissenschaftler hätten sich bloß geirrt?«

»Ich weiß nicht, worauf Sie hinauswollen.«

»Ich will sagen, dass es für den Menschen immer erst da interessant wird, wo die Wissenschaft gar nicht hinkommt – mit ihren Sensoren, ihren Messinstrumenten, ihren Lupen und Analysen. So ist es doch! Sagen Sie mir, dass es so ist!«

»Dafür, dass Sie so abfällig über die Wissenschaft reden, betreiben Sie hier aber einen enormen medizinischen Aufwand«, antwortete ich, woraufhin Trinkl einen Lacher ausstieß.

»Touché!« Er hob in gespielter Verteidigung die Hände. »Aber wissen Sie was? Das hat alles seine Berechtigung. Wir wollen schließlich gesunde Menschen behandeln. Gesundheit ist die Voraussetzung dafür, die richtigen Fragen stellen zu können. Aber die Wissenschaft hat blinde Flecken, das ›wissenschaftliche Prinzip‹ gilt nur bis zu einem gewissen Punkt. Und an diesen sind wir beide spätestens jetzt gelangt.« Trinkl glitt mit seinen Händen über meine Schultern hinweg und legte sie flach auf meinen Brustkorb. Dabei beugte er sich weit zu mir herunter und sprach mir ins Ohr. »Im Inneren des Menschen toben Kämpfe, von denen die Wissenschaft nicht viel zu berichten weiß, verstehen Sie? Kämpfe, die wir mit wissenschaftlichen Methoden nicht in den Griff bekommen werden.« Er machte eine Pause. »Niemals.«

Ich spürte, dass Trinkl sich zu seiner Assistentin umdrehte und ihr etwas zu verstehen gab.

»Und jetzt schließen Sie einmal die Augen für mich.«

Widerwillig kniff ich sie zu.

»Ich habe Ihnen ja bereits von dem Unbehagen erzählt? Von dem eigentlichen Grund, warum Menschen aus aller Welt zu uns kommen.«

Ich nickte.

»Gut. Denn ich glaube, und urteilen Sie jetzt bitte nicht voreilig, ich glaube, dass auch in Ihnen ein Unbehagen sein Unwesen treibt«, sagte er mit einer gewissen Genugtuung.

»Und was soll das für ein ›Unbehagen‹ sein?«

»Um das herauszufinden, sind wir hier. Entscheidend ist allerdings, dass Sie selbst darauf kommen. Ich kann Ihnen dabei leider nur assistieren, ich kann versuchen, es Ihnen auf Ihrem Weg so angenehm wie möglich zu machen.« Der Professor machte noch mal eine Pause. »Also ... Warum nehmen Sie dieses Angebot nicht einfach an?«

Ich atmete ein und aus. Ich dachte an Imogen. An meine Wünsche. An ihre Hoffnung. Dann brach es aus mir heraus. »Sie wollen mir doch irgendwas andichten! Sie machen mich schon ganz wirr!«

Aufgeschreckt von meinem Tonfall schoss Trinkls Hund in die Höhe und bellte zweimal laut in meine Richtung. Trinkl beruhigte ihn mit einer winzigen Handbewegung, und der Hund legte sich wieder auf seinen Platz.

»Ach was! Seien Sie unbesorgt. Dafür sind andere zuständig ... Mit so einem Hokuspokus geben wir uns hier nicht ab. Nicht im San Vita, nicht, solange ich hier etwas zu sagen habe.«

Beruhigt sank ich auf die Liege zurück.

»Schauen Sie«, fuhr Trinkl ruhig fort. »Jedes Unbehagen zeitigt ein anderes Symptom und hat einen anderen Ursprung. Ihr Symptom liegt klar vor uns, die Ursache dagegen versteckt sich hartnäckig ... Wir müssen in Erfahrung bringen, was Sie daran hindert, wieder schlafen zu können und zu funktionieren. Denn das ist es doch, was Sie wollen, nein?«

Mich hatte nun alle Kraft verlassen, mir fielen beinahe die Augen zu.

»Halt, nicht einschlafen, nicht jetzt! Es wird gerade erst spannend.« Er rüttelte mich an der Schulter. »Die gute Nachricht ist nämlich ... Ich habe bereits eine Spur ausgemacht. Ich habe eine Idee, in welcher Richtung Sie suchen müssen. Oder anders gesagt, ich möchte Ihnen für heute eine Art Rätsel mit in die Nacht geben. Wären Sie dazu bereit?«

Ich widersprach nicht. Ich wollte den Tag nur noch hinter mich bringen.

»Schauen Sie bitte einmal hier.« Trinkl nahm eine kleine Fernbedienung in die Hand und betätigte einen Knopf. Unmittelbar vor mir kam ein Bildschirm aus der Decke gefahren. »Sie waren heute im Dampfbad, nicht wahr?«

Ich nickte unsicher.

»Lassen Sie mich Ihnen zeigen, was mir dabei aufgefallen ist«, sagte er, und auf dem Bildschirm erschienen die Aufnahmen zweier Überwachungskameras. Die eine zeigte den Eingangsbereich vor dem Dampfbad, die zweite eine unscharfe Infrarotaufnahme aus seinem Inneren. Ich rutschte auf der Récamiere herum.

Auf dem Bildschirm waren zahlreiche Gäste zu sehen. Auch die Frau aus dem Außenbecken, vor der ich einige Stunden zuvor meinen Blick abgewandt hatte, erkannte ich wieder.

»Schauen Sie genau hin. Trauen Sie sich«, sagte Trinkl. »Alles ist ganz normal. Die Menschen erreichen das Dampfbad, legen ihre Bademäntel ab, hängen sie auf, treten ein, nehmen den Wasserschlauch, da! Schauen Sie hin, die Leute setzen sich auf den erstbesten Platz und genießen ihre Anwendung. Ganz normal also.«

Ich wollte gerade etwas erwidern, als er mir schon im Ansatz das Wort abschnitt. »Und jetzt kommen *Sie*. Sie schleichen sich regelrecht an das Dampfbad heran. Immer wieder schauen Sie sich nervös um. Und als Sie endlich vor der Tür stehen, ziehen Sie nicht einfach den Bademantel aus und gehen hinein, nein, Sie stehen – ich kann es Ihnen ganz genau sagen – achtundfünfzig Sekunden lang davor, legen schützend Ihre Hand über die Augen und schauen hinein.« Trinkl sah mich an. »Dann erst fassen Sie sich endlich ein Herz. Aber wie!«

Ich erkannte mich nun in Infrarot.

»Wieder stehen Sie minutenlang wie angewurzelt da und starren in den dichten Nebel. Warum setzen Sie sich nicht einfach? Sie *wollten* doch ins Dampfbad ... Sie tun ein paar Schritte, strecken Ihren Kopf vor, wie ein Vögelchen, und dann, dann rufen Sie, glaube ich, ein leises HALLO?.«

Mir wurde schwindelig.

»Es dauert noch mal fast zwei Minuten, bis Sie den Versuch abbrechen und unverrichteter Dinge wieder hinausgehen. Was haben Sie da gemacht? Hatten Sie vor irgendetwas Angst? Fühlten Sie sich beobachtet?« Er hielt die Aufnahme an. »Was ist das für eine merkwürdige Unruhe in Ihnen? Was für eine Verunsicherung rumort in Ihnen, dass Sie es nicht schaffen, wie jeder normale Mensch in ein Dampfbad zu gehen? Wonach suchen Sie denn? Was fehlt Ihnen?«

Sekundenlang hörte ich nur das Knistern des Kaminfeuers, es dauerte, bis ich wieder zu Sinnen kam. »Ich ... ich«, setzte ich stotternd an.

»Bitte.« Trinkl wischte mir mit dem Ärmel seines Kittels eine Schweißperle von der Stirn. »Zerstören Sie nicht den Moment. Wie ich sagte, es ist bislang nur eine Frage. Eine Spur, der wir nachgehen wollen. Vielleicht wollen Sie darüber nachdenken, nein?«

Ich starrte ihn mit weit aufgerissenen Augen an.

»Gut. Wir sehen uns morgen.«

Wenige Minuten später erreichte ich meine Hütte. Ich goss mir ein großes Glas Wasser ein und stürzte es runter. Ich verspürte eine immense Wut. Das Treffen mit Trinkl hatte all meine Befürchtungen bestätigt.

Im Kopf ging ich immer wieder Passagen unseres Gesprächs durch und dachte mir Antworten aus, die ich ihm hätte entgegnen müssen. Ich ärgerte mich darüber, ihm nicht mehr Widerstand entgegengebracht zu haben.

In dieser Gereiztheit setzte ich mich an den Sekretär und schrieb Imogen so hastig eine Nachricht, dass die Feder kratzig über das Papier stolperte.

Warum zum Teufel hast du mir nicht gesagt, dass du schon mit Trinkl über uns gesprochen hast? Das hätte ich gerne im Vorfeld gewusst. Trinkl weiß über alles Bescheid, er kennt unsere intimsten Geheimnisse – das ist doch krank!

Ich setzte ab. Dann schrieb ich einen weiteren Satz hinzu:

Er ist ein Irrer! Und noch einen: *Er redet Schwachsinn.*

Ich faltete den Bogen, steckte ihn in ein Kuvert, notierte darauf den Kontakt meiner Frau und ließ es in den Einwurf gleiten, der sich gleich neben der Tür befand. Ich hörte es leise aufschlagen. *Hauspost* stand in schwungvollen Buchstaben auf der glänzenden Messingklappe eingraviert, und ich merkte, dass mir bereits das Verbalisieren meiner Wut Entlastung verschaffte.

Für 20 Uhr hatte man mir einen Tisch im Restaurant reserviert. Bis dahin war es noch eine Stunde. Ich wollte ein wenig ausruhen und ließ mich im Bademantel rückwärts aufs Bett fallen. Ich gähnte lang und ausgiebig.

Gedankenverloren starrte ich an die von massiven Holzbalken durchzogene Decke und sah, dass in mehrere der Balken die Lüftungsschlitze einer Klimaanlage eingelassen waren – jetzt erst vernahm ich ihr sanftes Rauschen. Ich fragte mich, ob die gerade notierten Worte an meine Frau nicht zu heftig geraten waren. Dann aber erinnerte ich mich daran, wie Trinkl mich vorgeführt hatte, und ich stellte mir vor, wie Imogen ihm ohne mein Wissen so viel Privates von uns erzählt hatte, als ich eingeschlafen sein musste.

Doch wie von einem Schlag erweckt stand ich plötzlich senkrecht im Bett. Ich rannte zur Tür, riss die Klappe der Hauspost auf und tastete mit spitzen Fingern nach dem Kuvert. Panik hatte mich ergriffen, eine plötzliche Gewissheit, ich fluchte. Wie konnte ich nur so dumm gewesen sein und meine Wut auf Trinkl derart offen zu Papier bringen, in einem Brief, den gleich einer seiner Mitarbeiter lesen und an meine Frau übermitteln würde? Den ganzen Vorgang hatte ich nicht bedacht.

Ich schämte mich für meine Wortwahl, für die Abschätzigkeit. Ich sank auf die Knie, schob meine Hand, so weit es nur ging, in den Briefschlitz hinein, um irgendetwas zu fassen zu bekommen. Meine Finger suchten verzweifelt nach einer Ecke des Kuverts, doch je heftiger ich drückte, desto tiefer schnitt mir die scharfe Kante ins Fleisch. Ich musste den Brief zurückbekommen, ich musste verhindern, dass Trinkl erfuhr, was ich von ihm hielt.

Ich zog meine Hand wieder heraus. Aus einer kleinen Wunde trat Blut aus, zwei dunkelrote Rinnsale waren bis zu den Fingerspitzen hinabgelaufen. Ich tupfte es mit dem Zipfel meines Bademantels ab. Das Frotteeweiß färbte sich in grellem Rot. In der kleinen Küche suchte ich nach etwas, mit dem ich ins Innere des Briefkastens würde vorstoßen können. Ich versuchte es mit einer Gabel, dann mit einem Messer und holte schließlich das Schüreisen vom Kamin, um damit den Schlitz ein wenig zu weiten. Ich wendete all meine Kraft auf, stemmte das Eisen über meine Schulter nach oben, ich war regelrecht besessen, bis ich das Metall ächzen hörte und es sich ganz langsam, aber deutlich aufbog.

Ich stand erleichtert auf, griff mit der unversehrten Hand

hinein und stellte fest, dass das Fach leer war. Offenbar war meine Nachricht bereits abgeholt worden.

Ratlos stand ich da, mein Herz pochte, die Hand schmerzte. Vielleicht, sprach ich mir zu, würde Trinkl überhaupt nichts davon erfahren, vielleicht fiel auch der Schaden, wenn ich die Klappe des Briefkastens wieder herunterließ, gar nicht auf.

Ich setzte mich noch einmal an den Sekretär und schrieb einen zweiten Brief, der gleichermaßen an Imogen wie an Prof. Trinkl gerichtet war:

Entschuldige bitte meine überstürzte Nachricht. Ich habe nachgedacht. Selbstverständlich war es in Ordnung, dass du dem Professor alles über uns erzählt hast. Ich weiß, dass ihr beide mir helfen wollt, und das ist das Wichtigste. Bitte verzeih meinen Unmut, wie du weißt, bin ich gerade nicht mehr ich selbst. Das San Vita ist ein Geschenk. Ich nehme es an.

Und darunter:

Der Herr Professor hat heute ein paar sehr interessante Dinge zu mir gesagt. Er glaubt, dass mich ein Unbehagen umtreibt, dass es da etwas gibt in mir. Noch weiß ich nicht, was das sein könnte. Aber ich möchte darüber nachdenken.

Ohne Abendessen ging ich zu Bett. Mein Magen knurrte die Stunden hindurch. Ich wälzte mich von einer Seite auf die andere, bis sich die Sonne über die Bergspitzen erhob und es sanft an der Tür zwischen Wohnstube und Küche klopfte – das Zeichen, dass das Frühstück angerichtet war.

Die Ereignisse des Vortages standen mir nur noch verschwommen vor Augen. Ich zog meinen Bademantel über, ging in die Küche und setzte mich an den gedeckten Tisch.

Es duftete nach aufgebrühtem Tee, nach Zitrusfrüchten und angerösteten Vollkorntoasts. Ich goss etwas fettarme Milch über ein Müsli und löffelte es vorsichtig in mich hinein. Neben dem Teller sah ich einen kleinen Stapel mit Schriftstücken auf einer flachen Silberschale liegen. Obenauf befand sich die Postille des Tages – ein in der Mitte gefalteter Bogen –, die täglich zum Frühstück gereicht wurde und die neben einer Wetterprognose und dem persönlichen Horoskop auch den Behandlungsplan dokumentierte. Anders als tags zuvor bemerkte ich heute, dass darin außerdem ein kleines Gedicht geschrieben stand:

Auf den Flügeln der Ruh, in Morgenlüften,
Hell vom Taue des Tags, der höher lächelt,
Mit dem ewigen Frühling
Kommst du den Himmel herab.

Friedrich Gottlieb Klopstock, *An Sie*, 1752

Ich las, während ich eine Tasse Tee trank, die Verse drei- oder viermal, setzte immer wieder neu an, um die tiefere Bedeutung dahinter nachzuvollziehen. Doch wann immer ich ihnen ein Verstehen entlocken wollte, verschwammen die Worte in meinem Kopf – das alles ergab für mich keinerlei Sinn.

Ich legte die Postille beiseite und sah erst jetzt zwei weitere Briefe auf der Schale liegen. Der erste war von Professor Trinkl selbst:

Guten Morgen,
ich hoffe, Sie haben heute Nacht ein wenig zur Ruhe finden können.
Hatten Sie bereits die Möglichkeit, über die Frage nachzudenken, die ich Ihnen mitgegeben habe? Wir sollten keine Zeit mehr verlieren. Ihre Mitarbeit ist der Schlüssel zum

Erfolg. Ich bin überzeugt, dass ich Ihnen helfen kann.
Ich kann Ihnen jedoch nur den Weg zu einer Tür weisen, hindurchgehen müssen Sie selbst.
Und bitte, machen Sie sich keine Sorgen um den Briefeinwurf. So etwas kalkulieren wir hier im San Vita ein. Es ist sozusagen eingepreist.

Trinkl

Ohne auch nur einen einzigen klaren Gedanken zu fassen, nahm ich den anderen Brief, er war von Imogen:

Das sind sehr gute Neuigkeiten. Ich wusste es.
Wir kommen voran.

Ich legte beide Briefe beiseite und goss mir noch eine Tasse Tee ein. Erst jetzt bemerkte ich, dass meine Finger wie wild zitterten.

Den ganzen Vormittag über begleitete mich ein beklemmendes Gefühl. Bei meinem Weg durch die Tunnel hielt ich ständig Ausschau nach dem Professor, unter keinen Umständen wollte ich ihm unter die Augen treten.

Ich pirschte mich an die Ecken heran und blickte in die vor mir liegenden Gänge, ehe ich sie betrat. Erst als ich nach dem Mittagessen zu einer Heilmassage aufbrach, tauchte er plötzlich einige Meter vor mir mit zwei seiner Assistenten auf. Ich sah den weißen Kittel wehen, hörte seine kräftige Stimme und machte auf der Stelle kehrt, ganz so, als hätte ich mich im Weg geirrt.

Bei der Massage fand ich kaum Ruhe, zu sehr war ich, während kräftige Hände sich tief in meine Rückenmuskulatur gruben, mit der Frage beschäftigt, ob Trinkl meinen Fluchtversuch bemerkt hatte.

»Sie sind sehr verkrampft«, sagte der Masseur. »Entspannen Sie sich ...«

Es war mir unmöglich.

Kaum war die Behandlung beendet, hatte ich das dringende Bedürfnis, Imogen anzurufen. Ich vermisste sie und wollte ihre Stimme hören. Ich verspürte starkes Heimweh, ein Verlangen nach der Sicherheit unserer Wohnung. Seit Trinkl mir die Infrarotaufnahmen aus dem Dampfbad vorgespielt hatte, fühlte ich mich auf Schritt und Tritt beobachtet, und das verschlechterte meinen Zustand sehr viel mehr, als dass es mir half.

»Könnte ich ein kurzes Telefonat führen«, fragte ich die Dame im Atrium. »Nur ganz kurz und ausnahmsweise? Es ist dringend ...«

Telefonieren aber war nicht gestattet. Sie verwies mich freundlich auf das Briefsystem, das rund um die Uhr zur Verfügung stand.

»Es ist für uns alle das Beste«, sagte sie und lächelte.

Da mir bis zu meinem nächsten Termin mit Trinkl noch etwa anderthalb Stunden blieben, entschied ich mich, erneut das Dampfbad aufzusuchen. Dieses Mal wollte ich es anders machen, also ging ich entschlossen auf die beschlagene Tür zu, legte meinen Bademantel ab und trat ein. Ich sah kaum einen halben Meter, setzte mich aber so schnell ich konnte auf den erstbesten Platz.

Der heiße Wasserdampf brannte mir wohltuend in der Lunge. Ich bemerkte, wie meine Körperspannung nachließ, wie meine Gedanken zur Ruhe kamen und dass meine Füße aufhörten, wild auf und ab zu wippen. Ich lehnte mich an die feuchten Fliesen in meinem Rücken, rutschte mit meinem Po auf dem Stein nach vorn und schloss die Augen.

Ich musste kurz eingedöst sein, als aus der Dunkelheit laut und klar eine Frauenstimme zu mir sprach.

»Nicht einschlafen.«

»Was? Nein«, schreckte ich auf. »Nein, nein. Natürlich nicht.«

»Ich bin sicher, jedes Jahr sterben auf diese Weise Hunderte Menschen.«

»Nein«, sagte ich sehr entschieden. »Ich bleibe wach.«

»Gut.«

Ein paar Sekunden lang hörte ich nur das unregelmäßige Platschen der von der Decke herabfallenden Wassertropfen. Einer traf mich angenehm heiß auf der Schulter.

»Wir kennen uns, oder?«, fragte die Stimme. »Aus dem Pool. Gestern.«

Ich schwieg. Sie lachte.

»Sie haben weggesehen, als ich vor Ihnen ins Wasser bin ...«

»Ich habe meinen Kopf zur Seite gedreht«, antwortete ich.

»Sie haben sich erschrocken abgewandt.«

»Unsinn.«

»Und ich frage mich seither, warum Sie das wohl getan haben. Normalerweise machen das nur Menschen, die etwas zu verbergen haben. Haben Sie was zu verbergen?«

»Ich habe aus Höflichkeit weggesehen«, antwortete ich. »Hätte ich Sie etwa anstarren sollen?«

»Warum denn nicht?!«, sagte die Frau. »Also, ich glaube ja, wer zu großen Wert auf Manieren legt, hat etwas zu verbergen. Hätten Sie ein reines Gewissen, würden Sie ungeniert hinschauen.«

»Ich finde das lediglich angemessen. Mehr nicht.«

»Ach ja? Wenn Sie mich fragen, ist es ein Zeichen von Feigheit.«

Ich suchte nach den richtigen Worten. Wieder tropfte es mir heiß auf die Schulter.

»Sie denken nicht *wirklich* über solche Dinge nach!«, sagte sie jetzt mit strengem Ton. »Sie gehen nicht gern in die Tiefe, kann das sein?«

»Das ist doch absurd!«, rief ich aus. »Sie kennen mich überhaupt nicht. Und außerdem sehe ich Sie nicht einmal.«

»Und was man nicht sieht, das gibt es auch nicht?«

Ich stieß einen genervten Seufzer aus und hoffte, dass unser Gespräch damit ein jähes Ende gefunden hatte. Ich zählte die Tropfen, die auf dem Boden aufschlugen, und folgte mit meinen Fingerspitzen den Fugen zwischen den kleinen, wabenförmigen Fliesen. Es war mir schon immer unangenehm, private Gespräche in der Öffentlichkeit zu führen.

»Wie finden Sie denn den Professor?«, durchbrach ihre Stimme die Stille.

Ich fuhr mir mit beiden Händen über das nasse Gesicht.

»Sie können ehrlich sein. Besonders hier drin. Soweit ich weiß, werden die Dampfbäder nicht abgehört.«

»Ich ...«, setzte ich an. »Er ...«

»Na los!«

»Ich kann ihn nicht ausstehen«, entfuhr es mir viel zu laut. »Etwas an ihm macht mir Angst.«

Wieder erklang ihr sanftes Lachen, und erst jetzt bemerkte ich, dass die kleinen Leuchten, die wie Sterne am Nachthimmel an der Decke des Dampfbads flimmerten, in unregelmäßigen Abständen ihre Farbe und Intensität veränderten.

»Nun, ein bisschen merkwürdig ist er schon. Aber ›Angst‹ ist doch reichlich übertrieben.«

»Er hat etwas Hinterhältiges.«

»Das heißt, Sie bleiben nur eine Woche, ja?«

»Höchstens!«, rief ich aus.

»Wollen Sie wissen, was ich denke? Ich denke, Sie nehmen das alles ein wenig zu ernst. Am Ende ist es ein hübsches kleines Theater, das wir uns hier aufführen. Oder haben Sie das Gefühl, dass es um Leben und ...«

»Es ist die Art, wie er mit einem spricht!«, unterbrach ich sie. »Als wäre man nicht ganz bei Sinnen, als hätte man einen Schaden. Aber ich *habe* keinen Schaden. Ich schlafe nur schlecht!«

Mit der flachen Hand schlug ich auf die Fliesen, dass es einen lauten Klatsch machte. Die Luft schmeckte nach Eukalyptus.

»Aber dann ist ja alles in bester Ordnung«, sagte die Frau. »Worüber beklagen Sie sich? Genießen Sie einfach, wofür Sie bezahlt haben. Und ärgern Sie sich nicht zu sehr über Trinkl. Er meint es nicht so. Wissen Sie, das San Vita ist sein Lebenswerk. Er muss es schützen. Vor Zweiflern und Kritikern. Und glauben Sie mir, Kritiker gibt es genug. Tun Sie ihm den Gefallen, spielen Sie mit, dann werden Sie ihn kaum bemerken, und am Ende haben alle eine gute Zeit. Darum geht's doch.«

Ich hörte, wie sie aufstand, sich den Wasserschlauch griff und begann, die Fliesen abzuspritzen.

»Vielleicht schlafen Sie dann auch wieder besser. Was ist daran so schwer?«

»Ich soll selber draufkommen, was mein Problem ist, sagt er«, machte ich weiter.

»Aber Sie haben gar kein Problem, richtig?«

»Genau!«, gab ich zurück.

Sie kam auf mich zu. Ihre Schritte klangen auf den glitschigen Fliesen wie zappelnde Fische, bis sie neben mir zum Stehen kamen. »Wer kümmert sich um uns, wenn wir es selbst nicht tun?«

Ich sah zu ihr hoch, ihr von Dampf und Schweiß nasses Gesicht glänzte im künstlichen Sternenlicht – sie lächelte.

»Waren Sie eigentlich schon in der Salzgrotte schwimmen?«

Ich schüttelte den Kopf, sie hielt mir die Hand hin.

»Übrigens: Ich heiße Mana. Kommen Sie! Es ist herrlich.«

Um in die Salzgrotte zu gelangen, fuhren wir mit dem Fahrstuhl mehrere Stockwerke hinab, vorbei an den Räumlichkeiten der Anamnese und an der Tiefgarage, immer tiefer hinein ins Berginnere.

»Ich wusste gar nichts von einer solchen Grotte«, sagte ich, um das Schweigen im Fahrstuhl zu brechen.

»Die wenigsten Gäste wissen, dass es sie gibt«, antwortete Mana. »Es ist mir ein Rätsel, warum.«

Aus der Tasche meines Bademantels holte ich den Tagesplan hervor. »In dreißig Minuten muss ich bei Trinkl sein«, sagte ich ihr. »Schaffen wir das?«

»Hmm. Das wird ein bisschen knapp.«

Ich schaute sie fragend an, beinahe lautlos glitt der Fahrstuhl hinab.

»Was denken Sie, würde passieren, wenn Sie nicht auftauchen?« Sie lachte. »Würden Sie dann ›Ärger‹ bekommen? Würde er Ihnen auflauern? Oder was stellen Sie sich vor? Sie sind hier Kunde, oder etwa nicht? Am Ende des Tages entscheiden Sie! Und wenn wir zwei ein wenig in der Salzgrotte schwimmen wollen und uns dabei nett unterhalten, was soll Trinkl dann machen?«

Der Aufzug kam mit einem weichen Hüpfer zum Stehen, und die Tür glitt auf.

»Sie und ich, wir beide finanzieren diese Salzgrotte. Okay?«

»Sie haben recht«, antwortete ich.

»Seien Sie doch nicht immer so angespannt ... Herrgott.«

Auf unseren Pantoffeln verließen wir den Fahrstuhl – vor uns lag eine gewaltige Höhle. In alle Richtungen schlängelten sich schummrig leuchtende Wasserwege, es musste ein schier unendlich verzweigtes Höhlensystem sein. Das Wasser war klar und tiefblau, es plätscherte und rauschte sanft, und wie in einer Tropfsteinhöhle hingen milchig weiße und violett schimmernde Salzstalaktiten von der Decke herab, so tief, dass sie hier und da die Wasseroberfläche berührten.

»Das Resort ist auf einem ehemaligen Bergwerk errichtet«,

sagte Mana. Außer uns war kein anderer Gast zu sehen. »Die Stollen sind natürlichen Ursprungs. Ich verbringe täglich ein oder zwei Stunden hier unten«, sagte Mana und streifte an einem kleinen Treppenabgang ihren Bademantel ab. Sie warf ihn über einen Stein und glitt nackt ins Wasser. »Kommen Sie.«

Ich ging ihr nach, stieg vorsichtig die Stufen hinunter, während sie mir fest in die Augen schaute.

»Es ist atemberaubend.«

Das Wasser brannte auf meinen Lippen, es prickelte auf meiner Haut, der Auftrieb war so enorm, dass ich kaum eine Anstrengung tun musste. Wir schwammen bestimmt zehn Minuten lang immer tiefer in den Stollen hinein, bis wir eine größere Halle erreichten. Es mussten zehn Meter bis zur Decke sein, das Wasser blubberte aus verborgenen Quellen an die Oberfläche, es hatte nun einen türkisen bis schwefeligen Ton – die Spiegelungen des Lichts malten tanzende Formen an die Decke.

Mana drehte sich wortlos auf den Rücken. Ihr durchtrainierter Körper schien auf der Wasseroberfläche aufzuliegen, die Arme weit ausgebreitet.

»Ich sehe gar keine Kameras«, sagte ich überrascht.

»Hier unten sind wir unbeobachtet. Der hohe Salzgehalt der Luft, das Mikroklima, das ist Gift für die Elektronik ... Vielleicht kommen deswegen so wenige Gäste hier herunter ...«

»Warum?«

»Es ist ihnen zu unsicher.«

Ich drehte mich ebenfalls auf den Rücken und schloss die Augen. Als Kind, erinnerte ich mich plötzlich, hatte mich eine starke Neurodermitis an Ellenbogen, Kniekehlen und Händen geplagt, auch damals musste ich regelmäßig Salzbäder nehmen, musste zwei- oder dreimal die Woche mit meiner geschundenen Haut unter Schmerzen in das heiße Wasser steigen und hasste es – irgendwann war der Ausschlag verschwunden und nie wiedergekommen.

Es verging eine ganze Weile, in der wir wortlos nebeneinanderher trieben. Ich dachte an Professor Trinkl, an meinen Termin, den ich gerade verpasste, und plötzlich empfand ich meine Ängste und Vorbehalte ihm gegenüber als klein und überzogen.

»Sagen Sie, lieben Sie Ihre Frau eigentlich?« Durch das Echo der Grotte schien Mana aus allen Richtungen zu mir zu sprechen. Ich öffnete die Augen, ich hatte das Gefühl für Raum und Zeit verloren. Es war mittlerweile eine halbe, vielleicht eine ganze Stunde vergangen.

»Sie sind doch verheiratet, oder nicht?«

»Ich liebe sie sehr. Ja.«

»Schön«, sagte Mana.

Wir trieben dahin und blickten auf die schimmernden Stalaktiten.

Dann schloss ich abermals meine Augen.

Es war inzwischen zehn Jahre her, dass wir uns kennengelernt hatten. Ich traf Imogen, wenn man so will, am Vorabend ihrer Karriere. Gerade noch rechtzeitig, bevor ihr endlich die Aufmerksamkeit zuteilwurde, die ihr zustand.

Imogen war im Alter von sieben Jahren nach Deutschland gekommen, aus dem Kaukasus, allein mit ihrer Mutter, die alles daransetzte, dass ihre Tochter einen erfolgreichen Weg nehmen würde. Und das tat sie. Sie machte ein hervorragendes Abitur. Doch entgegen dem nachvollziehbaren Wunsch ihrer Mutter, es in einem klassischen Beruf zu etwas zu bringen, entschied sich Imogen, an die Kunstakademie zu gehen.

Sie absolvierte ihre Jahre als Meisterschülerin mit derselben Akribie, mit der sie auch alles andere anging, und hielt dabei – wie sie mir einmal erzählte – all die Jahre unbeirrbar an einem Mantra fest: »Es gibt keine Zweifel. Ich habe Geduld.«

In den Jahren nach ihrem Abschluss erging es ihr wie vielen anderen Künstlern. Kaum jemand nahm von ihr Notiz, die mickrigen Stipendien erhielten andere, doch während die meisten ihrer Künstlerfreunde nur auf den richtigen Moment warteten, um ihren Traum wieder an den Nagel zu hängen und sich auf ein bürgerliches Leben im Schoß einer Erbschaft vorzubereiten, blieb Imogen unbeirrt. Sie war sich ihrer Sache so sicher, dass sie nur abfällig über die Entscheidungen ihrer Kollegen lachte.

Ein unbändiger Wille, es allen zu beweisen und sich von niemandem aufhalten zu lassen, hatte bei ihr über den so weitverbreiteten Irrglauben triumphiert, von Natur aus etwas Besonderes zu sein und allein deswegen geliebt werden zu müssen.

Als wir uns kennenlernten, auf einer unbedeutenden Gruppenausstellung in einer leer stehenden Karstadt-Filiale, war mir diese Eigenschaft gleich aufgefallen. Und sie sorgte dafür, dass ich mich Hals über Kopf in sie verliebte. Vom ersten Moment an wusste ich, dass sie uns alle, die wir an diesem gottlosen Ort versammelt waren, überflügeln würde – und vielleicht war es diese Klarheit, die ich ihr und ihrem Können entgegenbrachte, die sie an mir schätzte. Ich wusste, ich würde sie mit meiner ganzen Kraft unterstützen.

Da Imogen Entscheidungen schnell traf, heirateten wir ein halbes Jahr später. Kurz darauf ging es los. Ein Münchener Galerist war durch Zufall auf sie aufmerksam geworden, organisierte eine erste kleine Ausstellung, zeigte sie bei einer mittelgroßen Messe in Österreich, und zum ersten Mal verdiente Imogen echtes Geld mit ihren Arbeiten, die damals in Form und Umfang erst andeuteten, was einmal daraus werden würde.

Bereits nach zwei Jahren konnte der Galerist nichts mehr für sie tun und verlor sie an eine nächstgrößere Galerie. In der Folge wurden ihre Arbeiten immer teurer und aufwendiger, und schon bald war Imogen und mir klar, dass es schlauer sein würde, unsere Kräfte zu bündeln. Ich gab also meinen viel weniger lukrativen Job auf – ich schrieb damals Kunstkritiken für ein Magazin, das mittlerweile vom Markt verschwunden ist –, arbeitete von nun an für Imogen und bekam sogar ein Gehalt von ihr.

Ich kümmerte mich um den Haushalt, bezahlte ihre Rechnungen, verwaltete ihre Finanzen, organisierte Reisen, Geschäfts- und Arzttermine, machte die Vorsteuer, bereitete Frühstück und Abendbrot. Ich hielt, kurz gesagt, alles am Laufen, damit Imogen an nichts außer ihre künstlerische Arbeit denken musste. Und ich glaube, es war diesem Umstand geschuldet, dass ihre Karriere unmittelbar darauf einen weiteren Sprung machte.

Auch die neue Galerie war ihr und ihren Ambitionen drei Jahre später zu klein geworden. Sie konnte die immer imposanteren, raumgreifenden Skulpturen aus Naturstein, Bronze und Edelstahl nicht mehr finanzieren. Sie verfügte nicht über die adäquaten Sammler, die in der Lage waren, Imogens Arbeiten zu bezahlen – und die wirklich großen Galerien aus Zürich, Paris und New York standen längst Schlange. Aus ihrem winzigen Atelier war binnen fünf Jahren eine GmbH mit über fünfundzwanzig fest angestellten Mitarbeitern geworden.

Auch wenn mich Geschwindigkeit und Ausmaß ihres Aufstiegs überraschten – ich hatte es von Anfang an gewusst. Und ich glaube, bei aller Bescheidenheit, dass darin meine größte Stärke lag. Ich stellte mich ganz in Imogens Dienst und schätzte meine eigenen Fähigkeiten korrekt ein. Ich selbst hatte nie das Gefühl gehabt, zu etwas Großem bestimmt zu sein – ich war mir dessen bewusst und akzeptierte es als mein Schicksal.

Ein glückliches und zufriedenes Leben nämlich, daran glaube ich trotz allem, was in der Zwischenzeit passiert ist, immer noch fest, hängt in erster Linie von der Fähigkeit ab, sich und sein Potenzial richtig einschätzen zu können. Das größte Unglück und die elendste Unzufriedenheit im Leben so vieler Menschen rühren daher, dass sie ein falsches Bild von sich haben; dass sie nach Erfolgen streben, die ihnen ihre Fähigkeiten gar nicht gestatten.

Ich glaube, dass viele der allgegenwärtigen Probleme ihren Ursprung gerade darin haben, dass Menschen ihr Potenzial nicht richtig einschätzen. Sie wollen so viel, doch verkennen sich selbst.

Ich glaube, wenn jeder um seinen Platz wüsste und bereit wäre, aus seinen Möglichkeiten das Beste zu machen, wäre den meisten geholfen.

Ja, ich glaube noch immer ganz fest, dass jeder eine bestimmte Aufgabe und einen bestimmten Nutzen hat, die ihm von unbestimmter Stelle aus zugewiesen worden sind. Und dass in der Bereitschaft, die eigene Nützlichkeit zu erkennen und zu akzeptieren, die entscheidende Quelle menschlichen Glücks zu finden ist.

Imogen und ich jedenfalls waren dazu bereit. Und wir funktionierten so lange, bis meine Schlafstörungen einsetzten und ich meine Aufgaben nicht mehr in dem Maß erledigen konnte, wie Imogen das von mir gewohnt war. Ich kam schlichtweg nicht mehr hinterher, sodass sich Imogen letztendlich gezwungen sah, eine zusätzliche persönliche Assistentin einzustellen, die sämtliche meiner Aufgaben übernehmen würde, bis mein Zustand sich wieder verbessert hätte.

Dass ich kaum mehr eine sinnvolle Funktion für sie erfüllte, war das eine. Dass darüber hinaus auch Imogens sehnlicher Kinderwunsch unerfüllt blieb, wog schwerer. Wir hatten irgendwann alles versucht, waren von Kinderwunschklinik zu Kinderwunschklinik überwiesen worden, hatten mein Sperma und ihre Eizellen untersuchen lassen, hatten alle erniedrigenden Prozeduren der Reproduktionsmedizin über uns ergehen lassen – ohne Erfolg. Nur ein einziges Mal hatte sich eine unter dem Mikroskop befruchtete Eizelle in ihrer Gebärmutter eingenistet, doch noch bevor darin irgendein Herz zu schlagen beginnen konnte, war die Fruchthöhle mit einer schmerzhaften Blutung aus ihrem Körper gespült worden.

Es war, als hätte eine höhere Macht etwas dagegen, dass Imogen ein Kind von mir empfing. Es war, als stünde ihr etwas im Weg, und ich kam nicht umhin, zu befürchten, dass es sich dabei um mich handelte.

»Schlafen Sie eigentlich noch mit Ihrer Frau?«, unterbrach Mana meine Gedanken.

Ich erschrak. »Wieso fragen Sie das?«

»Interessiert mich einfach«, sagte sie. »Ich finde, es ist ein ausgesprochen spannendes Thema. Es verrät so viel. Finden Sie nicht?«

»Ich finde, es gibt Dinge, die man mit Diskretion behandeln sollte«, entgegnete ich nach kurzem Überlegen.

»Ach ja?« Mana schwamm näher an mich heran.

»Ja, ich finde«, sagte ich, »dass man über bestimmte Dinge nicht spricht. Jeder Mensch braucht Geheimnisse.«

»Geheimnisse?«

Mana war nun ganz dicht bei mir. Unsere Körper trennten vielleicht noch zehn Zentimeter. Ich spürte Nervosität in mir aufsteigen.

»Na, möglicherweise haben Sie recht«, lächelte sie, ließ sich nach hinten fallen und spritzte mir dabei, wie Kinder es tun, mit beiden Händen Wasser ins Gesicht.

Meine Augen brannten. Aber ich lachte.

Als ich eine halbe Stunde später in meine Hütte kam, spürte ich eine seltene Aufregung. Wie Mana mit mir gesprochen hatte, wie sie mich zu provozieren versuchte, wie sie schaute, wenn sie mir zuhörte, das alles war so rätselhaft und gleichzeitig offensichtlich, dass es mir schwerfiel, die nötige Distanz zu ihr zu wahren. Ich wollte die Kontrolle nicht aus der Hand geben. Und doch gestand ich mir ein, dass ihr Verhalten, was immer sich dahinter verbarg, nur als Hinwendung zu verstehen war; als eine Annäherung, ein Interesse, das mir schmeichelte, vielleicht auch, weil es mir so schon länger nicht mehr zuteilgeworden war.

Möglicherweise würde ich schon heute besser schlafen, dachte ich, als ich einen letzten Blick aus dem Fenster warf, wo der zugefrorene See das blasse Mondlicht zurückwarf. Eine angenehme Wärme machte sich in mir breit, dann fand ich einen Brief von Professor Trinkl auf meinem Sekretär:

Sie haben Ihren Termin bei mir verpasst.
Arnim hat überall nach Ihnen gesucht.

Es folgten ein paar Worte, die ich nicht entziffern konnte, dann:

Sie verschwenden meine Zeit. Und Sie verschwenden
die Zeit all der Menschen, die bei mir Hilfe suchen.
Ich bitte Sie nicht um viel. Nur um den nötigen Respekt.
Für mich, für meine Assistenten und für Ihre Frau.

Ich ließ den Brief auf den Sekretär sinken und begann ruhelos auf und ab zu gehen. Bis in den frühen Morgen dachte ich über Trinkls Worte nach, über den Unmut, der aus seiner Nachricht sprach. Irgendwann musste ich auf dem Sessel vor dem Kamin eingeschlafen sein.

Mit verquollenen Augen saß ich am Frühstückstisch. Ein stechender Kopfschmerz hatte eingesetzt. Ich hatte erneut kaum Appetit, nippte an einem Früchtetee und spürte dem Pochen hinter den Augäpfeln nach. Ich schob mir ein paar dunkle Trauben in den Mund und überflog das Gedicht in der Morgenpostille:

Insel der froheren Einsamkeit,
Geliebte Gespielin des Widerhalls
Und des Sees, welcher itzt breit, dann, versteckt
Wie ein Strom, rauscht an des Walds Hügeln umher,

Selber von steigenden Hügeln voll,
Auf denen im Rohr die Moräne weilt,
Sich des Garns Tücke nicht naht, und den Wurm
An dem Stahl, leidend mit ihm, ferne beklagt.

Friedrich Gottlieb Klopstock, *Stintenburg*, 1771

Ich hatte den Vormittag frei, die erste Behandlung war für 12 Uhr angesetzt, las ich im Behandlungsplan, als es an meiner Tür klopfte. Ich schrak hoch, fuhr mir mit beiden Händen übers Gesicht, presste die Finger fest auf die Lider, um dem fürchterlichen Druck etwas entgegenzusetzen, zog mir dann meinen Bademantel über und ging zur Tür.

»Guten Tag, würden Sie mich zu Professor Trinkl begleiten?« Arnim stand vor mir.

Ich schaute ihn ein paar Momente lang an. Er trug feste Stiefel aus Leder, vorne an den Spitzen kamen die blanken Stahlkappen zum Vorschein, darüber einen einteiligen roten Skianzug mit um das Gesicht geschlossener Kapuze. Der Anzug sah aus wie ein Arbeitskittel, an einem Werkzeuggürtel, der Arnim um die Hüfte ging, hingen eine Zange, mehrere Schraubendreher sowie ein kleines Beil in einem ledernen Halfter. Ärmel und Beine waren übersät von Ölflecken und Farbspritzern, aus einigen Rissen quoll das helle Innenfutter hervor, der linke Ärmel baumelte lose umher.

»Der Professor erwartet Sie.«

»Ich würde mich gern noch frisch machen.«

Arnim lächelte kalt. »Kommen Sie doch einfach gleich mit.«

Wenig später stand ich in Trinkls Salon. Die morgendliche Sonne hatte es gerade über den Kamm geschafft und strahlte mit voller Intensität zu uns herein. Trinkl stand dort, die Arme hinter dem Rücken verschränkt, im gleißenden Licht, und sah aus dem Fenster. Als hätte er meine Anwesenheit erspürt, drehte er sich um.

»Guten Tag«, sagte er unterkühlt. »Wir fangen gleich an.«

»Verzeihen Sie bitte wegen gestern«, gab ich zurück. »Wenn durch den Ausfall ein Schaden entstanden sein sollte, werde ich den selbstverständlich begleichen.«

Er verzog mürrisch das Gesicht und machte eine abfällige Handbewegung. »Lassen Sie uns einfach nicht noch mehr Zeit verlieren, in Ordnung?« Dann kam er auf mich zu. »Wir gehen gleich los, ja, nein?«

Ich nickte, und Trinkl geleitete mich aus der Tür.

»Den Gang hinunter bis zum Ende. Es wird Ihnen gefallen.«

Wir gingen gemeinsam den Korridor entlang, an dessen Ende, zehn oder fünfzehn Meter entfernt, genau gegenüber von Trinkls Salon, eine schwere Tür wartete, die mich an die Tür eines Kühlhauses erinnerte. Trinkl griff nach dem Knauf und zog sie mit einem Schnalzen auf.

Der Raum vor uns lag in kaltem Licht, Neonröhren hingen unter der Decke, die Wände waren blank, auf dem Boden graugrünes Linoleum, darüber hinaus vollkommene Leere. Nur ein einzelner Hocker stand in der Mitte des Raums.

»Ich würde Sie bitten, einmal Platz zu nehmen.«

Trinkl deutete auf den Hocker, der ausschaute wie ein Melkschemel – und für einen Augenblick schoss mir, wie aus dem Nichts, das pralle, pausbäckige Gesicht von Heidi durch den Kopf, der Zeichentrickfigur, wie sie mit knallroten Wangen und weit aufgerissenem Mund in ihrem roten Kleidchen über eine saftige Wiese hüpfte. Dann war das Bild wieder verschwunden.

»Sie haben doch keine Klaustrophobie?«

»Nein.«

»Oder irgendwelche anderen ›Problemchen‹ dieser Art?«

Ich schüttelte den Kopf und versuchte, es unbeeindruckt aussehen zu lassen. Ich war schwer verunsichert, Trinkl hatte mich mit seinem Überfall auf dem falschen Fuß erwischt – aber ich wollte ihm gegenüber keine Schwäche zeigen.

»Ausgeprägte Ängste? Neurotische Verspannungen?«

»Nein«, sagte ich. »Keine.«

Trinkl drehte sich zu mir hin. »Richtig! Weil Sie nämlich kerngesund sind und Ihnen nicht das Geringste fehlt, stimmt's?« Bei jedem einzelnen Wort pochte er mir mit dem Zeigefinger auf die Brust, sodass es ein bisschen schmerzte. Ich aber ließ mir nichts anmerken. »Also ... Setzen Sie sich jetzt?«

Ich tat, was er von mir verlangte.

»So, und jetzt erzählen Sie mal ...«, sagte Trinkl. »Ich hatte Ihnen bei unserem letzten Treffen einen Denkanstoß mitgegeben. Das ist zwei Tage her. Hatten Sie schon Gelegenheit, sich damit auseinanderzusetzen?«

Ich biss mir auf die Lippe und räusperte mich. »Nicht wirklich, nein«, sagte ich. Die Kopfschmerzen waren stärker geworden.

»Wissen Sie, ich habe viel über Sie nachgedacht in der vergangenen Nacht. Darüber, was Sie so für ein Typ sind, was für ein Charakter.«

»Ich halte das, ehrlich gesagt, gar nicht für Ihre Aufgabe«, antwortete ich.

Trinkl ging zurück zur Tür, die wieder ins Schloss gefallen war, und sprach mit dem Rücken zu mir. »Selber von steigenden Hügeln voll, / Auf denen im Rohr die Moräne weilt, / Sich des Garns Tücke nicht naht, und den Wurm / An dem Stahl, leidend mit ihm, ferne beklagt«, zitierte er aus dem Gedicht der Postille, dann wandte er sich wieder zu mir. »Haben Sie heute Morgen den Klopstock noch lesen können?«

»Ein wenig.«

»Aber mit Poesie haben Sie es nicht so, nein? Sie sind kein Mann der Lyrik. Kein Mann der Deutung. Des zweiten Blicks ... Stimmt's? Und deswegen habe ich mir für Sie etwas anderes überlegt.«

Es fiel mir schwer, aus seiner Gemütsverfassung schlau zu werden. Einerseits klang er ruhig und verständig, andererseits sprach er kalt und abweisend zu mir.

»Passen Sie auf. Ich will Ihnen keinen Druck machen«, sagte Trinkl. »Ich will nur, dass wir die Zeit, die wir hier haben, die Zeit, die Ihre Frau Ihnen im San Vita geschenkt hat, dass wir die richtig nutzen. Sind Sie damit einverstanden?«

»Selbstverständlich«, antwortete ich.

»Ich glaube, und jetzt kommen wir zum Kern der Sache, ich glaube nämlich, dass irgendwo in Ihnen so eine Art schwarzes Loch wuchert, eine sonnengroße Leerstelle in Ihrer, sagen wir doch einfach, Seele. Und dass diese Leerstelle der Ursprung Ihres Unbehagens und damit all Ihrer Sorgen ist.« Trinkl sah mich scharf an. »So als wüssten Sie nicht, wer Sie sind, als hätten Sie keine Ahnung.« Trinkl tat ein paar Schritte in den Raum, die Arme hinter seinem Rücken, augenscheinlich vertieft in die Gedanken, die er sich just in diesem Moment zu machen schien. Ich hatte keine Möglichkeit, an ihm vorbei zur Tür zu gelangen. »Dabei gibt es allerdings zwei Probleme. Erstens, wir wissen noch nicht, wer oder was dieses Loch in Sie gerissen hat, zweitens: Sie *wollen* es überhaupt nicht wissen!«

»Woher wollen Sie wissen, was ich will?«, entgegnete ich gereizt.

»Sehen Sie?«, sagte Trinkl. »Genau das meine ich. Und ich verstehe Sie nur zu gut. Sie wollen es sich leicht machen, weil Ihnen die Fragen, die ich Ihnen stelle, unangenehm sind.«

Ich sah Trinkl stumm an, es war, als finge der Boden unter meinen Füßen zu schwanken an.

»Ich kann es mir aber nicht leisten, dass einer meiner Gäste das San Vita wieder verlässt, ohne dem Grund seines Unbehagens auf die Spur gekommen zu sein; dass Sie in Ihr altes Leben mit Ihren alten Problemen zurückkehren und dann Ihren Freunden und Bekannten erzählen, dass Ihnen das San Vita rein gar nichts gebracht hat. Denn dann gehen hier bald die Lichter aus.« Trinkl, der ohne Punkt und Komma gesprochen hatte, holte tief Luft. Dann betätigte er den Lichtschalter, und auf einmal war es stockfinster. »Ich möchte, dass Sie sich einmal ganz auf *sich* konzentrieren.« Er knipste das Licht wieder an. »Sie werden staunen, was mit Ihnen geschieht, wenn Sie für einige Zeit in vollkommener Dunkelheit sitzen. Es wird ein paar Minuten dauern, bis Ihr Kopf sich an diese neue Situation gewöhnt hat. Aber dann passieren magische Dinge. Ich verspreche es Ihnen. Ihr Gehirn legt frei, worauf Sie keinen Zugriff mehr haben.«

Wieder wurde es finster.

»Sie müssen nicht viel dafür tun, außer sich zu entspannen«, hörte ich seine Stimme. »Und Sie entscheiden selbst, wie lange das Experiment dauert.«

Ich schaute mich noch einmal um, aber da war nichts, woran ich meinen Blick hätte heften können. Ich fühlte mich ausgeliefert, als wäre ich sehenden Auges Opfer eines Streichs geworden. Und nur um nicht für weitere Irritation zu sorgen, spielte ich dabei mit.

»Es läuft folgendermaßen: Diese Tür schließt automatisch ab. Aber keine Angst. In einer Stunde schon, und eine Stunde sollten Sie für einen Teilerfolg durchhalten, ertönt ein angenehmer Ton – dann haben Sie zehn Minuten Zeit zu entscheiden, ob Sie die Tür öffnen wollen oder ob Sie noch eine weitere Stunde in der Dunkelheit bleiben wollen. Nach zehn Minuten schließt die Tür wieder. Können Sie mir folgen?«

»Ja.«

»Wunderbar. Je länger Sie durchhalten, desto besser. Erfahrungsgemäß wollen viele meiner Gäste gar nicht mehr raus.«

Trinkl drückte die Tür auf. Wieder hörte ich dieses schnalzende Geräusch. Aus dem Flur fiel ein greller Lichtkegel zu mir herein. Ich sah den Professor als schwarzen Scherenschnitt.

»Und keine Sorge, sollten Sie das Zeitfenster verpassen, oder sollte Sie doch die Angst packen, dieser Lichtschalter hier bleibt selbstverständlich aktiv. Sollte es Ihnen aus irgendeinem Grund nicht wohl sein, schalten Sie ruhig das Licht an. Wir wollen Sie schließlich nicht quälen.« Trinkl trat nun ganz in den Flur hinaus. »Wann wir uns heute wiedersehen, entscheiden allein Sie.«

Dann fiel die Tür hinter ihm zu.

Angespannt saß ich auf dem Hocker. Die Hände hatte ich auf meine Knie gelegt. In meinen Ohren hallte das Zuschlagen der Tür nach. Ich konzentrierte mich nun ganz auf meine Atmung, wie ich es in Situationen der Unsicherheit immer tat. Mein Puls beruhigte sich langsam.

Ich hielt meinen Körper für einige Sekunden vollkommen regungslos – Stille. Die Temperatur war angenehm, und schon bald – es mussten ein paar Minuten vergangen sein – bemerkte ich, dass auch der Kopfschmerz nachließ.

Dafür aber setzte ein Stechen im Rücken ein. Ein immer stärkeres Ziehen kurz unter dem rechten Schulterblatt, das mich schon seit Jahren plagte, wenn ich saß. Ich richtete mich auf, drückte mein Kreuz durch, bis es knackste, und als das nicht mehr half, stand ich auf, suchte mir vorsichtig den Weg zur Wand und setzte mich auf den Boden.

Mit angelehntem Kopf lauschte ich ins Nichts. Wie lang würde sich unter diesen Bedingungen eine ganze Stunde anfühlen?

Ich entschied schnell, den Raum nicht schon bei der ersten Gelegenheit zu verlassen. Ich würde über meinen Schatten springen, Trinkl nach den Ereignissen des gestrigen Tages meinen guten Willen beweisen und mindestens noch eine zweite Stunde durchhalten – auch wenn mir die Minuten schon jetzt, sofern es überhaupt Minuten waren, zäh und elend vorkamen.

Ich dachte die meiste Zeit über an nichts Besonderes, streichelte mir bloß rhythmisch über die Oberschenkel und schweifte in Belanglosigkeiten ab, als mich aus dem Nichts ein sanfter Glockenschlag überraschte, hell und weich. Nicht zu überhören. Ich brauchte einen Augenblick, dann wusste ich, woran mich der Ton erinnerte – er klang wie das kleine Porzellanglöckchen, das meine Mutter am Heiligen Abend hatte erklingen lassen. Der erlösende Ton, der mir signalisierte, dass nun die Geschenke bereitlagen, dass, nach qualvollem Warten, die Bescherung beginnen konnte.

Dieses Gefühl sorgloser Kindheitstage hielt mich einige Zeit bei Laune, doch recht bald kam die Langeweile zurück. Ich empfand meine Sitzposition als sehr unbequem, änderte die Haltung meiner Beine, stand in Ungeduld auf und tapste vorsichtig durch den Raum. Eine dritte Stunde wollte ich unter keinen Umständen mehr hier verbringen, und als nach einer Ewigkeit die Glocke ein zweites Mal erklang, spürte ich große Erleichterung.

Ich tastete mich die Wand entlang, bis ich die Tür erreichte, drückte den Knauf, wie es der Professor getan hatte, hörte das Schnalzen bereits in meinem Kopf – aber nichts rührte sich.

Ich drückte noch ein zweites Mal, nun deutlich fester, stützte den Ellenbogen auf meine Hüfte und presste, aber die Tür reagierte nicht. In der schamvollen Angst, irgendetwas falsch zu machen und dabei vermutlich beobachtet zu werden, stand ich ein paar Momente lang da. Und weil mir diese Situation derart unangenehm war, entschied ich, mich erneut auf den Boden zu setzen.

Seit dem Glockenschlag waren ganz sicher keine zehn Minuten vergangen. Hätte ich den Knauf drehen müssen? Oder gab es einen anderen Mechanismus? Ich stand wieder auf und suchte nach dem Lichtschalter.

Als ich ihn betätigte, hörte ich nur ein stumpfes Klacken, doch es blieb finster.

Hatte ich etwas falsch verstanden? Unter dem Kopfschmerz war es mir schwergefallen, den Worten von Professor Trinkl zu folgen. Hatte er überhaupt von zehn Minuten gesprochen? Waren es nicht eher zehn Sekunden?

Verärgert lehnte ich mich an die Tür. Beim nächsten Glockenschlag würde ich einfach hochspringen und die Tür aufstoßen.

Die dritte Stunde zog sich schlimmer, als ich es mir hätte ausmalen können. Immer wieder fiel ich für Sekundenbruchteile in einen Dämmerschlaf, mein Kopf rutschte zur Seite. Einmal schlug ich mit der Schläfe auf dem Boden auf, und erst nach einer qualvollen Ewigkeit erlöste mich der Glockenton just in einem Moment, da ich kaum noch wusste, in welchem Zustand und zu welcher Tageszeit ich mich gerade befand, ob ich wachte oder schlief. Die ganze Zeit über hatte ich das helle Glöckchen so sehr herbeigesehnt, dass ich noch im selben Moment aufsprang und mich mit voller Kraft gegen die Tür warf.

Wieder rührte sich nichts. Ich griff nach dem Knauf, rüttelte, zerrte, versuchte, ihn wild in diese oder jene Richtung zu drehen, schlug mit der anderen Hand pausenlos auf den Lichtschalter – alles vergebens.

Ich taumelte rückwärts in die Dunkelheit und legte mich der Länge nach auf den Rücken. Mit geschlossenen Augen lauschte ich nach meinem Puls, mein Herz schlug mir bis in den Hals, an der Schläfe pochte eine Ader direkt über der gerade gewachsenen Beule.

Ich spürte Wut in mir aufkochen. Am liebsten hätte ich laut aufgeschrien, gegen die Tür geschlagen und auf sie eingetreten, ich wollte den Schemel nehmen und ihn an der blanken

Wand zertrümmern, doch es gelang mir, diesem Impuls etwas entgegenzusetzen. Ich konzentrierte mich stattdessen ganz auf etwas außerhalb dieses Raumes und rief mir noch einmal die Erinnerung an Heiligabend ins Bewusstsein.

Solange ich denken konnte, waren wir an diesem besonderen Tag zu viert gewesen – meine Eltern, meine Großmutter mütterlicherseits und ich. Beide Großväter, ostpreußische Bauern, waren 1945 auf der zu spät begonnenen Flucht von der Roten Armee festgesetzt worden und in sibirischer Kriegsgefangenschaft ums Leben gekommen – ich kannte gerade einmal eine Handvoll Fotos von ihnen. Die Mutter meines Vaters war gestorben, als ich noch sehr klein war.

Darüber hinaus gab es keine Verwandtschaft. Ich hatte, genau wie mein Vater, keine Geschwister, und die Schwester meiner Mutter war im Alter von einundzwanzig Jahren mitsamt ihrem ungeborenen Kind an einer Schwangerschaftsvergiftung verstorben.

Da waren immer nur wir vier.

Wie erlösend hatte das kleine Glöckchen damals geklungen. Ich hörte es jetzt ganz deutlich. Quälend lang hatte ich mit meiner Großmutter im Kinderzimmer verbringen müssen. Sie las mir vor, wir sangen alte Lieder, die ich von ihr gelernt hatte, sie erzählte wie so häufig Geschichten von früher, von meinem Großvater, von dem prächtigen Hof der Familie, von der Zeit vor dem Krieg und so weiter – Geschichten, die ich sonst immer gern hörte, denen ich aber so kurz vor der Bescherung natürlich viel weniger aufmerksam folgte.

Weil meine Eltern viel arbeiteten, hatte ich eine enge Verbindung zu meiner Großmutter. Ich liebte es, Zeit mit ihr zu verbringen. Wir gingen gemeinsam in die Stadt, auf den Spielplatz, zu den Bauernhöfen am Rande der Stadt und in die Wälder, und ich besuchte sie, so oft es nur ging, in ihrer Wohnung, wo ich regelmäßig auch übernachtete.

Bei ihr durfte ich bis in die Morgenstunden fernsehen, und wenn ich in der Schule eine schlechte Note bekam und Angst davor hatte, sie meinen Eltern zu beichten, zog es mich immer zuerst zu ihr, die mich in ihre Arme nahm und fest an ihren mächtigen, nach schwerem Parfum duftenden Busen drückte, in dem ich beinahe zu verschwinden drohte.

Ich erinnerte mich plötzlich sogar an meinen Kindheitsfreund Jesper. Schon seit Ewigkeiten hatte ich keinen Gedanken mehr an ihn verschwendet, aber nun stand er ganz deutlich vor mir. Er hatte mehrere Jahre lang, fast bis wir erwachsen wurden, das Weihnachtsfest zusammen mit mir und meiner Familie verbracht, weil seine familiäre Situation eine weit weniger intakte war. Weil er niemanden hatte, der sich so um ihn kümmerte, wie man sich um mich kümmerte. Viele Jahre war er mein bester Freund gewesen, und nun sah ich ihn und mich gemeinsam mit meiner Großmutter in meinem Kinderzimmer sitzen und auf das Glöckchen warten – seltsam, dass ich so lange nicht mehr an ihn gedacht hatte.

Ich ließ mich tief in diese Erinnerungen fallen, roch beinahe den wohligen Duft des Tannenbaums, das Wachs der brennenden Kerzen, das Parfum meiner Großmutter und spürte die Umarmungen meiner Eltern, wenn wir uns, festlich gekleidet, eine frohe Weihnacht wünschten, als plötzlich mit einem lauten Knall die Tür aufflog und Professor Trinkl den Lichtschalter betätigte.

Sofort sprangen mit klackerndem Rhythmus die Röhren über uns an. Ich kniff meine Augen zusammen. Ich hatte keine Ahnung, wie viel Zeit inzwischen vergangen war.

»Um Himmels willen!«, schrie Trinkl.

Ich öffnete vorsichtig meine Lider, doch noch immer tat mir das grelle Licht in den Augen weh.

Er eilte herbei, kniete sich zu mir herunter und streichelte mir, wenn ich es recht erinnere, über den Kopf. Dann half er mir auf die Beine.

»Ich hatte wirklich gehofft, dass Sie mein Angebot annehmen würden ... Aber dass Sie so lange durchhalten, länger als die meisten, das hätte ich nicht gedacht«, sagte der Professor.

Wir standen einander dicht gegenüber, nach und nach gewann ich mein Augenlicht wieder. Noch einmal schäumte die Wut in mir auf, doch dann, da ich in Trinkls einfühlsame Augen blickte, wandelte sich meine Stimmung. Er breitete seine Arme aus, legte seinen Kopf schief. Und ich ließ mich fallen.

»Das haben Sie toll gemacht. Ehrlich«, sagte Trinkl und strich mir über den Rücken.

Ich nickte und schniefte. Meine Gefühle überkamen mich, und ich weiß noch, dass ich mich später am Abend fragte, wann genau ich zum letzten Mal geweint hatte.

»Nun sind wir Ihrem Unbehagen wirklich auf der Spur«, sagte Trinkl. »Es wird uns nicht mehr entwischen, das verspreche ich Ihnen!«

Er drückte mich noch einmal fester, ich ließ meinen Tränen freien Lauf.

»Glauben Sie ... Glauben Sie, es gibt Hoffnung?«

»Aber natürlich. Sie haben heute einen großen Schritt getan.«

»Danke«, entfuhr es mir.

»Danken Sie mir nicht. Noch nicht«, sagte Trinkl und streichelte mich weiter. »Ich gebe Ihnen jetzt ein paar Tage frei. Das alles muss erst mal in Ihnen arbeiten.«

Ich nickte an seiner Schulter, dann drückte er mich ein Stück von sich. Er nahm mein Gesicht in beide Hände, legte mir seine Daumen an die Schläfen und massierte sie sanft.

»Da ist eine Beule.«

Ich unterdrückte ein weiteres Schluchzen.

»Und Sie sehen müde aus. Wirklich müde.« All die Kälte, die er vorhin noch ausgestrahlt hatte, war von ihm gewichen.

»Aber das Gute ist, auch dafür haben wir hier unsere Mittel und Wege.« Er neigte meinen Kopf zur Seite, damit er besser im Licht stand. »Ihre Augenringe sind bereits permanent geworden. Und hier …«, er fuhr mit dem Zeigefinger sanft über den Bereich unterhalb meines rechten Auges. »Eine Tränenrinne. Und links entsteht bereits ein kleiner Tränensack.«

Ich lächelte durch meine Tränen hindurch.

Trinkl lachte. »Das muss nicht sein. Nicht bei Ihnen. Also tun Sie mir einen Gefallen, nehmen Sie unsere ästhetischen Angebote in Anspruch. Wir haben die besten Leute. Es ist alles bezahlt. Ihre Frau hat für alles gesorgt.«

»Ich danke Ihnen«, sagte ich abermals.

»Nur schöne Menschen haben schöne Gedanken.«

In meiner Hütte angekommen ging ich sofort ins Bad und schaute in den Spiegel. Trinkl hatte recht, ich sah grauenvoll aus, und wie ich so dastand und die Zeichen meiner beschleunigten Alterung erkannte, umwehte mich so deutlich wie nie die Ahnung meiner eigenen Endlichkeit. Eines Tages würde es so weit sein.

Meine Hände zitterten, seit dem unterbrochenen Frühstück hatte ich nichts mehr zu mir genommen. Und obgleich mir immer flauer wurde, setzte ich mich an den Sekretär und schrieb eine Nachricht an Imogen. Ich spürte den Drang, ihr zu berichten:

Imogen, heute ist so viel passiert, dass ich gar nicht weiß, wie ich anfangen soll. Ich werde dir bald alles ganz detailliert erzählen.
Daher an dieser Stelle nur so viel: Ich glaube, ich habe mich gründlich in Professor Trinkl geirrt. Ich kann es noch nicht auf den Punkt bringen, aber irgendwas scheint in Bewegung zu geraten. Und ich frage mich, nein, ich bin mittlerweile der festen Überzeugung, dass mein Wider-

stand, meine Ablehnung gegenüber den Dingen, die mir wirklich helfen könnten, ein großer Fehler war.
Kannst du dir vorstellen, dass jeden Menschen ein Unbehagen plagt? Und dass man die Ursache seines Unbehagens beseitigen muss, um zu sich selbst zu finden? Spürst du vielleicht auch so ein Unbehagen? Lass uns bald darüber sprechen. Wir brauchen Ruhe dafür. Und Zeit.

Ich warf den Brief ein. Die verbogene Klappe war in der Zwischenzeit repariert worden. Meine Gedanken kreisten. War, was ich heute erlebt hatte, dem Plan des Professors gefolgt? Hatte er all das von Anfang an beabsichtigt? Oder waren auch ihm die Dinge entglitten?

In Pantoffeln und einem frischen Bademantel begab ich mich durch die Tunnel zum Restaurant, wo ich als Vorspeise ein feines Gemüsegulasch zu mir nahm, das am Tisch noch mit frisch gepresstem Leinöl garniert wurde. Als Hauptgang gab es gedämpfte Maispoularde, von der ich aber nur die Hälfte schaffte, Getränke wurden zum Abendessen nicht gereicht. Nichts sollte einer guten Verdauung im Wege stehen. Wenig später ging ich zu Bett und erlebte eine gewohnt schlaflose Nacht.

Am nächsten Morgen erschien ich trotz allem pünktlich zu meiner ersten ästhetischen Behandlung. Ich hatte keine Vorstellung, was mich erwarten würde, aber ich gab mir Mühe, der Sache ohne Vorbehalt zu begegnen.

Eine schwarze Ärztin, die sich als Ilva vorstellte und auf deren fast kreisrundem Gesicht nicht die kleinste Unebenheit zu erkennen war, nahm mich in Empfang und führte mich zu einem Behandlungsstuhl. Mit einer Lupe untersuchte sie zunächst mein Gesicht, dann ausgewählte Partien meines Körpers.

»Ihr Hautbild gefällt mir, abgesehen von der allgemeinen

Trockenheit, insgesamt gut. Sie haben eine widerstandsfähige Dermis mit viel Spannkraft …« Ilva machte eine Pause. »Aber wie der Professor schon sagte, der anhaltende Schlafmangel hat in Ihrem Gesicht ein paar Spuren hinterlassen.«

Wir schauten uns direkt in die Augen, und ich stellte fest, dass Ilva in diesen ersten Minuten noch kein einziges Mal geblinzelt hatte.

»Ich schlage Folgendes vor: Meine Kollegin wird Ihnen eine Körpermaske zur Verbesserung der Eigenschutzfunktion Ihrer Haut auftragen. Sie werden staunen, wie vital Sie sich danach fühlen werden. Es wird Sie nur so durch die Tage tragen.« Ilva zeigte mir nun auf einem Monitor ein hochauflösendes Foto meiner Gesichtshaut. »Sehen Sie das hier? Diese Unreinheiten? Die verstopften Poren? Das kommt, wenn man nicht hinreichend auf sich acht gibt. Schlechter Schlaf, Stress. Alles verstopft und verschlackt. Der Dreck kommt nicht mehr an die Oberfläche.«

Meine Haut in dieser Detailtiefe zu sehen war mir unangenehm.

»Als Erstes werde ich Ihre Haut ausreinigen. Das wird knapp zwei Stunden dauern. Wir müssen jede Verkrustung einzeln aus den Poren heben mit so einem scharfen Spatel hier. Das tut zwar ein wenig weh, aber ich versichere Ihnen, es ist die Mühe wert.«

Ich nickte.

»Gegen die Falten auf der Stirn und die Krähenfüße spritzen wir dezent Botox. Und den schwarzen Schatten um Ihre Augen, vor allem unter Ihrem linken, werden wir mit Fillern beikommen. Die spritzen wir ganz sanft, das spüren Sie gar nicht und es geht ganz schnell.«

Ich lauschte Ilvas Ausführungen gern, denn in den vergangenen zwei Jahren hatte ich selbst bemerkt, dass die Jugendlichkeit aus meinem Gesicht zu verschwinden drohte, auch wenn ich mir einredete, dass es nur Einbildung war. Das

Gespräch mit Trinkl hatte den Schleier der Selbsttäuschung fortgerissen.

»Aber das Beste kommt noch«, sagte Ilva andeutungsvoll. »Wissen Sie, was ein ›Vampir Lifting‹ ist?«

Ich schüttelte den Kopf.

Mit einem Lächeln zauberte sie eine Blutkonserve aus einer Kühlbox hervor, die auf ihrem Arbeitstisch stand, und hielt sie mir hin. »Es handelt sich dabei um eine Eigenbluttherapie. Wir haben Ihnen bei der Ankunft ordentlich Blut abgezapft, erinnern Sie sich? Daraus haben wir Plasma gewonnen und es in den vergangenen Tagen immer weiter konzentriert, bis es so aussieht. Eine schöne Farbe, oder? Das dunkelste Rot der Welt, sagen manche.« Sie öffnete den Beutel und gab den Inhalt in eine silberne Schale. Dann zeigte sie mir eine blau blinkende Apparatur, die mich an eine übergroße elektrische Zahnbürste erinnerte. »Sehen Sie diesen Kopf hier? Fünfhundert Mal in der Sekunde schießen dort hauchfeine Titannadeln rein und raus und bohren sich, wenn ich Ihnen damit über das Gesicht fahre, in die drei obersten Hautschichten. Gerade so weit, dass dabei winzige Verletzungen an der Epidermis entstehen, die dann zur Wundheilung und damit zu einer Neubildung von Collagen und Elastin führen. Das allein hat schon einen tollen Effekt, glauben Sie mir, wir aber geben auf die behandelte Haut noch Ihr Blutplasma. Auf diese Weise wird sie sich von oben wie von unten gleichermaßen erneuern ... Wollen wir gleich loslegen?«

»Unbedingt!«, sagte ich nun laut und deutlich und schloss meine Augen.

Endlich war ich mit Leib und Seele im San Vita angekommen.

Gegen Mittag kehrte ich in meine Hütte zurück. Es waren keine Nachrichten für mich eingetroffen. Auch nicht von Imogen, was mich ein wenig wunderte. Mein Gesicht brannte, die Haut kribbelte, als liefen Ameisen darüber.

Da keine weiteren Termine anstanden, ließ ich mir ein Bad ein. Die geschwungene Wanne mit den goldenen Armaturen stand mit Blick auf den Kamin im offenen Badebereich des weiträumigen Zimmers. Ich stellte das Wasser an, gab eine ätherische Essenz hinein und sah dabei zu, wie Schaumberge emporwuchsen. Dann legte ich meinen Bademantel ab, nahm die Tagespostille zur Hand, stieg vorsichtig hinein und lehnte meinen Kopf gegen die Emaille.

Ich las die Verse des heutigen Gedichts:

Reizvoll klinget des Ruhms lockender Silberton
In das schlagende Herz, und die Unsterblichkeit
Ist ein großer Gedanke,
Ist des Schweißes der Edlen wert!

Komm, und lehre mein Lied jugendlich heiter sein,
Süße Freude, wie du! Gleich dem beseelteren
Schnellen Jauchzen des Jünglings,
Sanft, der fühlenden Fanny gleich.

Friedrich Gottlieb Klopstock, *Der Zürchersee*, 1750

Die fühlende Fanny, ging es mir durch den Kopf. Was das wohl war? Da klopfte es an der Tür. Ich hatte keine Lust aufzustehen. Höchstwahrscheinlich war es nur die Reinigungskraft.

»Nein, danke!«, rief ich laut und verdrehte dabei meinen Kopf so weit in Richtung Tür, dass es mir im Rücken zog. »Ich bin im Bad!«

Es klopfte noch einmal lauter. Ich schwieg. Kurze Stille.

»Ach! Kommen Sie schon!« Es war Mana. »Das Wetter ist herrlich. Wir müssen was unternehmen!«

»Ich bade!«

Mana klopfte einfach weiter, mindestens zwanzig Sekunden lang, bis ich schließlich aufstand und mir den Bademantel überzog. Mit nassen Füßen ging ich zur Tür – Mana stand vor mir in einem leuchtend weißen Skianzug und mit einer großen cremefarbenen Wollmütze auf dem Kopf. In ihrer Hand hielt sie zwei Paar Schlittschuhe, über dem Arm hing ein weiterer Anzug.

»Wann waren Sie das letzte Mal Eislaufen?«

Es fiel mir nicht ein.

»Ach! Sie waren heute bei Ilva, wie ich sehe? Haben Sie was machen lassen, ja?«, sagte sie überrascht.

Ich nickte. Mana leckte sich den Daumen und fuhr mir damit über die Stirn.

»Sehr gut! Aber Sie haben da noch überall Blut.«

Ich fasste mir ins Gesicht, spürte ein paar Krusten und begann, sie abzuknibbeln.

»Macht nichts. Los geht's! Ziehen Sie sich was an«, rief Mana und warf mir den Skianzug zu.

Die Sonne stand hoch über dem San Vita. Mana und ich saßen auf einer kleinen Bank in der Nähe des zugefrorenen Sees, der die heruntergehenden Sonnenstrahlen in alle Richtungen reflektierte. Wir cremten unsere Gesichter mit Sonnenschutz ein und schnürten die Schlittschuhe – ich ließ meinen Blick über das Tal schweifen. Wie dicke, flauschige Kissen ruhte der Schnee der letzten Tage in den Wipfeln der Bäume, die Hütten, die ich von hier aus sehen konnte, schienen sich hinter hohen Schneewehen zu verstecken, man sah kaum mehr als ihre spitzen Dächer.

»Haben Sie heute das Klopstock-Gedicht gelesen?«, fragte Mana, während sie eine Schleife band.

»Sie meinen das mit der fühlenden Fanny?«

Mana sah mich ratlos an. »Die fühlende Fanny? Also, bei mir stand etwas ganz anderes ...«, sagte sie und begann mit feierlicher Stimme zu rezitieren: »›Unsterblich ist mein Name dereinst! / Ich erfinde noch dem schlüpfenden Stahl / Seinen Tanz! Leichteren Schwungs fliegt er hin / Kreiset umher, schöner zu sehn.‹«

»Ich verstehe kein Wort ...«

»Schlittschuhlaufen«, rief Mana. »Es geht ums Schlittschuhlaufen ...«

»Und Sie haben es gleich auswendig gelernt?«

»Ich merke mir alles. Immer. Sofort«, antwortete Mana und stand auf. »Das ist so eine Sache bei mir.« Sie schlüpfte in die dicken Handschuhe und zog mich an beiden Händen auf die Beine. »Deswegen bin ich ja erst drauf gekommen ... also, aufs Schlittschuhlaufen.«

Wir staksten nebeneinanderher bis zur Eisdecke.

»Haben Sie so einen Winter schon mal erlebt?«, fragte Mana und wandte sich mir zu.

»Es ist viele Jahre her ...«

»Ein Geschenk des Himmels für uns Menschen«, sagte Mana und lachte.

Vorsichtig setzte ich einen Fuß auf das Eis, prüfte, ob es trug, suchte nach einem festen Stand und stieg auch mit dem zweiten Fuß darauf. Als Kind war ich häufig Eislaufen gewesen, als die Winter noch kalt und beständig waren. Sobald die kleinen Seen in den nahe gelegenen Wäldern zufroren, fuhren mein Vater und ich raus und verbrachten den ganzen Tag auf dem Eis. Mein Vater war ein guter Eisläufer.

»Übrigens, wenn Sie mich fragen«, sagte Mana nach ein paar Sekunden, »ich finde das wahnsinnig affig ...«

»Was meinen Sie?«

»Diese Klopstock-Zitate in der ›Tagespostille‹ ... Es ist so abgeschmackt«, sagte Mana verächtlich. »Ich meine, denken Sie, irgendjemand hier interessiert sich für Poesie? Oder für Klopstock? Das ist so herrlich lächerlich. Diese Pseudosinnstiftung ... Ausgerechnet im San Vita.«

»Ich jedenfalls kann mit Poesie nicht das Geringste anfangen«, sagte ich. »Für mich bedeuten die Worte, was sie bedeuten.«

»Na, sehen Sie! Was also soll der Unsinn?«

Ich schaute meinen Schlittschuhen zu, sie glitten ganz langsam über das Eis. Noch spazierten wir viel mehr, als dass wir fuhren.

»Also, ich wette«, setzte Mana fort, »Trinkl sitzt jeden Abend aufgeregt an seinem Computer und sucht im Internet wahllos nach Klopstock-Passagen, reißt etwas aus dem Zusammenhang, das bedeutungsschwer klingt, und schickt es an seine Assistenten, die es dann beeindruckt von ihrem Chef in die ›Postille‹ einfügen ... Wie bei so einer Schülerzeitung!«

Mana musste über ihren eigenen Scherz lachen, zog das Tempo an, entfernte sich ein paar Meter, blieb stehen und drehte sich zu mir um.

»Vielleicht haben Sie recht!«, rief ich ihr zu und lachte mit.

Wir standen nun in der Mitte des Sees. Unter dem makellosen Eis tat sich ein dunkles, quecksilbriges Blau auf, als ginge es unter uns Tausende von Metern in die Tiefe. Jemand musste den See ständig von den neu fallenden Schneemassen befreien, dachte ich, dann hob Mana ihren linken Fuß und hieb mit der Kufe ihres Schlittschuhs ein paarmal fest auf das Eis ein, sodass es laut knacksend in alle Richtungen stob.

»Hören Sie auf!«, sagte ich.

Aber Mana machte weiter. »Sie haben doch nicht etwa Angst?«, sagte sie und stampfte jetzt mit einer solchen Kraft auf das Eis ein, dass sie sich dabei an meiner Schulter festhalten musste, um nicht das Gleichgewicht zu verlieren. Ein feiner Riss zog unter ihrem Fuß von uns weg.

»Warum?«

Mana ließ ab und fuhr rückwärts in einem anmutigen Bogen um mich herum. »›Zurück! Lass nicht die schimmernde

Bahn / Dich verführen, weg vom Ufer zu gehn! / Denn wo dort Tiefen sie deckt, strömts vielleicht, / Sprudeln vielleicht Quellen empor.‹«

»Ist das auch aus Ihrem Gedicht?«, fragte ich.

»›Den ungehörten Wogen entströmt / Dem geheimen Quell entrieselt der Tod! / Glittst du auch leicht, wie dies Laub, ach! dorthin / Sänkest du doch, Jüngling, und stürbst.‹« Mana war vor mir zum Stehen gekommen und reichte mir die Hand. »Entschuldigen Sie, es ist ein wenig mit mir durchgegangen.« Sie lächelte. »Trinkls Gedichte bewirken wohl etwas in mir. Fahren wir ein bisschen gemeinsam?«

Der See war menschenleer. Nur in rund einhundert Metern Entfernung sah ich eine Gestalt am Ufer, die ganz für sich eine Runde um den See drehte. Ich legte meine behandschuhte Hand in Manas, und dann begannen wir, wie die Kinder, nebeneinanderher über den See zu gleiten.

»Was ich Sie noch fragen wollte«, sagte Mana nach einigen Minuten. »Sie waren gestern in Trinkls Raum, oder?«

Ich blieb überrascht stehen. »Woher wissen Sie das?«

Mana stoppte auch.

»Haben Sie etwa mit Trinkl über mich gesprochen?«, fragte ich gereizt.

»Ach was«, antwortete sie schnell. »Seien Sie nicht immer so empfindlich. Ich habe Sie gestern nur den ganzen Tag über nicht gesehen.«

Ich überlegte, ob das, was sie sagte, stichhaltig war, doch dann verbat ich mir meinen Argwohn, ich wollte nicht misstrauisch sein, nicht jetzt, nicht in diesem Moment, nicht mehr. »Vielleicht werde ich einfach langsam, aber sicher ein bisschen verrückt?«

Mana lächelte. »Nicht, wenn ich es verhindern kann. Also«, fragte sie. »Was haben Sie da drin gemacht? Worüber haben Sie nachgedacht?«

Ich holte mir die Bilder, die mich in der Dunkelheit heimgesucht hatten, noch einmal zu Bewusstsein. Diese Erinnerungen aus Kindheitstagen kamen mir nun wieder ungemein klein und unbedeutend vor, so wild und wahrhaftig sie mir tags zuvor auch erschienen waren. Ich setzte an, etwas zu sagen, stoppte mich aber, wohl aus Angst, etwas Intimes in Worte zu fassen; ich senkte den Blick und schwieg.

»Sie sind schon ein seltsamer Mensch. Verstehen Sie mich nicht falsch.«

»Wie meinen Sie das?«

»Sie scheinen ein echtes Problem damit zu haben, über sich zu sprechen. Aus allem machen Sie ein Geheimnis, verstecken sich hinter Ausflüchten und legen sich die Dinge so zurecht, damit Sie ja nichts preisgeben müssen«, sagte Mana. »Sie machen aus Ihrem Herzen eine Mördergrube.«

»Finden Sie?«, gab ich unsicher zurück.

»Sie sind ein verschlossener Mensch, lieber würden Sie sich ins Unglück stürzen, als dass Sie den Dingen ins Gesicht sehen. Ich verstehe das: Sie wollen sich nicht in die Karten schauen lassen, weil Sie denken, dass man Ihnen einen Strick daraus drehen könnte. So, jetzt hab' ich's gesagt.«

»Aber ich bin doch ganz normal«, sagte ich.

»Können Sie wenigstens mit Ihrer Frau offen sprechen? Nimmt Ihre Frau Sie und Ihre Gefühle ernst? Also, ich hoffe, wenigstens vor ihr sind Sie nicht so verklemmt.« Mana blickte mich immer eindringlicher an. Sie spürte wohl, dass sie einen wunden Punkt getroffen hatte. »Na, sieh mal einer an!«, flüsterte sie dann und nahm wieder meine Hand. »Und?«, fragte sie, während wir weiterfuhren. »Woran haben Sie in dem Raum gedacht?«

»An meine Großmutter«, gestand ich schließlich.

»An Ihre Großmutter«, antwortete Mana erstaunt. »Wie schön. Lebt sie noch?«

»Nein. Leider.«

»Erzählen Sie mir von ihr. Ich höre gern solche Geschichten. Was ist das Erste, das Ihnen zu Ihrer Großmutter einfällt?«

Mana hatte recht, es fiel mir schwer, vor einer anderen Person aufrichtige Worte zu finden – wie sollte ich von dem Gefühl der Geborgenheit erzählen, das mich in ihrer Gegenwart erfüllte, wie von unseren gemeinsamen, mir damals unendlich erscheinenden Tagen und Stunden? Wie, ohne mich lächerlich zu machen?

»Aber Sie mochten Ihre Großmutter?«

»Sehr ...«

»Dann sollten Sie mir von ihr erzählen, gerade weil sie tot ist. Was war sie für ein Mensch? Das kann doch nicht so schwer sein.«

»Nun ja«, druckste ich herum, »man kann sehr viel Gutes über sie sagen. Und auch ein bisschen was ... Ungeheuerliches.«

»Mich interessiert das Ungeheuerliche noch viel mehr.«

Ich sah mich noch einmal um. Es war totenstill auf dem See, dann plötzlich durchbrach ein Knall aus weiter Ferne die Stille, gefolgt von einem sich mehrmals einholenden Echo. Ich zuckte zusammen, Mana und ich schauten uns an, wir lächelten, dann fasste ich mir ein Herz und begann zu erzählen. »Meine Großmutter hing, wie soll ich sagen, ein wenig in der Vergangenheit fest.«

»Tun wir das nicht alle?« Mana schmunzelte mich von der Seite an.

»Sie war eine fantastische Großmutter. Verstehen Sie, ich habe sie unendlich geliebt.«

Von einem der Bäume in unserer Nähe ging eine Ladung Schnee ab und fiel mit einem dumpfen Schlag zu Boden – die Schallwelle musste sie ins Rutschen gebracht haben.

»Es ist der Schnee, der mich an sie erinnert.« Ich machte eine Pause. »Jeden Freitag nach den Hausaufgaben bin ich mit dem Bus zu ihr gefahren. Wir sind gemeinsam einkaufen gegangen, sind stundenlang durch die Gegend spaziert und haben uns von unserem Tag erzählt. Jedes Mal hat sie mir ein kleines Spielzeug gekauft. Und dann sind wir bis spät in die Nacht wach geblieben, haben Süßigkeiten gegessen, Filme geschaut, so lange, bis ich auf ihrem Sofa eingeschlafen bin und sie mich ins Bett getragen hat. Im Sommer haben wir Nachtwanderungen durch den Wald gemacht. Heimlich, meine Eltern haben davon nie etwas erfahren. Ich habe diese Nachtwanderungen geliebt, so wie sie den Wald geliebt hat ... und die Natur.«

Ich spürte, wie Mana meine Hand noch fester drückte.

»An einem dieser Freitage aber war nach der Schule, wie aus dem Nichts, ein Schneesturm losgebrochen. Kein Bus fuhr mehr, alles kam zum Erliegen. Meine Eltern waren noch bei der Arbeit, und ich wusste, sie würden mich bei diesem Wetter nicht mehr zu ihr fahren. Ich habe also mein Fahrrad aus dem Keller geholt und bin allein durch den Schnee zu ihr. Zwei Stunden habe ich gebraucht. Ich bin immer wieder hingefallen, ausgerutscht und stecken geblieben, und als ich ihr Haus erreicht hatte, war ich bis auf die Knochen durchnässt und durchgefroren. Doch das war mir egal. Ich hatte es geschafft.«

»Wundervoll«, sagte Mana, »einfach wundervoll. Aber was ist denn daran ungeheuerlich?«

»Meine Großmutter und ich, wir haben gern Lieder zusammen gesungen.«

Ich verlangsamte mein Tempo, rutschte noch ein wenig dahin und kam zum Stehen. Mana stand ein oder zwei Meter von mir entfernt.

»Kennen Sie *Es zittern die Morschen Knochen*?«, fragte ich.

Mana lachte kurz auf. »Sie meinen: ›Es zittern die morschen Knochen / Der Welt vor dem roten Krieg, / Wir haben den Schrecken gebrochen, / Für uns war's ein großer Sieg‹?«

»Das können Sie auch auswendig?«

»Ich sagte ja bereits, ich vergesse nichts.«

Nun stieß *ich* ein lautes Lachen aus und fuhr fort. »›Wir werden weiter marschieren / Wenn alles in Scherben fällt, / Denn heute gehört uns Deutschland / Und morgen die ganze Welt.‹« Ich schüttelte den Kopf und sprach vor mich hin. »›Heute gehört uns Deutschland und morgen die ganze Welt.‹ Den Satz höre ich noch genau aus ihrem Mund.«

Mana sprach einfach weiter. »›Und mögen die Spießer auch schelten, / So lasst sie nur toben und schrei'n, / Und stemmen sich gegen uns Welten, / Wir werden doch Sieger sein.‹«

»Sie werden mich vielleicht für verrückt halten, aber ich mochte das Lied«, sagte ich, »ich wusste ja nicht, was das alles bedeutet.«

»Natürlich nicht. Und es ist ja auch eine heitere Melodie.« Mana pfiff die ersten Takte.

»Und sie sang es so fröhlich und leicht. Als wäre nichts weiter dabei, verstehen Sie?«

Mana nickte.

»Wir haben uns auch gerne von ihr vom Krieg erzählen lassen, mein bester Freund Jesper und ich. Wenn wir auf dem Spielplatz waren oder als Gutenachtgeschichte, dann hat sie uns mit leuchtenden Augen von den großen Erfolgen unserer Soldaten auf dem Schlachtfeld berichtet, von den Siegen der ersten Jahre. Ich habe ihr immer voller Faszination zugehört, wenn sie mir aufgezählt hat, wen die Deutschen zu Beginn des Krieges alles besiegt haben«, erklärte ich. »Wir haben ein richtiges Spiel daraus gemacht: Ich habe sie der Reihe nach all die Länder abgefragt, die mir so einfielen, Frankreich, England, Jugoslawien, Polen, Holland, Belgien, und sie hat genickt oder den Kopf geschüttelt, als handelte es sich nur um die Ergebnisse eines sportlichen Wettkampfs.«

Während ich so freimütig erzählte, sah ich mich wieder als Kind von zehn Jahren auf einer Schaukel sitzen, ich sah meine Großmutter, ich sah Jesper neben mir, ich sah uns gemeinsam singen und lachen die ganze Kindheit hindurch.

»Und wie bei jedem sportlichen Wettkampf war ich natürlich für Deutschland. Na ja, es ist schon erstaunlich ...«, sagte ich. Mein Blick hatte sich in der nahen Ferne der Erinnerung verloren.

»Sie sind Ihrer Großmutter gar nicht böse?«

»Ich habe erst viel später verstanden, was sie da mit uns getrieben hat. Als ich ein bisschen älter war, habe ich einmal versucht, sie mit der Wahrheit zu konfrontieren, dabei aber schnell gemerkt, dass das Unsinn ist. Deshalb habe ich mich entschieden, es gut sein zu lassen. Denken Sie, ich hätte härter mit ihr ins Gericht gehen müssen?«

Mana antwortete nicht gleich, ging stattdessen auf die Knie und wischte mit ihrem Handschuh über die Eisfläche, immer und immer wieder, immer schneller, bis sie kristallklar poliert war – ein Fisch, ich glaube, ein Karpfen, kam zu der lichten Stelle geschwommen und schaute mit weit geöffnetem Maul zu uns hoch. Dann verschwand er wieder.

»Ihre Großmutter hat keinen schlechten Menschen aus Ihnen gemacht, oder? Sie hat mit ihren Liedern und Kriegsgeschichten jedenfalls keinen erkennbaren Schaden bei Ihnen angerichtet.«

»Ich denke nein.«

»Wenn ich Sie mir so ansehe, würde ich sagen, aus Ihnen ist ein Mensch mit einem funktionierenden Kompass geworden«, sagte Mana. »Und vermutlich besteht der einzige Schaden darin, dass Ihre Großmutter Ihnen den Zugang zur Poesie versperrt hat. Sie hat Ihnen mit diesen Kriegsliedern und ihren billigen Abzählreimen gründlich den Geschmack ruiniert. Wahrscheinlich verstehen Sie deswegen Klopstock nicht«, sagte Mana und lachte schallend. Und ich lachte erleichtert mit. »Also!«, rief sie. »Vergeben und vergessen, ja? Arbeiten Sie sich nicht so sehr an den Toten ab. Konzentrieren Sie sich auf die, die noch leben.«

Mana fuhr einen großen Kreis um mich herum und hielt

dann in einigen Metern Entfernung. Ihre strahlend weißen Zähne leuchteten, sie holte plötzlich Schwung und kam in großem Tempo schnurstracks auf mich zugefahren, bremste in letzter Sekunde mit einem gekonnten Haken vor mir ab. Die aufstiebenden Eiskristalle funkelten in der Sonne. Mana kam ins Straucheln und schlang sich mir mit beiden Händen um den Hals, bis ihr Gesicht unmittelbar vor dem meinen war.

»Huch!«, sagte sie, ihr Atem schlug mir ins Gesicht, er roch nach frischer Minze.

»Huch«, antwortete ich leise.

Sie war mir so nah.

»Ich bin ein verheirateter Mann«, sagte ich dann.

»Natürlich«, antwortete Mana.

Kurz darauf traten wir Hand in Hand ans Ufer, als in einiger Entfernung eine der Kellertüren aufsprang und Arnim an die Oberfläche kam. Er war vielleicht fünfzig Meter von uns entfernt. Erschrocken ließ ich Manas Hand los und blieb wie angewurzelt stehen. Er kam auf uns zu, ging wortlos vorüber und betrat das Eis, halb gehend und halb rutschend bewegte er sich in die Mitte des Sees.

»Kennen Sie Arnim?«, flüsterte ich Mana zu.

»Trinkls Knecht, natürlich!«

»Ich sehe ihn dauernd aus einer dieser Türen kommen oder in sie hineingehen«, sagte ich. »Wissen Sie, was er da unten macht?«

»Ich habe darüber, ehrlich gesagt, noch nie nachgedacht.«

Wir schauten Arnim hinterher. Über seiner rechten Schulter trug er eine Spitzhacke, unter den Armstumpf hatte er einen kleinen Hocker geklemmt, in der rechten Armbeuge baumelte ein Eimer, aus dem Garn und allerlei anderes Zeug heraushing.

»Meinen Sie, er hat etwas bemerkt?«, fragte ich schließlich.

»Was soll er denn bemerkt haben?«, sagte Mana. »Wir dürfen doch wohl, wie liebe Freunde, ein bisschen Schlittschuhlaufen.«

Er war stehen geblieben, hob die Spitzhacke hoch über den Kopf und schlug auf das Eis ein. Wieder und wieder sauste seine Hacke herunter, es spritzte und wirbelte in alle Richtungen. Wir hörten die mal dumpfen, mal krachenden, mal singenden Schläge mit kurzer Verzögerung. Erst nach ein oder zwei Minuten hatte Arnim die Eisdecke durchbrochen.

»Fängt er hier das Abendessen für die Gäste?«, fragte Mana.

Er setzte sich auf den Hocker und ließ die Schnur ins Wasser.

»Vielleicht isst er ja selbst gerne Fisch.«

Wir gingen zurück zur Bank und entledigten uns der Schlittschuhe. Erst jetzt bemerkte ich, dass ich den ganzen Tag über kein einziges Mal gegähnt hatte.

»Ihre Woche hier ist schon beinahe um, nicht wahr?«, fragte Mana.

Ich senkte den Blick, gab mich mit den Schlittschuhen beschäftigt.

»Oder bleiben Sie noch ein wenig länger?«

Die folgenden drei Tage verbrachte ich hauptsächlich in der Obhut Ilvas. Ich genoss ihre ausführlichen Erläuterungen, bevor sie oder eine ihrer Assistentinnen mit der eigentlichen Pflege begannen: Ein Mikrodermabrasions-Peeling, bei dem mit einem rasiermesserartigen Schaber die toten Schichten meiner Haut abgetragen wurden, verfeinerte mein Hautrelief; die Behandlung mit einer streng nach Benzin riechenden harzartigen Paste reicherte sie mit Sauerstoff an. Dazu kamen tägliche, auf meinen Hauttyp angepasste Ganzkörpermasken, gezielte Entschlackungs-, Straffungs- und Leberwickel sowie remineralisierende Bäder, die mich gegen Umwelteinflüsse widerstandsfähiger machen sollten.

Und weil mir die meditative Ruhe der Anwendungen immer wieder die Möglichkeit gab, für einen Moment einzuschlummern und dabei den fehlenden Schlaf der Nacht teilweise nachzuholen, kam ich gut durch die Tage. Rückblickend waren es vielleicht die angenehmsten Stunden, die ich im San Vita verbrachte, ehe die Dinge so richtig in Bewegung gerieten.

Am neunten Tag erwachte ich spät. Es war bereits kurz vor sechs, und ich hatte, wenn mich nicht alles täuschte, mehrere Stunden am Stück geschlafen. Und nicht nur das, in meinem Kopf tauchte ein Bild auf, eine kleine Sequenz. Es musste ein Bild aus einem Traum gewesen sein.

Ich geriet in Aufregung. Ich versuchte, es festzuhalten, war so berauscht von der Vorstellung, wieder geträumt zu haben, dass ich mir mit der flachen Hand an die Stirn schlug, in der Hoffnung, die Erinnerung dadurch besser zu fassen zu bekommen. Doch sosehr ich mich bemühte, sie entglitt mir, und nachdem die Schlaftrunkenheit ganz aus mir gewichen war, blieb nur ein kurzer Eindruck zurück: Ich stand auf der Terrasse meiner Hütte und schaute hinaus in die Nacht. Dann sah ich Arnim, der durch den Schnee auf die Kellertür zuging. Abermals zog er ein totes Tier hinter sich her. Ich hörte Schreie. Er öffnete die Tür, zerrte seine Beute hinein – und plötzlich wusste ich: Das ist kein Tier. Das ist Imogen.

Als es vor den Fenstern heller wurde, hörte ich, wie das Personal im Nebenzimmer das Frühstück brachte. Ich wartete geduldig, bis die ersten Sonnenstrahlen über den Berg blinzelten.

Was auch immer der Traum bedeutete, so verstörend er auch war, die Freude darüber, überhaupt geträumt zu haben, überwog. Kein Zweifel, etwas passierte mit mir.

Ich fuhr mir mit den Händen über das Gesicht und merkte gleich, dass etwas anders war, ein ganz neues Gefühl. Meine Haut hatte in den vergangenen Tagen stark auf die Behandlungen reagiert. Sie war an vielen Stellen geschwollen gewesen, es spannte und drückte überall, doch jetzt war davon nichts mehr zu spüren. Es war, als berührte ich mit meinen Fingerspitzen die zarte Haut eines Kindes.

Ich ging zum Waschbecken, schaltete das Licht des Spiegels an und begann mich genau zu betrachten. Um die Augen herum waren zwar noch immer kleine Hämatome von den Einstichen geblieben, nun aber sahen sie wie hübsch positionierte Sommersprossen aus. Das Ergebnis war atemberaubend.

Meine Haut strahlte. Die Poren hatten sich geschlossen, mein Gesicht schien nahezu makellos. Verschwunden waren sowohl die Augenringe wie auch die feinen Verästelungen um sie herum, und selbst die tiefen Falten auf meiner Stirn waren kaum mehr zu erkennen. Ilva hatte in mir das Licht angeknipst.

Der Blick in den Spiegel ließ mich nicht kalt. So hatte ich mich schon lange nicht mehr gesehen. Ich setzte mich an den Frühstückstisch und ging die Post durch – noch immer hatte ich keine Antwort von Imogen erhalten, doch ich glaubte mittlerweile fest daran, dass alles seine Richtigkeit hatte und dass kein Grund zur Sorge bestand.

Beim Blick auf den Tagesplan sah ich, dass keine einzige Anwendung für mich reserviert war. Stattdessen war für 9 Uhr nur ein großes Fragezeichen eingezeichnet.

Ich glaubte an einen Fehler und ging fürs Erste darüber hinweg. Im Anschluss an das Frühstück würde ich beim Empfang nachfragen, dachte ich und blätterte zum Gedicht:

Viel der Beziehungen sind im Gedichte, wodurch es die Teile,
Wie in dem süßen Bund inniger Liebe, vereint.
Jene dürfen auf sich mit dem Finger auch weisen; doch geben
Öfter (des Schönen Gesetz will es so) Winke sie nur.
Schlummert bei den Beziehungen dir dein Auge, so tappest
Du im Dunkeln umher, ohne des Dichtenden Schuld.

Zürne du dann nicht mit dem Liede, daß du es nicht fassest;
Laß die Unschuld in Ruh, Gähnender, zürne mit dir.

Friedrich Gottlieb Klopstock, *Der Unschuldige*, undatiert

Ich hatte gerade die letzte Zeile gelesen – was war das für ein seltsames Stück? –, da klopfte es an der Tür. Ich öffnete, und draußen, im Licht der frühen Sonne, stand Professor Trinkl. Er trug ein Gewehr mit Zielfernrohr auf dem Rücken, den weißen Kittel und die Jeans hatte er gegen eine dunkelgrüne Hose aus dickem Cord, einen Shetlandpullover und eine halb geöffnete, gefütterte Wachsjacke getauscht. Die Hosenbeine hatte er in schwarze Schnürstiefel gestopft, um den Hals trug er einen blauen Schal, auf dem Kopf einen Filzhut.

Ich vernahm das dumpfe Brummen eines Motors, dann erst sah ich, dass etwas abseits auf dem Weg ein Schneemobil wartete, mit Arnim am Steuer.

»Meine Güte! Sie sehen fantastisch aus«, rief Trinkl. »Wirklich!«

»Danke.«

»Wie ein neuer Mensch.« Er ging einmal halb um mich herum. »Glauben Sie mir, ich weiß, wozu wir hier fähig sind. Meine Leute leisten fantastische Arbeit. Aber manchmal bin ich selbst erstaunt. Wie fühlt es sich an?«

»Gut, es fühlt sich gut an«, antwortete ich.

»Wie eine durstige Pflanze«, sagte er mehr zu sich selbst, »ein vertrocknetes Pflänzchen, das schon viel zu lange kein Wasser bekommen hat. So sind Sie durch und durch!«

Ich konnte kaum verbergen, dass sein Erstaunen mir schmeichelte.

»Wissen Sie«, fuhr Trinkl fort, »ich dachte, wir schlagen heute mal zwei Fliegen mit einer Klappe, und Sie begleiten mich bei meiner ›Sicherheitsüberprüfung‹.«

Mein Blick fiel auf sein Gewehr.

»Wir machen heute Morgen einfach mal ein bisschen Action.« Trinkl lächelte. »Mögen Sie Action?«

»Ja, doch«, sagte ich.

»Sehr schön.«

Arnim fuhr los. Hinter ihm saß der Professor und dahinter ich – einer hielt sich am anderen fest. Nach einer zehnminütigen Fahrt durch den dichten Wald erreichten wir eine Lichtung und hielten unmittelbar vor einem Hochsitz. Von hier aus hatte man einen Blick über das gesamte Gelände des San Vita, das in der Sohle des Hochtals lag – im Hintergrund die fast viertausend Meter hoch in den Himmel ragenden Spitzen der Ötztaler Alpen, davor die zu einem malerischen Bergdörfchen arrangierten Holzhäuser und ringsherum die mal dichten, mal lichten Nadelwaldgruppen. Von hier oben wirkte das San Vita wie das perfekte Idyll, wie die geheime Zuflucht einer Gruppe glücklicher Auserwählter. Ein Ort, so schön und rein, dass er augenblicklich Beschützerinstinkte weckte.

»Ich bin jeden Tag hier«, sagte Trinkl. »Es ist Teil meines Jobs. Mindestens genauso wichtig wie die Arbeit mit meinen Gästen.«

»Ein schöner Ausblick«, sagte ich anerkennend.

»Oder?«

Wir waren beide abgestiegen, und Trinkl nahm ein zweites Gewehr vom Schneemobil, das er nun mir reichte.

»Ich weiß nicht so recht«, sagte ich. Ich hatte noch nie im Leben eine Schusswaffe in der Hand gehabt.

»Nur fürs Gefühl«, antwortete Trinkl. »Bitte. Ich bitte Sie.«

Ich nahm das Gewehr entgegen und wog es in meinen Händen. Es war schwerer, als ich angenommen hatte.

»Schnallen Sie es sich auf den Rücken, so wie ich«, sagte Trinkl, dann setzte er seinen Fuß auf die erste Sprosse. »Auf geht's!«

Ich wartete, bis er oben war. Erst, als er mir noch einmal

bedeutete, ihm nachzukommen, begab auch ich mich auf die Leiter und hörte, wie Arnim davonbrauste.

»Es ist ein wenig eng hier oben, normalerweise bin ich allein. Aber wir zwei kommen schon zurecht – machen Sie es sich bitte so bequem wie möglich. Es kann ein Weilchen dauern.«

Wir standen nebeneinander und ließen unsere Blicke schweifen.

»Passen Sie auf.« Trinkl deutete mit seiner rechten Hand in die Ferne. »Sehen Sie, dort hinten sieht man es am besten. Diese feine Linie, die sich durch die Landschaft zieht. Schauen Sie genau hin.«

Ich kniff die Augen zusammen, erkannte aber nicht, was er meinte. Dann nahm Trinkl sein Gewehr zur Hand, schaute durch das Zielfernrohr, drehte daran herum und reichte es mir.

»Der Zaun?«, fragte ich nach ein paar Sekunden.

»Ganz genau, der Zaun«, sagte Trinkl. »Von hier oben können wir fünfundachtzig Prozent der Zaunanlage überblicken. Um die übrigen fünfzehn Prozent kümmert sich Arnim.«

Ich nahm das Gewehr herunter und erkannte die Linie nun auch mit bloßem Auge. Das gesamte Gelände war weiträumig umzäunt.

»Er ist vier Meter hoch«, erklärte der Professor. »Das Problem ist nur, es kommen immer wieder Löcher rein.«

»Wie das?«

»Bären.« Trinkl konnte seinen Abscheu nicht verbergen. »Es sind die verdammten Bären. Diese Viecher tun alles, um hier hereinzukommen. Und genau das müssen wir verhindern.«

Trinkl hielt das Gewehr fest umklammert, seine Hände krallten sich um den Lauf und den Schaft, um seine Augen spielte etwas Feuriges.

»Los, nehmen Sie Ihr Gewehr«, sagte er. »Und wenn Sie einen Bären sehen, der sich am Zaun zu schaffen macht, wenn

Sie überhaupt einen Bären sehen, dann knallen Sie ihn ab. Haben Sie schon einmal geschossen?«

»Nein.«

Trinkl ließ sein Gewehr sinken und wies mich in die Bedienung der Waffe ein.

»Sehen Sie? Ganz leicht. Sie können das Ziel gar nicht verfehlen.«

Etwa eine halbe Stunde lang suchten wir mit den Fernrohren das Gelände ab. Durch die Vergrößerung konnte ich alles im San Vita bis ins letzte Detail erkennen, sogar die Spuren, die Mana und ich auf dem Eis gezogen hatten. Ich sah das Außenbecken, in dem ich ihr zum ersten Mal begegnet war und in dem nun ein glatzköpfiger Alter langsam seine Bahnen zog.

»Haben Sie schon einen entdeckt?«, fragte Trinkl nach einer Weile.

»Leider nicht«, sagte ich, verschwieg aber, dass ich mich in Wahrheit davor fürchtete, abdrücken zu müssen. Und doch wollte ich, dass Trinkl glaubte, dass ich die Aufgabe ernst nahm.

»Da!«, zischte er plötzlich. »Sehen Sie? Auf zwei Uhr.«

Es dauerte, bis ich die Stelle durch das Fernrohr gefunden hatte. Eine große Bärin war gerade im Begriff, mit ihren Pranken ein Loch in den Zaun zu reißen. Hinter ihr warteten, ungeduldig herumtollend, zwei tapsige kleine Jungbären. Ich sah, wie das Loch immer größer wurde, wie das Tier seinen wuschigen Kopf in den Maschendrahtzaun bohrte und sich darin verbiss, als hinge sein Leben davon ab.

»Wer will zuerst?«, fragte Trinkl.

Ich wurde nervös. »Ist es nicht verboten, Bären einfach so abzuschießen?«

Er nahm das Gewehr noch einmal herunter. »Verboten?«

»Ich meine«, sagte ich, »stehen Bären nicht unter Naturschutz?«

Der Professor lachte höhnisch. »Ich sage Ihnen jetzt mal was, mein lieber Freund. Diese Bären, die Sie so schützens- und liebenswert finden, vermehren sich hier seit Jahren wie die Ratten. Es ist milder geworden, gerade in dieser Höhenlage, es gibt unendliche Futterreserven, die Population explodiert!«

Ich schwieg, auf keinen Fall wollte ich ihm gegenüber noch einmal widerwillig erscheinen.

»Und ich sage Ihnen noch etwas, dass hier jemand steht, Tag um Tag, und nach dem Rechten sieht, einer, der darauf achtgibt, dass der Zaun intakt bleibt, damit diese Raubtiere nicht zu uns ins San Vita kommen, das ist die Voraussetzung dafür, dass wir uns am knisternden Kaminfeuer den wirklich wichtigen Fragen widmen können. Verstehen Sie das? Und Sie fragen mich, ob das verboten sei?« Trinkl beruhigte sich wieder und legte das Gewehr an. »Wissen Sie«, sprach er ganz ruhig weiter, »gleich in der zweiten Woche kam es hier zu einem Zwischenfall ... Ich möchte nicht ins Detail gehen, ehrlich gesagt. Aber es war sehr unappetitlich.«

»Ist dabei etwa ein Gast zu Schaden gekommen?«

»Nein, nein, kein Gast zum Glück«, sagte Trinkl. »Ruhe jetzt! Hören Sie zu. Also, ich schieße auf die beiden Kleinen. Sie nehmen den Großen. Verstanden?«

»Ich kann das nicht.«

»Stellen Sie sich nicht so an«, sagte Trinkl. »Mit dem Sucher ist es kinderleicht. Halten Sie die Waffe nur schön ruhig.«

Ich spürte, wie mir das Adrenalin in den Kopf schoss, mein Herz begann, heftig zu schlagen.

»Ganz ruhig. Und einfach mitten in den Kopf.«

Ich konnte kaum fassen, was Trinkl von mir verlangte. Natürlich hatte ich in meiner Kindheit Tiere getötet, Jesper und ich hatten an den zahlreichen Teichen in unserer Umgebung kleine Fische oder Frösche gefangen und mit ihnen Unschönes angestellt, wir hatten mit Zwillen auf Spatzen geschossen und Ähnliches. Aber das waren Dummheiten gewesen, für die ich mich heute schämte. Ein richtiges Tier töten zu müssen, noch dazu ein so majestätisches, verursachte mir Übelkeit.

»Ich zähle bis drei«, sagte Trinkl. »Dann schießen wir gleichzeitig. Verstanden? Und im Anschluss versuche ich, das flüchtende zweite zu erwischen.«

»Warten Sie!«, rief ich laut aus, und Trinkl setzte noch einmal genervt das Gewehr ab.

»Wir haben nicht viel Zeit. Gleich sind die drei im Unterholz verschwunden, und wir müssen unsere Leute rausschicken, um sie zu finden.« Der Professor war aufgebracht, fasste sich dann aber plötzlich wieder und sah mich an. »Hören Sie, ich weiß, dass das nicht leicht für Sie ist. Aber es *muss* sein.« Er legte mir seine Hand auf die Schulter. »Wissen Sie, was die Indianer sagen?« Seine Worte klangen bedeutungsvoll.

»Was meinen Sie denn mit ›Indianer‹?«

»Jetzt stellen Sie sich nicht dumm. Jedes Kind weiß, was Indianer sind«, sagte Trinkl und lachte. »Oder nicht?«

Ich nickte verhalten.

»Sie sagen: Was ist das Leben? Es ist der Blitz eines Glühwürmchens in der Nacht. Es ist der Atem eines Büffels im Winter. Es ist der kleine Schatten, der über das Gras läuft und sich im Sonnenuntergang verliert.«

»Aber«, sagte ich nach einer kurzen Pause, doch Trinkl ließ mich nicht weiterreden.

»Hier drinnen ist das Leben. Dort draußen wartet der Tod. Und jetzt schießen Sie. Auf drei.« Trinkl wartete, bis ich mein Gewehr angelegt hatte.

Ich sah eines der Bärenjungen um die Hinterbeine der Mutter herumtanzen, das andere wälzte sich vergnügt im Schnee.

»Eins ... zwei ...«

Und dann krachte ein kreischend lauter Schuss durch die

klare Bergluft. Und dann noch ein zweiter. Und etwas später ein dritter.

»Verflucht!«, zischte Trinkl.

Es dauerte eine halbe Ewigkeit, bis der Schmauch verflogen war.

»Wieso zum Teufel haben Sie nicht geschossen«, sagte Trinkl erzürnt. »Was ist nur los mit Ihnen?«

Ich fühlte mich außerstande, etwas zu sagen.

»Sehen Sie doch, was Sie angerichtet haben!«

Ich zwang mich, durch das Fernrohr zu schauen, und verstand augenblicklich, was er meinte. Offenbar hatte Trinkl die Bärenmutter nicht richtig erwischt, keuchend taumelte sie durch den Schnee auf ihre beiden toten Jungen zu. Ihr Brüllen hallte bis zu uns herauf.

»Das ist *Ihre* Schuld«, sagte Trinkl sauer. »*Ihr* Versagen!« Er erhob sich und nahm sein Gewehr auf den Rücken. »Los, kommen Sie! Es sind fünfzehn Minuten dorthin.«

Wir stiegen vom Hochsitz hinunter, mein Herz schlug mir bis zum Hals, ich schämte mich entsetzlich. Wortlos stapften wir durch den Schnee in Richtung Zaun, ich hielt die Stille kaum aus. Was wollten wir dort überhaupt?

»Ich habe in den letzten Tagen viel nachgedacht, über meine Unruhe, das Unbehagen«, brach es schließlich aus mir heraus. »Wie Sie es sich gewünscht hatten.«

»Schön für Sie«, entgegnete Trinkl hart. »Soll ich Sie jetzt dafür loben?«

Ich wusste weder ein noch aus und verlor die Kontrolle. »Wissen Sie, meine Großmutter«, stotterte ich. »Sie hat mir früher immer Lieder vorgesungen ... Lieder vom Krieg.«

Trinkl blieb stehen und drehte sich zu mir um.

»Mein Gott!«, schäumte er. »Wie ich das nicht mehr aushalte! Immer diese Familiengeschichten. Die bösen Eltern. Die noch böseren Großeltern. Der Krieg. Ja, Herrgott noch mal! Haben Sie eine Ahnung, wie oft ich das höre?«

Ich zitterte am ganzen Körper.

»Oder wollen Sie mich veräppeln?« Trinkl kam noch näher. »Machen Sie sich über mich lustig?«

Ich hielt den Atem an. Der Professor schnaufte mir ins Gesicht. Doch ich spürte schnell, dass sich seine Erregung legte, seine Atmung verlangsamte sich, und bald war er wieder ganz bei sich. Er drehte sich um und ging weiter.

»Kommen Sie. Es ist nicht mehr weit.«

Ich sah den massiven Körper des Bären schon von Weitem. Mit letzter Kraft schleppte er sich nach vorn, fast hatte er eines der Jungen erreicht, das es bei seiner Flucht etwa zwanzig Meter weit weg geschafft hatte.

»Sehen Sie? Er lebt noch immer«, sagte Trinkl, als wir direkt auf das riesige Tier zugingen. »Die Kugel hat sein Gehirn nur gestreift.«

Trinkl kniete sich neben das Tier und streichelte ihm den Kopf. Er griff in seine Jackentasche und zog ein Jagdmesser daraus hervor, dessen massiver hölzerner Griff im Sonnenlicht glänzte. Er klappte es auf und reichte es mir.

»Hier. Das ist für Sie«, sagte Trinkl und versuchte sich an einem Lächeln. »Es gehört Ihnen.«

Wie in Trance öffnete ich meine Hände, und Trinkl legte das Messer hinein.

»Sagen wir, es ist eine Art Friedenspfeife, um unseren kleinen Zwist zu beenden.«

Es zitterte in meiner Hand.

»Das Kriegsbeil ist erst begraben, wenn man nicht mehr weiß, wo es liegt, sagen die Indianer. Ich finde, da ist etwas dran«, sagte der Professor. »Man kann wirklich viel von ihnen lernen.« Er griff nach der Pranke des Bären, stemmte sie hoch und drehte das Tier halb auf den Rücken. »Sie müssen eine Sache verstehen«, fuhr er fort. »Die Geschichte mit Ihrer Großmutter ... Woran auch immer Sie sich zu erinnern glauben, das ist nicht der Grund Ihrer Probleme. Sie können Ihr Unbehagen nicht auf andere abwälzen. Was kann Ihre Großmutter dafür, dass Sie nicht schlafen? So funktioniert das nicht.«

Ich hörte den rasselnden Atem des Bären.

»Warum wehren Sie sich immer so gegen alles? Wovor haben Sie Angst?« Trinkl sprach jetzt so ruhig wie ein weiser Lehrmeister. »Wissen Sie, nicht jeder hat die Möglichkeit, seinem Unbehagen ins Auge zu blicken. Die meisten Menschen leben und sterben, ohne jemals daran gearbeitet zu haben. Es ist ein Privileg! Ein Geschenk!« Professor Trinkl atmete tief aus. »Sich seinem Unbehagen zu stellen und es aus der Welt zu schaffen, darin liegt das größte Glück dieser Welt. Allerdings, man kann einen Menschen nicht wecken, der nur vorgibt, zu schlafen.« Er zwinkerte, dann wandte er sich wieder dem Bären zu. »Sie müssen sein Herz erwischen, es liegt direkt hinter dem Brustbein.«

Trinkl nahm meine rechte Hand, in der das Messer lag, und schloss meine Faust darum.

»Warum ... Warum haben wir nicht einfach noch mal geschossen? Von oben?«, fragte ich mit brüchiger Stimme.

Trinkl stieß einen verächtlichen Laut aus. »Manche Menschen muss man zu ihrem Glück zwingen.«

Unter seiner Führung setzte ich die Klinge auf das Brustbein des Bären. Ich spürte, wie der Druck in meiner Hand zunahm. Zunächst hielt ich noch dagegen.

»Lassen Sie los«, flüsterte der Professor.

Ich stellte mir vor, es wäre Trinkl selbst, dem ich das Messer auf die Brust setzte. Dann löste ich die Spannung in meinem Arm, und das Messer schoss mit aller Kraft nach unten. Ich hörte ein knirschendes Geräusch, und die Klinge glitt durch das dichte Fell.

Der Bär hörte augenblicklich auf zu atmen. Eine warme, dunkle Masse quoll aus der Wunde hervor und lief mir über die eiskalte Hand.

Der Professor legte seinen Kopf an meine Schulter. »Ihre Frau kann stolz auf Sie sein.«

Ich erinnere mich nicht mehr, wie Trinkl und ich damals von der Außengrenze zurück ins Resort gekommen waren. Ob Arnim uns wieder eingesammelt hat oder ob wir den ganzen Weg zu Fuß zurückgegangen sind. Aber ich weiß noch, dass ich am frühen Abend wieder im Bademantel im Atrium des San Vita stand und einen starken Ekel, einen Fluchtreflex in mir spürte. Ich wollte meine Sachen packen, in den nächstbesten Zug steigen und das San Vita verlassen. Ich wollte zurück zu Imogen, weit fort von Trinkl und seinen Zumutungen.

Für einen Moment fürchtete ich, die Emotionen könnten mich überwältigen. Ich spürte ein Beben in mir, spürte den Wunsch, mich in wärmende Arme fallen zu lassen, doch ich rang dieses Gefühl nieder, eilte stattdessen zurück in meine Hütte und setzte mich samt Bademantel in die Dusche. Ich schauderte, stellte das Wasser an, und aus dem riesigen Duschkopf prasselte ein heißer Regen auf mich herab.

Ich weiß nicht, wie lange ich in dieser Position verharrte, die Beine aufgestellt und von meinen Armen umschlossen, dicht an den Körper herangezogen, den Kopf auf die Knie gelegt.

Erst als ich die Tür meiner Hütte ins Schloss fallen hörte, hob ich den Kopf wieder. Zuerst sah ich nur einen Schatten, schließlich stand Mana vor mir. Sie sprang zu mir hin, drehte das Wasser aus, kniete sich vor mich und nahm mich fest in den Arm.

»Ist ja schon gut«, sagte sie, holte dann ein Handtuch, zog mir den triefenden Bademantel von den Schultern und trocknete mich ab.

Ich rubbelte mir mit dem Handtuch die Haare trocken.

»Wie sind Sie hier reingekommen?«, fragte ich.

Sie schaute mich irritiert an. »Im San Vita sind immer alle Türen offen. Wussten Sie das nicht?«

Ich schüttelte den Kopf. »Ich habe gehofft, Sie nicht mehr zu sehen. Es tut mir leid. Ich reise ab. Mir reicht's«, antwortete ich, stand auf und begann hektisch, ein paar Sachen zusammenzuräumen. Meine Zahnbürste, meine Beißschiene, das Deodorant und die Cremes.

»Seien Sie nicht albern«, sagte Mana.

»Ich nehme den nächsten Zug.«

Sie legte mir ihre Hand sanft auf den Unterarm. »Sie können heute nicht mehr abreisen. Es geht nur ein Zug am Tag«, sagte sie ruhig. »Morgen ... Morgen können Sie abreisen.«

»Dann reise ich eben morgen ab! Ich kann nicht mehr.«

Mana öffnete einen der Schränke und half mir in einen frischen Bademantel hinein. Sie setzte ein schmollendes Gesicht auf und sah mich an. »Aber was soll ich hier denn ohne Sie machen? Wollen Sie mich etwa mit dem Professor allein lassen?«

Ich zog den Gürtel des Bademantels fest zu und machte einen Knoten.

»Ehrlich gesagt, habe ich mich tierisch gelangweilt, bevor Sie hier aufgekreuzt sind. Sie sorgen für Unruhe. Das gefällt mir.« Mana ging auf und ab und schaute sich um, ihr Blick fiel auf mein Bett. »Was haben Sie denn da für ein interessantes Messer?«

Ich nahm das Messer in die Hand, klappte es auf und ließ es zweimal hüpfen.

»Damit habe ich heute einen Bären getötet«, sagte ich.

Mana lachte laut auf. »*Sie?*«

»Ich habe es ihm mitten ins Herz gestoßen. So«, sagte ich und wiederholte die Bewegung noch einmal.

»Und was haben Sie dabei gefühlt? Seien Sie ehrlich.«

Ich sah Mana tief in die Augen.

»Es war ...«, sagte ich, »ich hatte Angst. Ich war in Panik. Und dann ...«

»Dann?«

»Ich habe Trinkl verflucht. Ich war voller Hass. Ich hätte das Messer am liebsten ihm selbst in die Brust gerammt.«

Mana legte ihre Hand an meine Wange.

»Aber dann war es eine Erlösung.«

Ich spürte, wie Mana meinen Kopf zu sich zog. Sie schloss ihre Augen. Ihre Lippen fühlten sich warm an und weich.

Eine halbe Stunde später saßen wir im hell erleuchteten Veranstaltungssaal des San Vita. Außer uns waren noch etwa ein Dutzend anderer Gäste gekommen, sie alle lauschten aufmerksam den Worten eines Mannes in einem eng anliegenden schwarzen T-Shirt, der durchtrainiert und athletisch wirkte. Eine unbeschreibliche Leichtigkeit hatte von mir Besitz ergriffen.

»Der menschliche Körper, das ist ja mittlerweile Allgemeinwissen«, fing er an, »besteht zu achtzig Prozent aus Wasser. Aber Wasser ist nicht gleich Wasser. Es gibt gutes und weniger gutes Wasser.«

Schon nach fünfundzwanzig Minuten war der Vortrag beendet, es folgten zwei oder drei interessierte Fragen aus dem Publikum, und dann machten Mana und ich uns wieder auf den Weg.

»Was für ein herrlicher Unsinn.« Mana lachte.

»Es hat sich gelohnt, ja!«

Gedankenverloren spazierten wir durch die Gänge und scherzten über den Vortrag und die Vorteile des Wassers, als Mana mich plötzlich am Ärmel packte und durch eine Tür zog.

»Kennen Sie diesen Raum schon?«

Wir betraten ein schummrig beleuchtetes Zimmer. Die Wände waren, wie auch die Decke, dick gepolstert. Von irgendwoher erklangen sphärische Klänge, ich sah keine einzige Ecke oder Kante.

»Ist das eine Gummizelle?«, fragte ich leicht erschrocken.

»I wo!«, sagte Mana und ließ sich rücklings auf den Boden

fallen, der sich als eine riesige Wassermatratze herausstellte. Große Wellen waberten von der einen Seite des Zimmers zur anderen.

»Hier finden die Rückenschulungen statt. Hatten Sie etwa noch nicht das Vergnügen?«

»Ich habe keine Rückenprobleme.«

»Das überrascht mich jetzt aber«, sagte Mana. »Kommen Sie!«

Ich schlüpfte aus meinen Pantoffeln und legte mich vorsichtig hin. Mana rollte sich zu mir herüber und legte ihren Kopf auf meinen Bauch.

»Stellen Sie sich vor«, sagte sie, »wir könnten einfach so weitermachen. Bis an unser Lebensende. Wie fänden Sie das?«

»Für immer im San Vita, meinen Sie?«

»Von früh bis spät Anwendungen, Therapien, Behandlungen. Gutes Essen. Gutes Wasser. Schwimmen. Dampfbäder. Massagen – und am Abend noch einen inspirierenden Vortrag. Was bräuchte man mehr?«

Vor der offenen Tür schlurfte ein alter, leicht übergewichtiger Mann mit gesenktem Kopf vorbei, ohne zu uns hereinzusehen. Als er schon vorüber war, hörte ich sein lang anhaltendes Räuspern.

»Und wenn uns mal ein bisschen langweilig wird, wenn uns hier die Decke auf den Kopf fällt, dann machen wir einen Ausflug.« Mana rückte sich noch einmal in die richtige Position. »Kennen Sie Cortina d'Ampezzo?«

Ich musste passen.

»Die Stadt in den Bergen? Nein?«, sprach sie weiter und lachte. »Sie kennen aber auch wirklich gar nichts. Ich muss Ihnen noch viel beibringen.«

»Cortina d'Ampezzo?«, wiederholte ich nur.

»Es sind höchstens zwei Stunden von hier. Früher war ich dort häufig über Weihnachten zum Skifahren. Ein herrliches kleines Städtchen. Traumhaft schön und sehr lebendig. Wir könnten uns dort für ein paar Stunden unters Volk mischen und ein bisschen Spaß haben. In der ›normalen‹ Welt. Können Sie sich etwas Besseres vorstellen als so ein Leben?«

»Irgendjemand müsste aber dafür bezahlen«, sagte ich.

»Irgendjemand bezahlt doch immer«, antwortete Mana. »Sie sind kein Träumer, oder? Sie bleiben gern im Rahmen der Möglichkeiten.« Sie schaute mich jetzt wieder an und musterte meinen nur halb bedeckten Körper. »Ich habe viel über Sie nachgedacht«, sagte sie dann. »Und wissen Sie, was mir an Ihnen gefällt?«

Ich schüttelte den Kopf, der Boden begann leicht zu schaukeln.

»Im Grunde genommen sind Sie ein unbeschriebenes Blatt. Ein leeres Blatt Papier, auf dem keinerlei Spuren zu erkennen sind. Eigentlich sind Sie wie gemacht dafür, noch einmal neu anzufangen.«

»Wie meinen Sie das?«

»Schauen Sie sich doch mal an. Soweit ich das beurteilen kann, haben Sie keine Narben auf Ihrem Körper und, das mag ich ganz besonders, auch keine einzige Tätowierung oder ähnliche Verunstaltung. Sie haben Ihren Körper belassen, wie er geschaffen wurde, im Urzustand, weil Sie, also das ist meine Interpretation, weil Sie tief in sich spüren, dass es besser ist, keine Spuren zu hinterlassen. Dass Sie, wenn es nötig wird, für immer verschwinden könnten.«

Mana fuhr mir mit der Hand über Wangen und Stirn. »Ilva hat ganze Arbeit geleistet. Als hätte sie auch aus Ihrem Gesicht sämtliche Spuren des alten Lebens entfernt.«

Ich konnte Mana nicht ganz folgen, lauschte ihrer Stimme jedoch mit wachsendem Wohlbefinden. Das Schaukeln brachte die Müdigkeit zurück.

»Man könnte darauf eine ganz neue Geschichte erzählen.«

Meine Augen wurden langsam schwerer.

»Würden Sie sagen, dass Ihre Frau Sie liebt?«, fragte Mana.

Ich erschrak.

»Wissen Sie, meine Frau ... Sie ist nicht sonderlich emotional.«

»Oh! Das ist nicht gut«, rief Mana aus und brachte durch ein leichtes Aufhüpfen noch einmal Schwung in die Wogen. »Dann frage ich anders: Was hat Ihre Frau Ihnen zuletzt zum Geburtstag geschenkt?«

Ich wollte und konnte ihr keine Antwort darauf geben, es fiel mir nicht ein, ich wusste nicht einmal, wann wir zuletzt einen Geburtstag gefeiert hatten. Stattdessen lauschte ich der sphärischen Melodie und rieb mir die Augen.

»Na gut, schlafen Sie ruhig ein wenig«, sagte Mana und streichelte mir über den Kopf. »Ich passe auf.«

Ich hatte das Gefühl, tiefer und tiefer in den Untergrund zu sinken, und ließ mich fallen.

»Und Sie?«, sprach ich mit geschlossenen Augen. »Wollen Sie noch mal ganz neu anfangen?«

»Das mache ich ständig.«

Mana fuhr mir noch immer mit den Fingern durchs Haar.

»Also bleiben wir einfach hier, ja?«, murmelte ich. »Wir bleiben, ohne eine einzige Spur in der Welt da draußen zu hinterlassen.«

»Dann lösen sich all Ihre Probleme von allein.« Manas Stimme kam von ganz weit weg zu mir.

»Das wäre schön«, flüsterte ich bereits aus dem Halbschlaf. »Das wäre so schön.«

Mana musste einen Augenblick gewartet haben, ehe sie weitersprach.

»Und bestimmt findet Ihre Frau auch irgendwann einen Mann, der ihr ein Kind schenken kann.«

Es vergingen ein paar Momente, ehe ich begriff. Ihre Worte drangen nur langsam in mein Bewusstsein vor, dann riss ich die Augen auf und starrte sie an.

»Was haben Sie gerade gesagt?«

»Na, Sie wissen schon. Ihr anderes Problem«, sagte Mana.

Ich stieß ihren Kopf viel zu unsanft von mir herunter.

»Woher? Was?«, stammelte ich und war noch immer nicht ganz bei Sinnen.

»Jetzt machen Sie bitte keine Szene«, sagte sie irritiert.

»Wer hat Ihnen davon erzählt?«, entfuhr es mir.

Ich versuchte aufzustehen, aber der weiche Untergrund schluckte meine Beine, ich stürzte wie ein frisch geborenes Kalb.

»Trinkl möchte Ihnen nur helfen! Warum kapieren Sie das denn nicht?«

Wieder richtete ich mich auf, tat einen halben Schritt, als watete ich durch Treibsand, und fiel abermals hin.

»Alle wollen Ihnen helfen!«, rief Mana mir zu.

Wie ein Ertrinkender hangelte ich mich über den schwankenden Untergrund in Richtung Tür und kam nur schleppend vorwärts. Schließlich erreichte ich das rettende Ufer, griff mit der Hand nach der Türzarge und zog mich in den Flur.

»Das ist nichts, wofür Sie sich schämen müssten!«, rief Mana mir hinterher.

Mein Herz raste. Ich rannte barfuß den Gang entlang, irrte orientierungslos durch die Tunnel. Ich verspürte das unbändige Verlangen, Imogen anzurufen, mit ihr zu sprechen, ihr einfach alles zu offenbaren und endlich zu ihr zurückzukehren. Und erst als meine akute Angst ein wenig nachgelassen hatte und ich erkannte, in welchen Trakt meine Flucht mich geführt hatte, nahm ich einen der Aufgänge nach oben und verschanzte mich in meiner Hütte.

Noch vor Sonnenaufgang würde ich das San Vita verlassen, ich musste nur noch diese Nacht überstehen. Ich packte meine Reisetasche – es war kurz nach 23 Uhr. Dann stellte ich mich auf die Terrasse, so wie ich es am Abend meiner Ankunft getan hatte. Alles war besser als das hier, sagte ich mir. Ich war reingelegt worden, sie alle hatten sich gegen mich verschworen, aus welchen Gründen auch immer, sie hatten versucht, mir das Gift eines seelischen Leidens einzuimpfen.

Dabei war ich nicht krank. Mir fehlte nichts. Und auch Imogen, stellte ich in meiner wachsenden Raserei fest, war hinters Licht geführt worden. Auch *sie*, die Rationale, die Beherrschte, hatte sich um den Finger wickeln lassen, indem sie mich hierhergeschickt hatte. Ich würde uns beide von diesem Fluch befreien.

Die Nacht lag unter dicken Wolken, nach Tagen hatte wieder Schneefall eingesetzt. Mein Blick fiel auf die Kellertür – minutenlang schaute ich sie wie hypnotisiert an. Es war, als wartete ich darauf, dass sie jeden Moment aufsprang, dann, plötzlich, passierte es tatsächlich, Arnim stieg wie auf Kommando daraus empor. Er ließ die Tür hinter sich zufallen und verschwand wenig später im Wald. Und es war in diesem Moment, da ich, als würde Imogen mich von dort unten zu sich rufen, ohne noch einmal zu überlegen, entschied, nachzusehen. Was, wenn sie wirklich dort unten war? Was, wenn meine Aufgabe darin bestand, sie zu befreien und wieder nach Hause zu bringen? Oder warum hatte sie mir seit Tagen nicht mehr geschrieben?

Ich riss einen zweiten Bademantel aus dem Schrank und zog ihn mir straff über den anderen. Der Schnee drang eisig in meine Pantoffeln ein, meine Zehen wurden taub, doch ich ging weiter. Die Tür war nicht sonderlich massiv, es war nur ein Holzrahmen mit darübergenagelten Brettern, der locker an zwei rostigen Scharnieren hing. Sie ließ sich problemlos öffnen, dahinter führte eine lange Treppe ins Dunkel hinab.

Ich betrat den niedrigen Gang, musste mich ducken, schaute mich noch einmal um und schloss die Tür hinter mir. Stufe um Stufe ging ich nach unten, die Luft war feucht und modrig, und die in weiten Abständen an der Wand befestigten Glühbirnen tauchten den Gang in ein Zwielicht.

Vorsichtig ging ich weiter, es waren bestimmt zweihundert Stufen, bis ich schließlich das Ende erreichte. Ich stand vor einem brunnenartigen Loch. Eine metallene Leiter ragte daraus hervor. Ich blieb am Rande des Loches stehen und blickte hinunter, dann stieg ich Sprosse für Sprosse hinab.

Vor mir lag ein langer, schummriger Kellerraum, ein hohes Gewölbe. An den Querseiten lagen sich zwei Türen gegenüber, in der Mitte ging eine weitere ab. Ich pirschte mich nach rechts an die weit offen stehende Tür heran und blickte in einen Schlafsaal. Dicht an dicht reihten sich schmale Hochbetten nebeneinander, ich zählte schnell zwanzig Reihen, überall lagen Lappen, Tücher und gebrauchte Kleidung herum.

Die Betten waren leer, unter der Decke hing ein Ventilator, der unter leichtem Brummen seinen Dienst tat.

Ich verließ den Raum schnell wieder und ging zur nächsten Tür. Dahinter ein vielleicht vier mal vier Meter großer Raum, eine Pritsche mit einer sauber gefalteten Wolldecke, zwei Eimer, der eine halb gefüllt mit einer dunklen Flüssigkeit, der andere leer, mehrere Paare fester Stiefel, ein geschlossener Spind sowie große Schlüsselbunde, die an dicken Holznägeln an der Wand hingen.

Der Rest des Raums bestand aus einer großen Werkbank. Darüber, bis zur Decke, Schraubendreher, Zangen, Klemmen, Hammer, Meißel, Spatel, Spachteln, Schellen, Sägen, Raspeln und Feilen. Ich sah Schraubstöcke, einen Amboss, Ketten, schweres Gerät. Irgendwann fiel mein Blick auf einen Telefonapparat mit Wählscheibe.

Wie angewurzelt blieb ich stehen. Vielleicht hatte ich mich getäuscht. Vielleicht war Imogen doch zu Hause und wartete sehnsüchtig auf meinen Anruf?

Wie in Trance griff ich nach dem Hörer, bekam unter starkem Rauschen ein Freizeichen und wählte Imogens Nummer.

Es klingelte. Es musste mittlerweile Mitternacht sein.

»Hallo?« Ich hörte ihre Stimme undeutlich.

»Imogen!«, rief ich laut. »Imogen! Ich bin's!«

»Hallo?«, sagte sie noch einmal. »Wer ist denn da? Die Verbindung ist sehr schlecht.«

»Ich komme nach Hause! Hörst du?!«, rief ich immer lauter ins Telefon hinein. »Ich komme zurück!«

»Bist du es? Hallo?«

Das Rauschen wurde undurchdringlich. Ich verstand kaum noch etwas.

»Hörst du mich, Imogen? Ich muss hier weg. Ich muss zurück«, schrie ich fast.

»Geht es dir gut?«, glaubte ich zu verstehen.

»Ich habe einen *Bären* getötet!«, entfuhr es mir.

»Was hast du?«

Ein rhythmisch krächzendes Knacken schwoll an, ich schrie: »Ich komme zurück. *Morgen* komme ich zurück. Hörst du?«

Dann brach die Verbindung ab.

Ich schlug mit den Fingern auf die Gabel, sieben-, acht-, neunmal – aber die Leitung blieb tot. In großer Erregung löschte ich das Licht, zog die Tür hinter mir zu und ging eilig zurück zur Leiter. Ich blickte hinauf, sah ein Licht am oberen Ende, tat einen ersten Schritt auf die Sprosse, als sich der Schacht verdunkelte und ich ein metallisches Geräusch vernahm. Jemand hatte die Leiter betreten.

Ich hielt den Atem an und ging instinktiv zur letzten verbliebenen Tür. Die Tritte auf der Leiter wurden lauter. Ich drückte die Klinke. Es war stockfinster, als ich eintrat. Ein ohrenbetäubendes Durcheinander menschlicher Geräusche schlug mir entgegen, lautes Schnarchen aus Dutzenden Kehlen, Husten, Röcheln, Stöhnen, im Schlaf Gesprochenes, unverständliches Klagen. Dazu ein entsetzlicher Gestank.

Ich zog die Tür, so leise es ging, hinter mir zu und lehnte mich mit dem Rücken gegen die Wand. Ich konnte nichts sehen, hörte nur die Symphonie der Schlafenden wie einen Sturm auf offener See. Immer wieder vernahm ich einzelne Worte. Stimmen, die aus Träumen sprachen.

»Schneller!«, hörte ich einmal ganz deutlich.

»Nein!«

Und einmal meinte ich sogar ein an mich gerichtetes »Wer bist du?« zu hören.

Ich atmete nur noch durch den Mund. Im Takt meines Herzschlags wollte ich bis eintausend zählen, dann die Tür aufreißen, in der Hoffnung, dass die Luft wieder rein war.

Morgen, noch vor dem Frühstück, würde ich das San Vita für immer verlassen.

Als ich bis fünfhundert gezählt hatte, öffnete ich die Tür. Es war niemand zu sehen.

Eine Hand streichelte mir sanft über die Wange. Ich erwachte langsam, blinzelte, bis ich sah, dass Professor Trinkl neben meinem Bett hockte und mich anlächelte.

»Bitte nicht erschrecken«, sagte er, nahm seine Hand weg und setzte sich auf die Bettkante.

»Ist was passiert?«, fragte ich zurück.

»Nein. Es ist alles in Ordnung.«

Ich setzte mich auf. Ich war seltsam unerschrocken. »Ich reise ab«, sagte ich ganz ruhig.

»Ich weiß«, antwortete Trinkl.

»Das ist meine letzte Nacht. Es tut mir leid.«

»Ist schon in Ordnung«, sagte Trinkl. »Mir tut es leid, dass Sie sich hier nicht wohlfühlen. Ich habe alles versucht. Aber irgendetwas ist da in Ihnen, ich weiß nicht, wie ich es sagen soll, irgendwas, an das ich nicht herankomme.«

Ich nickte, erleichtert darüber, dass Trinkl es mir nicht übel nahm, dass er mir Verständnis entgegenbrachte und dass bald alles vorbei sein würde.

»Bitte richten Sie Ihrer Frau liebe Grüße aus, ja? Und versprechen Sie mir, dass Sie nicht aufgeben? Damit es nicht ganz umsonst war.«

»Das werde ich«, sagte ich, und ohne dass ich darüber nachgedacht hätte, setzte ich mich auf und öffnete meine Arme.

»Das Kriegsbeil ist begraben, nein?«, sagte Trinkl, als er mich vorsichtig drückte.

»Bald werden wir nicht mehr wissen, wo es liegt«, fügte ich hinzu.

Wir lachten.

»Freuen Sie sich, Ihre Frau wiederzusehen?«

»Ja, sehr.«

»Das ist gut. So soll es sein.«

Ich rieb mir den Schlaf aus den Augen. Trinkl erhob sich von der Bettkante. »Arnim wird Sie um Punkt 9 Uhr zum Bahnhof fahren. Sie sollten zeitig aufbrechen, es wird heute Nacht noch einmal heftig schneien.«

Erst jetzt sah ich, dass Trinkl einen großen Wanderrucksack auf dem Rücken trug. Er nahm ihn ab, stellte ihn auf den Boden und öffnete ihn.

»Apropos«, sagte er dann und streckte mir eine fast baseballschlägergroße Taschenlampe entgegen. »Warum ich eigentlich zu Ihnen gekommen bin ... Sie mögen doch Nachtwanderungen so sehr. Hatten Sie das nicht erzählt? Wann waren Sie denn zum letzten Mal auf einer Nachtwanderung?«

Ich konnte meinen Blick nicht von der riesigen Taschenlampe nehmen und griff danach.

»Vor ... dreißig Jahren ... würde ich sagen?«, antwortete ich unsicher.

Trinkl schüttelte den Kopf. »Warum müssen wir Menschen uns eigentlich all die Dinge versagen, die uns als Kinder verzaubert haben? Was ist das für ein zerstörerischer Drang, der uns immerfort über die Klippe des Lebens hinab ins Unglück stürzen lässt?«

»Eine schöne Frage, die ich überhaupt nicht beantworten kann.«

»Weil es keine Antwort darauf gibt, denke ich. Wir alle kennen die Frage, aber von einer Antwort sind wir so weit entfernt wie eh und je«, sagte Trinkl und deutete auf den Sessel beim Kamin. »Ich habe Ihnen warme Kleidung und Schuhe mitgebracht. Es ist eine magische Nacht. Der Schnee fällt aus allen Richtungen.«

Wenige Minuten später tapsten wir durch hohen Neuschnee. In den Stiefeln kam ich gut voran – der Schnee war so leicht und puderig, dass er kaum Widerstand bot.

Der Professor ging voraus, ich folgte seiner Spur, gleich die kleine Anhöhe hinter dem Haupthaus hinauf. Unsere Taschenlampen schnitten scharfe Keile in das dichte Schneetreiben. Trinkl hatte nicht zu viel versprochen. Als ich den Kopf in den Nacken legte und nach oben blickte, kam es mir vor, als trieben wir schwerelos im Raum.

»Bleiben Sie dicht hinter mir«, sagte Trinkl über die Schulter.

Es ging ein kräftiger Wind, aber die Bewegung und die warme Jacke hielten mich warm.

»Ist das nicht atemberaubend?«, fragte der Professor. »Haben Sie so etwas schon mal gesehen? Als wandelte man auf einem fremden Planeten, als betrete man unentdecktes Land. Terra incognita …«

»So habe ich den Schnee noch nie gesehen.« Ich blieb stehen und hielt meine Taschenlampe wie eine schießende Fontäne nach oben, um wilde Formen und Schwünge in den Himmel zu malen.

Trinkl ging weiter. »Kommen Sie«, rief er mir zu, und ich beeilte mich, zu ihm aufzuschließen.

»Es ist, als hätten Sie meine Gedanken gelesen«, sagte ich, als wir wieder nebeneinanderliefen.

Der Professor schaute mich an. »Inwiefern?«

»Ich hatte vergessen, wie verzaubernd eine Nachtwanderung ist.«

»Es gefällt Ihnen also?« Der Schnee wurde immer dichter. Flocken so groß wie 5-Mark-Stücke landeten auf meiner Schneebrille. »Erzählen Sie mir von Ihrer schönsten Nachtwanderung!«, sagte Trinkl, und nach einer kleinen Pause begann ich zu sprechen.

»Mein bester Freund und ich, wir waren zehn oder elf, da sind wir mit der Schule in den Schwarzwald gefahren, in eine Jugendherberge«, ich spürte den Übermut der Klassenfahrt plötzlich wieder in mir. »Waren Sie schon mal im Schwarzwald?«

»Natürlich.«

»Jesper und ich, wir haben uns, wie immer, ein Hochbett geteilt. Er hat immer mich oben schlafen lassen. Und dann, mitten in der Nacht, ist unser Lehrer ins Zimmer gekommen, mit einer Glocke hat er uns alle wach gemacht. Wir wussten gar nicht, wie uns geschieht. Es muss meine erste Nachtwanderung gewesen sein. Wir sind direkt raus in die warme Nacht, die Pyjamas haben wir, glaube ich, einfach angelassen. Kann das sein? Die Nacht war klar, der Mond so hell am Himmel, dass sein Licht Schatten warf. Im Grunde hat niemand gesprochen, aber die Dunkelheit um uns herum hat geflüstert«, sagte ich. »Und ich weiß noch genau, wie leicht ich mich damals gefühlt habe. Ich wusste, dass ein wundervolles Leben vor mir lag. Bei jedem Schritt hatte ich das Gefühl zu schweben, so viel Kraft hatte ich damals in meinem Körper, kennen Sie das?«

»Das kenne ich nur zu gut«, antwortete Trinkl.

»Irgendwann haben Jesper und ich uns von der Gruppe abgesetzt und sind ins Unterholz. Ich weiß gar nicht, was wir dort wollten. Nur weg, die Gruppe verlassen und noch mehr sehen und erleben. Und da ist es passiert, ich habe einen Felsvorsprung übersehen, bin in einer Spalte umgeknickt und kopfüber einen kleinen Abhang hinabgestürzt. In einen Brombeerstrauch, mitten hinein in die Dornen.«

Professor Trinkl, der mir vorausging, drehte sich, während ich erzählte, alle paar Schritte einmal zu mir, um zu zeigen, dass er mir aufmerksam zuhörte. »Das klingt ja grauenvoll«, rief er mir zu.

»Ich habe sofort gemerkt, dass in meinem Fuß etwas gerissen oder gebrochen war. Als ich mich aufrichtete, um nach meinem Knöchel zu greifen, da habe ich gesehen, dass sich ein Dorn in meine Hand gebohrt hatte. Und als ich ihn rausgezogen habe, ist aus der Mitte der Hand eine ganz feine Blutfontäne geschossen. Für ein paar Sekunden habe ich den Schmerz im Bein ganz vergessen.«

»Hatten Sie Angst?«, fragte Trinkl.

»Bestimmt, ich weiß es nicht mehr, ich habe nach Jesper gerufen, viele Male, fast hysterisch habe ich ihn gerufen, und dann stand er plötzlich über mir an der Felskante und schaute zu mir runter. Er ist sofort heruntergeklettert, hat mit seinen Händen die Dornenranken weggerissen und mich daraus befreit. Ich sehe seinen konzentrierten Blick noch genau vor mir. Dann hat er mich mit seinen starken Armen hochgehoben, hat mich huckepack genommen und den ganzen Weg durch die Nacht zurück zur Jugendherberge getragen.«

»Alle Achtung«, hörte ich Trinkl murmeln.

»Dort waren natürlich alle total besorgt, mein Knöchel sah aus wie ein zum Platzen gefüllter dunkelvioletter Ballon, und das Blut, das überall auf meiner Kleidung verspritzt war, ließ alles noch viel dramatischer aussehen, als es im Grunde war.«

»Und das hat Ihnen gefallen?«

»In Windeseile hatte sich die ganze Klasse um mich versammelt. Ich werde ihre Gesichter nie vergessen, ihre Zuneigung und ihr Mitgefühl, die grenzenlose Anteilnahme. Ja, das hat mir gefallen, denn ich wusste, dass es, bis auf die Verletzung am Knöchel, eigentlich nicht so schlimm war.«

»Ein richtiges Abenteuer«, sagte Trinkl. »Nur verständlich, dass Sie Nachtwanderungen lieben. Und sagen Sie, ist Ihnen noch warm genug?«

»Ja«, sagte ich knapp, verschwieg aber, dass in meinen linken Stiefel bereits etwas Wasser eingedrungen war. Meine Zehen fühlten sich taub an, vielleicht hatte ich die Schuhe auch einfach zu fest gebunden und dabei einen Nerv abgeklemmt.

Während wir weiter durch den Schnee liefen, verlor ich mich in Gedanken an Jesper. Wie, fragte ich mich, hatten wir uns aus den Augen verloren? Und warum? Ich hatte nach der Schule die Stadt verlassen, war aus nachvollziehbaren Erwägungen weggezogen, hatte, wie man es in jungen Jahren macht, alles stehen und liegen gelassen und neu angefangen. Und Jesper?

Ich wusste es nicht, denn schon bald hatte ich das Interesse an ihm verloren. Er war zunehmend ein Träumer geworden, ein Fantast. Noch bevor ich ging, fing er an, große Reden zu schwingen, machte verrückte Pläne – er war, je näher das Ende der Schulzeit rückte, immer weniger bereit, sich den Regeln des Miteinanders zu unterwerfen. Er stellte alles infrage, und wann immer einer von unseren Freunden stolz von seinem bevorstehenden Studium erzählt hatte und wie viel Geld sie oder er bald verdienen würde, lachte Jesper sie fast höhnisch aus. Ein Gelächter, so laut und aufgesetzt, dass es mir zusehends peinlich war, als sein engster Freund betrachtet zu werden.

Er bestand darauf, alles anders zu machen – anders als wir alle. »Und wenn es bedeutet, dass ich in der Natur lebe und mich nur von Beeren und Insekten ernähre«, hatte er einmal gesagt. »Ich lasse mich von nichts und niemandem beherrschen.«

»Und wo willst du wohnen?«, fragten wir. »Wo willst du schlafen?«

»Ich werde schon irgendwo ein Haus finden. Oder ich baue mir einfach eins!« Er war wütend geworden, und wenn Jesper einmal wütend wurde, bekam man es mit der Angst zu tun. Der Streit wäre beinahe eskaliert, wir ließen es gut sein, und wenige Monate später war ich weg.

Trotzdem hatte er mir regelmäßig geschrieben. Und auch in seinen Briefen, die ich irgendwann nur noch überflog, ging es fortlaufend um seine Visionen und seine Selbstverwirklichung. »Ich habe ein Haus gefunden«, schrieb er einmal triumphierend, »ein Haus mitten in der Natur«, und spätestens, als er mich kurz darauf um Geld bat und mich aufforderte, ihn besuchen zu kommen, empfand ich nur noch Mitleid und warf seine Briefe ungeöffnet in eine Schublade.

Im Lichtkegel unserer Taschenlampen tauchte plötzlich der Zaun auf.

»Hier muss es irgendwo sein.«

»Was denn?«

»Das Loch, das die Bären heute gerissen haben.«

Trinkl nahm seinen Rucksack herunter und holte eine große Rolle Draht und eine Zange heraus. Der Schneefall wurde immer heftiger. »Arnim hat es heute leider nicht mehr geschafft, den Schaden zu reparieren. Er kränkelt ein bisschen, was gar nicht zu ihm passt, der Arme, ich habe ihm einen Abend freigegeben. Mit Fieber lasse ich ihn doch nicht hinaus in die Kälte.«

Ich untersuchte das Loch genauer, es war mehr als einen Meter hoch und breit, und ich bemerkte die Fellfetzen an den aufgebrochenen Maschen.

»Das dürfte schnell gemacht sein«, sagte ich. »Wir müssen nur die Enden wieder zusammenführen und mit dem Draht fixieren ...«

»Genau. Und sobald es Arnim besser geht, wird er diesen Teil des Zauns einfach austauschen«, erklärte Trinkl. »Es ist sowieso alles ein einziges Provisorium. Wir werden den Sommer nutzen, um den Zaun zu elektrifizieren.«

»Geben Sie mir mal den Draht und die Zange, ich mache das«, sagte ich.

Mein Fuß wurde immer kälter. Ich wünschte mich zurück in die Wärme meiner Hütte, aber plötzlich war da noch etwas anderes: Ich wollte mich nützlich machen. Nach dem Vorfall mit den Bären wollte ich es dem Professor beweisen.

Mit Draht und Zange in der Hand bückte ich mich durch das Loch.

Auf der anderen Seite hingen die Drahtenden lose im Wind – der Sturm hatte sie noch weiter aufgebogen.

»Passen Sie auf«, rief Trinkl mir zu. »Die Sicht wird immer schlechter.«

Wir sahen uns durch die Maschen hindurch an, der Schnee sauste um unsere Köpfe, ich hielt mich mit der freien Hand am Zaun fest.

»Das ist keine große Sache«, sagte ich und begann, die Enden zurechtzubiegen.

»Sie müssen den Draht nur um die letzte Masche schlingen und mit der Zange im Uhrzeigersinn verdrehen«, rief Trinkl. »Das sollte fürs Erste halten.«

Erst jetzt bemerkte ich, wie groß das Loch wirklich war. Der Bär musste in seiner Raserei einen Teil des Zauns einfach herausgerissen haben.

»Es fehlt ein Stück, die Enden finden nicht mehr zusammen!«, rief ich dem Professor zu.

Der Sturm tobte, und für einen Moment verlor ich Trinkl aus den Augen, bis ich das Licht seiner Taschenlampe wieder vor mir aufblitzen sah.

»Es muss hier irgendwo liegen!«, schrie ich gegen das Toben des Windes an.

»Was?«

»Leuchten Sie mir zu, damit ich weiß, wo Sie sind! Ich hab's gleich.«

»Nein! Bleiben Sie am Zaun«, schrie Trinkl. »Kommen Sie zurück!«

Ich spürte einen kindlichen Eifer, als wäre das Schließen des Lochs das Wichtigste auf der Welt.

»Hiergeblieben!«, hörte ich Trinkl rufen.

Ich tastete mich weiter in das undurchdringliche Weiß hinein. Ich tat je einen halben Schritt nach vorn, grub meine Hände bis zu den Ellenbogen in den Schnee und wühlte nach dem verlorenen Zaunstück. Zehn Schritte tat ich auf diese Weise, und immer wieder schaute ich zurück, um sicher zu gehen, dass mich das Licht des Professors noch erreichte.

Ich ging kein Risiko ein. Nach zehn Schritten drehte ich mich um neunzig Grad und machte dann im Zickzack jeweils einen halben Schritt nach links und nach rechts. Der Schnee reichte mir mittlerweile bis zur Hüfte, ich hatte kaum noch einen Zweifel daran, dass auch in meinen rechten Schuh Wasser eingedrungen war. Ganz langsam stieg die Kälte meine Beine empor.

Doch ich war zu fokussiert, um mich davon aufhalten zu lassen. Ich wühlte und grub wie ein Besessener, ich pflügte alles um. Vergebens.

Irgendwann entschied ich, zum Zaun zurückzukehren und mich mit Trinkl zu beraten. Also drehte ich mich noch einmal um neunzig Grad und tat nun zehn Schritte in Richtung Zaun. Ich streckte meine Arme aus, um nicht mit dem Gesicht gegen das Metall zu stoßen. Ich sah kaum weiter als eine Armlänge. Aber meine Hände gingen ins Leere, nach etwa zwanzig Schritten entschied ich abzubrechen, mich umzudrehen und meinen Spuren zurück zum Ausgangspunkt zu folgen. Von dort aus würde ich sternförmig einmal in jede Himmelsrichtung zehn Schritte tun, bis ich irgendwann, logischerweise, den Zaun wieder erreichen musste.

Die Kraft meiner Taschenlampe hatte bereits deutlich nachgelassen. Ich verbat mir jegliche Aufregung, ich hatte meine Schritte genau gezählt und berechnet.

»Trinkl!«, schrie ich, so laut ich konnte, als ich den Ausgangspunkt wieder erreicht hatte. »Machen Sie sich keine Sorgen! Ich bin gleich zurück!«

Ich lauschte in das Schneegestöber hinein und vernahm dumpf seine Stimme. Sie kam aus der entgegengesetzten Richtung. Ich hatte mich geirrt, vermutlich, weil ich bei den Zickzacklinien vergessen hatte, die letzte Kehre mitzubedenken.

Ich sammelte noch einmal meine Kraft, die Kälte zog mittlerweile bis in den Bauchbereich, und dann kämpfte ich mich, so schnell es ging, voran. Bis zum Morgengrauen würde ich mich in meiner Hütte am Feuer wärmen. Eingepackt in eine dicke Wolldecke und Merinosocken.

»Ich bin da! Ich komme«, rief ich, fiel hin, rappelte mich hoch und ging weiter.

Irgendwann blieb ich erschöpft stehen. Ich schüttelte und schlug die Taschenlampe, noch glomm ein zartes, bernsteinfarbenes Licht darin auf, ein Licht, wie es auch das San Vita beleuchtete, dann erstarb es, und ich stand im Dunkeln.

»Ich bin gleich bei Ihnen«, sagte ich ganz leise zu mir.

Ich befühlte meinen Anzug. Er war bis zur Brust durchnässt. Die Kälte schnürte mir den Atem ab.

Wenn ich heute zurückblicke, liegt vieles hinter einem Schleier. Nur unter Vorbehalt kann ich sagen, was sich in den folgenden Stunden dieser Nacht tatsächlich ereignete und was ich mir nur einbildete.

Ich weiß, dass ich nach meinem letzten Versuch, den Zaun zu erreichen, den Entschluss fasste, so lange in eine Richtung zu marschieren, bis ich auf irgendetwas stieß. Vom Hochsitz aus hatte ich am Morgen gesehen, dass in etwa hundert Metern Entfernung der Wald begann, und wenn ich nur lange genug in eine Richtung ging, könnte ich dort Schutz finden und auf die Dämmerung warten.

Ich wählte meine Schritte sorgsam, um Kraft zu sparen und einer möglichst geraden Linie zu folgen. Eine Stunde musste ich mich auf diese Weise fortbewegt haben, als der Schneesturm schwächer wurde. Auch das Pfeifen war tiefer geworden, der Wind verfing sich vermutlich in den Wipfeln der Zirben. Ich musste bereits am Waldrand angekommen sein, dachte ich, da bekam ich den ersten Baumstamm zu fassen. Ich fühlte die grobe Rinde unter meinen Fingern, zum ersten Mal hatte ich etwas, woran ich mich festhalten konnte, dann hangelte ich mich wie ein Blinder von Baum zu Baum immer tiefer hinein in den Wald. Und je dichter der Wald wurde, desto schwächer wurde der Sturm, ganz sanft rieselten um mich herum einzelne Flocken zu Boden.

Das Chaos, in dem ich mich gerade noch befunden hatte, löste sich auf, der Schleier lüftete sich, ich sah die Hand vor meinen Augen wieder.

Der Wald zog mich in sich hinein. Es war still, nur mein Atem ging aufgeregt durch die Nacht. Er klang wie ein Pfeifen, das hyperventilierende Hecheln eines Tiers, dachte ich, als ich plötzlich, in einiger Entfernung, ein winziges Licht bemerkte, das seltsam pulsierte.

Regelmäßig schwoll es an, nahm dann wieder ab, verblasste für einen Moment ganz, sodass ich glaubte, Trinkl würde mir mit seiner Taschenlampe Signale ins Dunkel senden.

Ich lief schneller.

»Trinkl!«, rief ich. »Hier! Hier bin ich!«

Ich kämpfte mich voran, der Boden war uneben und steil. Es waren vielleicht noch einhundert Meter, das Licht wurde immer heller. Ich verspürte den Drang, mich einfach fallen zu lassen, doch ich widerstand. Noch hatte ich es nicht geschafft.

Ich bewegte mich so träge und schwerfällig wie in einem Traum, meine Bewegungen fühlten sich unnatürlich an.

Als ich noch höchstens fünf Meter von dem Licht entfernt war, blieb ich stehen und erkannte, dass es nicht von einer Taschenlampe kam, sondern aus dem holzgerahmten Fenster eines kleinen Häuschens leuchtete. Es schien hell und warm zu mir nach draußen. Ich sah weißen Rauch aus dem Schornstein aufsteigen. Wer wohl in diesem Haus wohnte?

Ich wurde ganz ruhig, mein Körper entspannte, und ich spürte eine dicke Schweißperle heiß meine Stirn hinabrinnen und von der Nasenspitze tropfen.

Sicher hatte man mich im Haus bereits bemerkt und war dabei, sich die Stiefel zu schnüren, um mich aus der Kälte zu holen. Ein Lächeln ging mir über das Gesicht.

Morgen würde ich wieder zu Hause sein. Und so ließ ich mich, grenzenlos erschöpft, aber erleichtert, auf die Knie in den Schnee fallen. Meine Lider waren schwer wie Blei, ich wollte meine Augen nur für einen kleinen Moment schließen. Nur ganz kurz, um sie zu entlasten. Das hatte ich mir verdient.

Ich wusste nicht, wie viel Zeit vergangen war, als mich zwei Hände packten. Ich spürte, dass ich hochgehoben und wie ein Baby weggetragen wurde. Das alles geschah ohne jede Anstrengung.

Arnim, dachte ich plötzlich. Nur er konnte sich zu dieser Unzeit, hier draußen im Wald, jenseits des Zauns herumtreiben. Hier gab es gewiss mehr als genug zu tun, fantasierte ich vor mich hin, während ich in den Armen ruhte – in diesem Moment ging es mir auf. Arnim konnte es unmöglich sein, er hatte nur einen Arm.

»Wer sind Sie?«, sagte ich leise.

Kraftlos, wie ich war, ließ ich alles geschehen.

Man trug mich drei Stufen zu einer Veranda empor und dann durch die Tür ins Innere der Hütte. Sofort spürte ich die wohlige Wärme, ich zitterte mittlerweile wie Espenlaub.

»Mir ist entsetzlich kalt«, flüsterte ich.

»Ich weiß«, sagte eine Stimme, eine männliche Stimme. Sie kam mir seltsam vertraut vor.

»Kennen wir uns?«, fragte ich mit geschlossenen Augen.

Der Mann begann nun, mir die Stiefel, die Handschuhe und den Anzug auszuziehen. Ich half so gut wie möglich mit, ließ meine Gliedmaßen widerstandslos hängen. Den Kopf auf den warmen Boden gelegt, sah ich, wie er meine nassen Sachen direkt in den Kamin warf.

»Die brauchen wir nicht mehr.«

Ich lag nackt auf einem Fell und spürte, wie nach und nach die Feuchtigkeit aus meinen Gliedern zog, von meinem Körper aufstieg und im Raum verdampfte, als verließe mich ein böser Geist. Das Leben kehrte in meinen Körper zurück.

»In zwei Stunden geht die Sonne auf«, sagte der Mann.

»Wird jetzt alles wieder gut?«, fragte ich mit brüchiger Stimme.

»Aber natürlich«, sagte er und lachte. »Es wird doch immer alles wieder gut. Weißt du nicht mehr?«

Er beugte sich zu mir herab, deckte mich mit einer samtweichen Decke zu, kam mir ganz nah und legte mir seine Hand auf die Stirn. Mit letzter Kraft hob ich meinen Arm und riss ihm die Kapuze vom Kopf.

»Jesper?!?« Fassungslos sah ich ihn an.

»Was machst du denn für Sachen?«, hörte ich ihn noch sagen.

Dann fiel ich in einen erlösenden Schlaf.

TEIL II

AUSSEN

Von dem Moment, als ich die Augen aufschlug, sind meine Erinnerungen klar. Ich wurde von einem lauten Knall geweckt. Einem Schuss. Ich sah mich um. Da war der brennende Kamin, da war das Fell, auf dem ich noch immer lag, der Schneeanzug und meine Unterwäsche hingen fein säuberlich über einem hölzernen Stuhl, alles sah trocken aus und unversehrt – das mit dem Feuer musste ich geträumt haben. Erst jetzt bemerkte ich, dass meine Füße bandagiert waren. Langsam begann ich, die Verbände zu lösen. Meine Nägel waren blau unterlaufen, sie sahen wild aus, ich spürte aber, Gott sei Dank, noch jeden einzelnen Zeh.

Ich stand vorsichtig auf, betastete meine Oberschenkel und Waden, ging tief in die Hocke und erhob mich dann wieder. Alles war in bester Ordnung, und auch die Erinnerungen an Jesper waren noch da, an die Stunden im Schnee, Trinkls in mir nachhallende Rufe, seine Schreie.

Ich zog mir die Kleider über. Ich spürte das Bedürfnis, ohne Verzögerung aufzubrechen. Die Hütte sah aus wie das Zimmer eines Kindes, fast wie ein Puppenhaus – die Stühle, der Tisch, das Waschbecken, alles war kleiner als gewöhnlich. Ich hätte kaum der Länge nach in das Bettchen gepasst. Es lagen einige Stofftiere herum, sogar ein großer Pandabär, wie man ihn auf einer Kirmes gewinnen konnte, hockte aufrecht in einer Ecke. An den Wänden hingen, neben ein paar mächtigen Geweihen und einem ausgestopften Bussard, zahlreiche Kinderzeichnungen, daneben ein paar einfach gerahmte Fotografien.

Ich trat näher, brauchte einige Zeit, bis ich erkannte, dass es Fotos von Arnim waren – er musste darauf zwanzig oder dreißig Jahre jünger sein, hatte noch beide Arme, auf einigen trug er ein Baby und lächelte. Ich nahm eines der Bilder von der Wand, beschaute es genauer. Es war Arnims Hütte, kein Zweifel.

Im selben Moment sprang die Tür auf.

»Das ist nicht für Ihre Augen bestimmt.« Arnim trat ein, mit der Hand hielt er den Lauf eines Gewehres umklammert.

Ich hängte den Rahmen zurück an die Wand und drehte mich ganz langsam zu ihm um.

»Sie haben mir das Leben gerettet«, antwortete ich. »Wie soll ich Ihnen nur danken?«

Arnim schüttelte den Kopf, lehnte das Gewehr gegen einen Stuhl, kam auf mich zu und rückte das Bild zurecht. »Einen Teufel habe ich getan.«

»Aber Sie haben mich aus dem Sturm gerettet.« Hatte ich mir auch das eingebildet?

Arnim sah mich eindringlich an, ich bemerkte, dass seine Mundwinkel zitterten. »Verschwinden Sie! Sofort! Ich habe keine Ahnung, wie Sie hierhergefunden haben«, sagte Arnim, sein ganzer kleiner Körper bebte.

Ich schaute mich noch einmal um. Die Hütte bestand nur aus einem einzigen Zimmer, jedes Ding war an seinem Platz – als hätte sich jemand ein Refugium geschaffen, das sich dem Lauf der Welt entzog.

»Ich hatte einen merkwürdigen Traum«, fing ich an zu erzählen, »ich glaube, ich weiß jetzt, was los ist, und ...«

»Ihre Träume interessieren mich nicht«, knurrte Arnim. »Ich habe meine eigenen.« Er trat an mich heran und packte mich am Kragen. Mit erstaunlicher Kraft zog er mich zu sich hinunter und drohte mir mit dem Stumpf seines Arms. »Danken Sie Gott, dass Sie noch leben, und jetzt verschwinden Sie«, zischte er, und als ich einen Tropfen seines Speichels an meiner Lippe spürte, stieß ich ihn mit aller Kraft von mir weg. Arnim stolperte, fiel krachend nach hinten und lag dann wie ein Käfer am Boden. Ich sah das blanke Entsetzen in seinen Augen, ich war selbst erstaunt über meinen plötzlichen Ausbruch, ich hatte meine Kraft völlig falsch eingeschätzt.

»Trinkl weiß nichts von Ihrem Versteck hier, oder?«, fragte ich.

»Der Professor weiß überhaupt nichts.« Arnim drehte sich auf den Bauch. »Ich gebe Ihnen einen Rat: Kommen Sie nie wieder zurück ins San Vita. Sie haben dort nichts mehr verloren.«

»Keine Sorge«, antwortete ich und schaute zur Tür. »Wie weit ist es bis zur nächsten Straße?«

»Zwei Stunden in diese Richtung.« Arnim deutete geradewegs zur Tür hinaus.

»Es tut mir leid«, sagte ich. »Ich wollte Sie nicht schubsen.« Auf dem Tisch unterm Fenster sah ich meine goldene Armbanduhr liegen und das Jagdmesser, das Trinkl mir geschenkt hatte. Ich ging hinüber, steckte das Messer ein, nahm die Uhr, umschloss sie einmal ganz fest mit meiner Hand und legte sie an.

»Ich wollte sie sicher nicht stehlen«, sagte Arnim ausdruckslos.

»Machen Sie's gut«, antwortete ich, ohne ihn noch einmal anzusehen. Dann verließ ich die Hütte und trat über die kleine Veranda hinaus ins Freie.

Arnim hatte die Wahrheit gesagt. Nach etwas weniger als zwei Stunden, die ich durch dichten Wald lief, mal steil und dann wieder sanft bergab, erreichte ich eine Straße. Gerade quälte sich ein Räumfahrzeug mit lärmendem Motor die Serpentinen hoch. Die keilförmigen Schilde stießen die Schneemassen zu beiden Seiten fort, wie ein Eisbrecher bahnte sich das Fahrzeug seinen Weg. Ich winkte, konnte aber hinter der spiegelnden Scheibe niemanden erkennen. Ohne ein Zeichen fuhr es an mir vorbei.

Ich nahm die Straße hinab ins Tal. Es dauerte ewig, bis das erste Fahrzeug kam, das in dieselbe Richtung fuhr – ich stellte mich mitten auf die Straße, winkte dem rumpelnden kleinen Lieferwagen schon von Weitem zu und bat mit gefalteten Händen darum anzuhalten.

»Nehmen Sie mich mit«, rief ich dem schnauzbärtigen Mann durch die geöffnete Beifahrertür zu. »Ich muss weg von hier. Ich muss in die Stadt!«

»Cortina«, sagte der Mann nur, offenbar sprach er kein Deutsch. »Cortina.«

Ich brauchte ein paar Sekunden, bis ich begriff. »Cortina d'Ampezzo?«, fragte ich erstaunt zurück.

Er nickte, lächelte und winkte mich herein.

Am frühen Nachmittag schließlich erreichten wir das Städtchen, immer wieder war ich auf dem Beifahrersitz eingeschlafen und vom Beiseitekippen meines Kopfes erwacht. Schon aus einiger Entfernung hatte ich den Kirchturm gesehen, der sich über die Dächer der Häuser erhob, und als wir über ein zugefrorenes Bergflüsschen nach Cortina einfuhren, sah ich, dass in seiner Mitte bereits wieder ein kleines Rinnsal dahinplätscherte, wie flüssiges Silber funkelte das Wasser in der Sonne.

Mein Magen knurrte, als ich dem Wagen entstieg und mich verabschiedete. Erst jetzt wurde mir klar, dass ich überhaupt nichts bei mir trug.

Ich stand auf dem großen, beinahe menschenleeren Rathausplatz, der von malerischen Häusern mit hübschen hölzernen Balkonen und feinen Fassadenmalereien gesäumt war. Aus einem der Erker hing eine im Wind flatternde italienische Flagge. Ich sah ein Wirtshaus inmitten von Hotels und Ladenlokalen, davor zwei alte Männer, die in dicke Filzdecken gewickelt wortlos auf einer Bank saßen. Ihr Atem schlug aus, ich ging an ihnen vorbei und trat ein.

»Telefon?«, fragte ich die ältere Dame hinterm Tresen, während ich mir die Kapuze vom Kopf streifte.

Die Frau musterte mich. Sie griff, ohne sich abzuwenden, nach einem Telefon und stellte es wortlos vor mich hin.

»Grazie«, sagte ich, nahm den Apparat mit dem langen Kabel und setzte mich an einen der Tische. Ich fuhr mit einem Finger über die schmierige Holzplatte, es roch nach altem Bier und Zigarettenrauch.

Ich wählte. Ein Freizeichen.

»Ja?«, hörte ich Imogens Stimme ganz deutlich. Sie wirkte gestresst, ich kannte diesen Tonfall gut. Ihr Telefon klingelte von früh bis spät.

»Imogen«, sagte ich.

Einen Moment lang herrschte Stille. Das konnte aber auch an der Leitung gelegen haben.

»Mein Gott!«, rief sie aus. »Warst du das gestern am Telefon? Ich habe kein Wort verstanden«, sagte Imogen. »Ist alles in Ordnung?«

»Fürs Erste ist alles in Ordnung, ja.« Ich deutete ein Lachen an.

»Geht's dir schon besser?«

»Kann sein. Ja«, sagte ich unentschieden. »Ich weiß es nicht. Aber immerhin ... ich habe geträumt.«

»Aber das ist toll«, rief Imogen aus. Ich hörte, dass im Hintergrund gearbeitet wurde, Steinbohrer und Hammerschläge, geschäftiges Treiben, wie ich es aus ihrem Studio kannte, einer ihrer Mitarbeiter fragte Imogen etwas, doch sie antwortete ihm nicht. »Das heißt, du kommst bald zurück? Oder willst du noch bleiben?«

»Ich habe das San Vita letzte Nacht verlassen.« Ich war ganz bei mir.

»Und wo bist du jetzt?«

Ich dachte nach, fand nicht die richtigen Worte, atmete einmal tief durch.

»Wieso hast du mir nicht mehr geantwortet?«, fragte ich unumwunden. »Hast du meine Nachrichten nicht bekommen?«

Ich spürte, wie Imogen stockte.

»Ich ...«, setzte sie an. »Entschuldige bitte. Ich hatte ... Ich dachte, du brauchst vielleicht einfach nur Ruhe.«

Ich hörte Imogen atmen.

»Weißt du noch, was ich dir von dem Unbehagen geschrieben habe?«, durchbrach ich die Stille.

»Ja«, sagte sie. »natürlich, aber ehrlich gesagt, hab ich's nicht ganz kapiert.«

Die Wirtin kam zu mir herüber, wischte einmal mit einem Lappen über die Tischplatte. Sie sah mich an und tippte auf ihr Handgelenk. Ich nickte sie weg.

»Was ist das eigentlich für eine Nummer?«, fragte Imogen. »Was ist mit deinem Telefon?«

»Das habe ich im San Vita gelassen.«

»Okay?« Die Verwunderung in ihrer Stimme war nicht zu überhören.

»Ich habe gar nichts mehr bei mir.«

Aus der Gaststube hörte ich ein Husten, gefolgt von dem heiseren Bellen eines Hundes.

»Du weißt, dass ich in drei Tagen nach Riad muss und dann nach Al Ula, oder? Ich werde den ganzen Monat unterwegs sein.«

»Was war da noch mal?« All diese Dinge waren vollständig aus meinem Gedächtnis verschwunden.

»Die Installation in der Wüste. Der König. Und so. Wir arbeiten seit zwei Jahren daran ...«, sagte Imogen, und ich spürte ihre wachsende Ungeduld. »Das heißt, du kommst definitiv nicht mit? Oder willst du nachkommen?«

»Imogen«, sagte ich, »ich weiß, wie merkwürdig das klingen muss. Aber weißt du nicht mehr, warum ich ins San Vita gegangen bin? Erinnere dich bitte. Du hast mich selbst dorthin geschickt.«

»Ich wollte doch nur, dass es dir besser geht.«

»Du hast gesagt, dass ich Professor Trinkl vertrauen soll, oder etwa nicht? Du hast gesagt, dass er ›in die Menschen hineinsehe‹«, sagte ich.

Sie atmete schwer aus. »Das ... Also, das hab ich nur so gesagt.«

»Aber es stimmt. Ich glaube, du hattest recht«, sagte ich.

»Okay. Dann komm doch jetzt einfach nach Hause, ja? Und wir fliegen zusammen?« Im Hintergrund wieder ein lautes Scheppern. »Ich komme gleich«, hörte ich dumpf, sie musste die Hand auf das Telefon gedrückt haben.

»Erst muss ich noch was erledigen«, sagte ich andeutungsvoll.

»Ich versteh's nicht. Wie willst du irgendwas erledigen, wenn du nichts bei dir hast?« Stille in der Leitung. »Soll ich dir Geld schicken? Soll ich dir ein Ticket buchen? *Sag mir bitte endlich, wo du bist?*« Langsam wurde sie ungehalten.

»Ich bin bereits auf dem Weg, Imogen«, sagte ich zu ihr. »Ich nehme vorher nur noch eine kleine Abzweigung.«

»Aber deine Uhr? Die hast du noch ... Oder ist die auch weg?!« Sie konnte ihren Ärger kaum zügeln. »Du kommst irgendwann schon zurück, oder? So eine Geschichte ist das doch nicht.«

»Sei nicht albern«, antwortete ich streng. »Ich muss einfach noch nach jemandem sehen.«

»Sieh doch nach mir«, gab Imogen zurück.

»Das werde ich«, sagte ich. »Aber du musst mir erst einen Gefallen tun.«

»Ja?«

»Ich brauche einen Brief. Ich suche nach einer Adresse.«

Als ich die Wirtschaft verließ, war mein Hunger noch stärker geworden. Ich musste unbedingt etwas essen. Ich brauchte Geld. Auch wenn Imogen derartige Situationen innerhalb von Sekunden löste, ich wollte ihre Unterstützung jetzt nicht. Ich sah auf die Uhr, es war bereits später Nachmittag, ich schaute lange darauf, folgte dem Takt des Sekundenzeigers eine ganze Umdrehung und fasste einen Entschluss.

Schnellen Schrittes lief ich die Einkaufsstraße entlang, es wurde bereits dunkel. Irgendwo musste es hier einen Uhrmacher geben, besser noch einen Pfandleiher, bis ich in einer der kleinen Seitengassen einen Juwelier fand, der gerade den metallenen Rollladen seines Schaufensters herabließ.

»Warten Sie«, rief ich ihm zu und rannte die letzten Meter, auch wenn es höllisch schmerzte. »Bitte ...«

Der Mann hielt inne und musterte mich von oben bis unten. Er trug ein dickes Cordjackett, eine winzige Nickelbrille und ein hochgeknöpftes Hemd – an seinem Revers steckte ein gehäkeltes Alpenveilchen. Sein Kopf war vollkommen kahl, die gebräunte, spiegelglatte Kopfhaut glänzte wie poliert.

»Sprechen Sie Deutsch?«, fragte ich hoffnungsfroh.

Er schaute mich arrogant, fast abschätzig an. »Kommen Sie morgen wieder. Ich habe bereits geschlossen«, entgegnete er nach einer Ewigkeit. Ich erkannte kaum mehr als den Hauch eines Akzents.

»Unmöglich«, entfuhr es mir, dann schob ich den Ärmel des Schneeanzugs hoch, löste den Verschluss meiner Armbanduhr, es machte ein ganz leises Klacken, und hielt sie ihm unter die Nase. »Würden Sie die bitte in Zahlung nehmen?«

Der Juwelier schaute empört auf die Uhr in meiner Hand. »So etwas mache ich nicht«, entfuhr es ihm, und doch spürte ich bereits in diesem Moment, dass in seiner Ablehnung ein Anflug von Interesse lag, den er nicht verbergen konnte. Er schaute noch ein zweites Mal hin. »Zeigen Sie schon her.«

Ich legte sie ihm in die Hand. Er wog sie geübt, schloss die

Augen, und ich sah, wie sein Daumen, gegen den Uhrzeigersinn, ganz sanft über die Krone fuhr. Dann schaute er mich wieder an.

»Ich zahle Ihnen zehn Prozent auf die Leihsumme«, fügte ich hinzu.

»Am besten, wir gehen kurz rein«, antwortete er nun, ein Lächeln umspielte seine Augen. Er schloss den Rollladen ab, warf einen Blick die Gasse hinunter, und als wir seinen Laden betreten hatten, drückte er die Tür hinter uns zu und schob einen massiven Riegel vor.

Hinter dem Verkaufstresen knipste er eine helle Leuchte an und setzte eine Lupenbrille auf. Er prüfte die Uhr von allen Seiten, dann legte er sie zwischen uns auf den Tisch. »Ich nehme an, Sie wissen, was diese Uhr wert ist?«

»Natürlich.«

»So viel Geld habe ich nicht hier«, sagte er.

»Wie viel haben Sie denn?«

Ich sah, wie er im Kopf herumrechnete. »Die Hälfte in etwa. Nicht ganz.«

»Das genügt«, antwortete ich und lächelte.

Die Nacht verbrachte ich in der Pension. Das Zimmer roch klamm, ein abgegriffener, in Gummi gebundener Katechismus lag auf dem Nachttischchen. Das Bett war keinen Meter breit, die Matratze durchgelegen, und bei jeder Bewegung quietschten die Federn. Ein- oder zweimal fand ich für wenige Minuten in den Schlaf – die ganze Nacht wälzte ich Erinnerungen und Wünsche hin und her. Und die Kälte, die mir noch immer in den Gliedern steckte, ließ meine Beine und Füße kribbeln, es machte mich wahnsinnig. Irgendwann ging die Sonne auf.

Die Wirtin, die sich am Morgen als sehr zugewandt entpuppt hatte, war so freundlich, mir ein paar Kleidungsstücke ihres verstorbenen Mannes zu überlassen. Ich konnte unmöglich länger in diesem Overall herumlaufen, und der dunkelblaue Sonntagsanzug, den der Wirt nur selten getragen haben konnte, saß zu meiner Überraschung gut. Lediglich einen warmen Mantel und Schuhe hatte ich mir selbst kaufen müssen, ich fand ein ordentliches Paar Wildlederschuhe bei einem kleinen Schuhmacher unweit der Pension.

Ich zwang mich zu einem deftigen Frühstück, obwohl ich nicht den geringsten Appetit verspürte. Ich wusste aber, dass ich die Kraft brauchen würde. Gegen meinen körperlichen Widerwillen strich ich Griebenschmalz auf daumendick geschnittene Stullen und belegte sie mit geräuchertem Schinken und frischer Sülze; zu einer guten Portion Rührei reichte mir die Wirtin kross gebratenen Speck. Ich schlang alles herunter und trank dazu zwei große Gläser Milch, für einen Moment glaubte ich, mich übergeben zu müssen. Aber ich blieb stark.

Dass ich nun schon zum zweiten Mal geträumt hatte, und dass ausgerechnet Jesper mir im Traum erschienen war, konnte kein Zufall sein, dachte ich, wie ich so dasaß und die letzten Bissen meines Frühstücks kaute. Ein Schauer vollkommener Klarheit durchströmte mich, Szenen unserer Kindheit und Jugend flackerten vor meinen Augen auf, und was auch immer der Traum zu bedeuten hatte, ob Trinkl das alles genau so vorhergesehen hatte oder nicht, ich spürte, dass etwas lange Verdrängtes zurück an die Oberfläche gespült worden war.

Es war ein merkwürdiges, mir ganz unbekanntes Gefühl. Ich empfand Sehnsucht, ein sentimentales Verlangen nach einer längst vergangenen Zeit, gleichzeitig auch eine Art Schuld, ein schlechtes Gewissen, dass ich meinen Freund, der mir einmal alles bedeutet hatte, aus meinem Kopf und meinem Leben verbannt hatte. Vielleicht hatte er darunter gelitten, vielleicht hatte er damals wirklich meine Hilfe gebraucht oder brauchte er sie jetzt? War es dafür schon zu spät?

Ich trank den letzten Schluck Milch, bezahlte und machte mich auf den Weg.

Ein Zug, der mich in die nächstgrößere Stadt bringen würde, ging erst in zwei Stunden. Auf dem Weg zum Bahnhof machte ich einen kleinen Umweg zu der Kirche, die ich bereits bei meiner Ankunft entdeckt hatte. Von den langen Eiszapfen, die an ihrem Dach hingen, tropfte es in schnellem Takt, die Sonne brach immer wieder durch die Wolken, sofort spürte ich die wärmende Kraft ihrer Strahlen. Ich zögerte keinen Moment und trat ein. Kirchen übten auf mich immer schon einen immensen Sog aus. Ich war protestantisch getauft und erzogen worden – ostpreußische Familien waren protestantische Familien –, aber solange ich denken konnte, fühlte ich mich beiden christlichen Kirchen zugehörig. Mit meiner Großmutter, die sehr gläubig war, waren Jesper und ich ungezählte Male im Gottesdienst gewesen, und obwohl auch sie Protestantin war, sah sie kein Problem darin, mit uns katholische Messen zu besuchen und katholische Gebete zu sprechen.

Im Inneren der Kirche erwartete mich eine erleuchtende Helligkeit. Die Decke zierten hübsch gearbeitete Fresken, die grausame Martyrien darstellten, die hellen Bänke mussten erst vor ein paar Jahren erneuert worden sein. Am Ende des Hauptschiffes strahlte ein mächtiger Altar, in seiner Mitte ein Bild der Jungfrau Maria, gerahmt von zwei alabasternen Heiligenstatuen.

Ich hielt inne und atmete die angenehm trockene, nach Stein und Weihrauch duftende Luft. Schließlich ging ich in eines der Seitenschiffe und fand neben den Beichtstühlen einen Flügelaltar, der der Heiligen Mutter des Rosenkranzes gewidmet war, davor ein kleiner Opferkerzenautomat. Zwei der elektrischen Kerzen brannten, und just in dem Moment, als ich vor das Gerät trat, verlor eine davon ihr Licht.

Ich suchte in meiner Hosentasche nach dem Kleingeld, das ich von der Wirtin bekommen hatte, und warf ein Zweieurostück ein. Ein stumpfes Klappern drang aus dem Inneren der Maschine, kurz darauf sprang eine der übrigen Kerzen an – ihr sanftes Licht flackerte wie das Licht einer echten Kerze.

Ich hörte, wie die Tür der Basilika aufging, dann vorsichtige Schritte auf den Steinplatten. Ich verschränkte meine Arme hinter dem Rücken, schaute weiter ins Licht meiner Kerze und verfolgte sein Spiel, das, wie ich bald feststellte, einem steten Rhythmus folgte. Die Schritte waren verstummt.

»Habe ich Sie gefunden«, sagte eine Stimme.

Ich drehte mich um. Es war Mana.

»Sie leben also noch. Das wird den Professor freuen«, fügte sie mit einem Lächeln hinzu.

»Was machen Sie hier?«

»Trinkl lässt überall nach Ihnen suchen. Er ist völlig verzweifelt.« Sie trug eine dunkle Jeans, fest geschnürte Stiefel mit grobem Profil und einen Parka, um Hals und Hinterkopf einen leichten Schal. »Und ich habe mir ebenfalls Sorgen um Sie gemacht«, sagte Mana. »Als ich hörte, was passiert ist, bin ich sofort los.«

»Wie Sie sehen, geht es mir gut«, sagte ich entschieden. »Das können Sie dem Professor ausrichten. Es ist alles in bester Ordnung.«

Wortlos standen wir uns gegenüber. Ich wusste nicht, was ich sagen sollte. Einerseits traute ich Mana nicht, andererseits freute ich mich, ihr Gesicht zu sehen.

»Haben Sie etwa gebetet?«, fragte sie schließlich.

»Nein.«

Mana deutete auf den Automaten, nur noch meine Kerze brannte darauf. »Aber die da ist doch bestimmt von Ihnen?« Ohne meine Antwort abzuwarten, zog sie ihre Geldbörse aus der Manteltasche, nahm eine Münze, warf sie ein, und wie ein paar Augenblicke zuvor erstrahlte ein weiteres Licht. Gemeinsam beobachteten wir das Flackern.

»Der Frühling ist da, haben Sie das bemerkt?«, fragte Mana nach einer Weile. »Man spürt es ganz deutlich. Er kam über Nacht.«

»Das Eis beginnt zu schmelzen, ja.«

»Glauben Sie, es war das letzte Mal, dass wir so einen Winter hatten?«

»Nach allem, was wir wissen, ja. Vermutlich.«

»Schade«, sagte Mana und seufzte. »Es war so schön, oder?«

»Es war noch einmal ein bisschen wie früher«, antwortete ich, nahm ihre Hand und gab ihr einen angedeuteten Kuss darauf. Die Eingangstür ging abermals auf, eine kleine, gebückte Dame kam herein. Mana und ich beobachteten, wie sie den Mittelgang entlang bis in die erste Reihe schlurfte und sich auf das Fußbänkchen kniete.

»Kennen Sie eigentlich die *Frühlingsfeier* von Klopstock?«, sagte Mana, »es ist ein sehr bekanntes ...«

»Bitte nicht«, sagte ich und hob eine Hand in Abwehr.

Sie lächelte. »Gut, dann eben nicht. Und was haben Sie jetzt vor? Kehren Sie nach Hause zu Ihrer Frau zurück? Hat Trinkl Sie geheilt?«

Ich schüttelte den Kopf und sah mich verlegen um. Erst jetzt bemerkte ich die mächtige Orgel auf der Empore – ihre silbergrauen Pfeifen reichten bis zur Decke. »Nein, noch nicht.«

»Wollen Sie mir sagen, was Sie stattdessen machen?«

Das Licht meiner Kerze erlosch. Manas Kerze flackerte gegen die Zeit an.

»Ich habe Ihnen doch von meinem alten Freund erzählt, beim Schlittschuhlaufen, erinnern Sie sich?«

»Jesper.«

»Richtig«, antwortete ich und ließ Manas Hand wieder los.

»Ich hatte einen Traum, im Schneesturm, ich habe ihn gesehen …«

Mana kniff die Augenbrauen skeptisch zusammen.

»Ich möchte nach ihm sehen«, fügte ich hinzu. »Ich habe so ein Gefühl. Aber wahrscheinlich verstehen Sie das nicht.«

Die Irritation in Manas Gesicht war nicht zu übersehen. Sie griff wieder nach meiner Hand und fuhr mit dem Zeigefinger darüber. »Sie sind nicht Sie selbst, mein Lieber. Das klingt gar nicht nach Ihnen, wenn Sie mich fragen. Wo ist denn Ihre Uhr?«, fragte sie.

»Die habe ich versetzt«, sagte ich und klopfte auf meine Brusttasche. »Ich brauchte Geld.«

Mana schüttelte den Kopf. »Hören Sie, ich weiß wirklich nicht, was der Professor mit Ihnen angestellt hat«, sie sah mir nun direkt in die Augen. »Aber, wenn Sie wollen, also, wenn Sie nichts dagegen haben, dann begleite ich Sie?«

Ich musste überrascht ausgesehen haben, denn sie sprach, ohne meine Antwort abzuwarten, weiter.

»Wir könnten unseren Winter noch ein wenig verlängern«, sagte Mana. »Einfach so. Eine hübsche kleine Reise unter Freunden.«

»Ich fürchte, Sie würden mich nur zu großen Dummheiten verleiten.«

»Vielleicht«, entgegnete Mana ernst. »Aber es könnte auch sein, dass ich hier bin, um Sie vor den größten Dummheiten zu bewahren. Vielleicht brauchen Sie jemanden, der auf Sie aufpasst. Einen Erwachsenen, verstehen Sie?«

In meinem Kopf überschlugen sich Bilder, ich stellte mir vor, wie wir gemeinsam losfuhren. Einfach in ein Auto und los. Zwischen den Bergen hindurch und über den nächstbesten Pass in eisige Höhen, noch einmal quer durch den Schnee, dann wieder hinab ins tauende Flachland. Wir würden in Etappen fahren, in Gasthöfen einkehren, gut essen und trinken, würden uns das Bett teilen und letztendlich gemeinsam meinen alten Freund aufsuchen. Ein Abenteuer, eine Reise ins Ungewisse. Vermutlich hatte Mana recht.

»Ich muss allein fahren«, sagte ich dennoch. »Es tut mir leid.«

Ich sah die Leichtigkeit aus Manas Gesicht weichen.

»Und Sie glauben ernsthaft, dass dieser Jesper etwas mit Ihrem Problem zu tun hat, ja?«

Ich schwieg wie zur Bestätigung. Sie atmete schwer aus. Ihr Blick fiel nun auf die Beichtstühle. »Früher haben die Leute einfach gebeichtet, und alles war wieder gut. Heute machen es sich alle so wahnsinnig kompliziert.« Mana machte eine Pause und sah wieder zu mir.

»Mag sein.« Ich senkte den Blick.

Auch Manas Kerze war jetzt erloschen.

»Wollen Sie nicht auch eine für Ihren Freund einschalten?«, sagte sie.

»Sind die nicht für die Toten?«

Der Blick der Muttergottes fiel sanftmütig auf uns herab, sie hielt das Jesuskind mit einer Hand, es sah aus, als würde es schweben.

»Wissen Sie«, all das Spielerische, das mich in den letzten Tagen an Mana so fasziniert hatte, war aus ihrer Stimme verschwunden, »ich habe ernst gemeint, was ich auf dem Wasserbett zu Ihnen gesagt habe. Wir sind nicht dazu verdammt, dieselben Fehler zu wiederholen. Menschen wie uns stehen alle Türen offen.«

Ich nickte, mir war nicht nach diesem Gespräch zumute. »Und was machen *Sie* jetzt?«

»Na, was schon?«, sagte Mana, sie lächelte wieder. »Ich gehe zurück.«

Wir umarmten uns noch einmal.

»Manche Menschen tun einfach alles dafür, leiden zu dürfen«, sagte sie dann und wollte sich gerade umdrehen und gehen, da hielt ich sie auf.

»Was meinen Sie damit?«

»Und manchmal ist die schönste Erinnerung des einen nur die Hölle des anderen.«

»Sie glauben, ich mache einen Fehler?«

Sie zuckte nur mit den Schultern. »Woher soll ich das wissen ...«, sagte sie wie unter großer Anstrengung, dann ließ sie meine Hand los, drehte ihren Kopf zur Seite und schloss die Augen. Und als ich kurz darauf aus der Kirche trat und meinen Weg Richtung Bahnhof fortsetzte, begannen hinter mir die Glocken zu schlagen – es war 12 Uhr. In einer halben Stunde würde mein Zug gehen.

Am Ende einer lang gezogenen Biegung führte ein Feldweg von der schmalen Landstraße in einen lichten Wald hinein. Der Boden wies tiefe Spuren eines Traktors auf, in denen sich Wasser gesammelt hatte, und obwohl die Sonne hoch am Himmel stand und bereits eine spürbare Kraft ausstrahlte, war der Grund sumpfig, wie aus einem Jahrhunderte währenden Permafrost erwacht. Der Taxifahrer weigerte sich weiterzufahren. Ich zahlte und stieg aus.

Aufgrund einer Streckensperrung war ich drei Tage lang durch das deutsche Hinterland gefahren. Gleich mehrfach waren zwischen Karlsruhe und Passau die schmelzenden Schneemassen von an den Gleisen gelegenen Häusern abgegangen, hatten dabei Teile der Dächer mitgerissen und erheblichen Schaden angerichtet. Bis auf Weiteres war ein großer Teil des Schienennetzes unpassierbar.

Über Bozen, Innsbruck und Zürich war ich zunächst nach Basel gekommen, war dann mit Regionalzügen auf französischer Seite zwischen Schwarzwald und Vogesen hindurch nach Norden gefahren, wo ich bei einer weiteren schlaflosen Nacht in der Nähe von Colmar schon den süßlichen Duft der Kiefernwälder zu vernehmen meinte, der einem hier im Sommer, wenn man mit dem offenen Wagen über die Autobahn fuhr, so angenehm zuströmte.

Bei Straßburg überquerte ich schließlich den Rhein, aus der Ferne konnte ich die Spitze des Straßburger Münsters sehen. Das Tauwetter, das inzwischen den gesamten Kontinent beherrschte, hatte den Fluss in einen reißenden Strom verwandelt. Der Zug fuhr ängstlich darüber hinweg, der Lokführer schien selbst zu zögern. Immer wieder trieben ganze Bäume in der dunkelbraunen Masse dahin, ausgerissene Büsche, nicht zu identifizierende Gegenstände wurden durch die Landschaft gedrückt. Das Wasser war weit über die Ufer getreten, hatte Straßenschilder und Laternen umspült und mitgerissen. Bis zu seinem Eintreffen am Meer, dachte ich, würde der Rhein eine Spur der Verwüstung hinterlassen.

Weil ich spätestens am dritten Tag meiner Reise von einem Dämmerschlaf in den nächsten fiel, weil ich in den harten Sitzen der Regionalbahnen immer wieder einnickte und so meinen Umstieg bei Rastatt verpasste und fast einhundert Kilometer in die falsche Richtung fuhr, war ich gezwungen, eine weitere Pause einzulegen und zu übernachten, um ein wenig zu Kräften zu kommen.

Erst spät hatte ich am nächsten Tag meine ursprüngliche Route wieder erreicht, schaffte es im Anschluss aber lediglich bis nach Speyer. Meine Müdigkeit war mittlerweile fast zur Narkolepsie geworden. Bevor ich ins San Vita gekommen war, hatte ich wenigstens die Kontrolle behalten, zumindest über den Zustand des Wachens, jetzt fühlte ich mich vollkommen ausgeliefert.

Als ich am frühen Morgen des letzten Reisetages das Ibis-Hotel in Speyer verließ, stellte ich fest, dass unmittelbar vor dem Bahnhofsgebäude eine bestimmt fünfzehn Meter hohe Skulptur in den Himmel ragte. Eine von Rost und Korrosion überzogene Stahlskulptur Richard Serras. Ich erkannte die unverwechselbare Formensprache sofort, wunderte mich aber sehr, ausgerechnet in Speyer eine seiner Skulpturen zu finden – mit Imogen hatte ich häufig über Serra gesprochen, gemeinsam hatten wir seine Kunst überall auf der Welt gesehen.

Irritiert über die unverhoffte Begegnung zögerte ich, ging dann aber einmal um die vier ineinander verkeilten, faustdicken Stahlplatten herum. Ich senkte meinen Kopf und trat durch eine der spaltartigen Öffnungen ein. Im Innern war es totenstill.

Über mir steckten die Platten in einem perfekten Quadrat den Himmel ab. Ich sah die Sterne in vollkommener Klarheit, obwohl sich das fliederfarbene Licht der bald aufgehenden Sonne bereits andeutete. Es war ein magischer Moment. Das Licht ließ das Innere der Skulptur leuchten, ihre Geometrie wirkte wie ein Spiegel, der alles Licht, das in diesen Sekunden aus der Unendlichkeit zu uns gelangte, bündelte. Ich dachte an Imogen, wie gern ich sie jetzt an meiner Seite gehabt hätte, wie gern ich diesen Moment mit ihr geteilt hätte – doch für dieses Gefühl war keine Zeit.

Auch wenn der Blick nach oben mich schwindeln ließ, geriet ich ins Träumen, spürte, wie die Vorfreude durch meinen Körper schoss, Gänsehaut kroch mir die Unterarme hoch. Was auch immer mich über den Umweg des San Vita zu Jesper trieb, was auch immer sich dahinter verbarg, ich würde nicht zulassen, dass es vergebens war. Ich würde alles tun, damit das, was passieren sollte, auch wirklich geschah.

Ich fuhr mit der Hand meinen Mantel empor und ließ sie auf dem Umschlag mit dem Bargeld ruhen. Es sagte mir, dass nichts unmöglich war.

Und so war ich von Speyer mit dem Zug bis tief in den Odenwald gefahren, hatte die vorletzte Teilstrecke mit dem Bus zurückgelegt und war schließlich mit dem Taxi hier an diesem Feldweg gelandet. Mitten im Nichts – von wo aus Jesper mir in den letzten Jahren seine Briefe geschrieben hatte.

Ich schaute dem Taxi nach, bis es ganz hinter der Kurve verschwunden war. Die kahlen Bäume, die Verdunstungskälte, der von den nassen Böden aufsteigende Nebel sprachen vom Winter, und doch war kaum zu übersehen, dass sich die Dinge bald radikal ändern würden. Ich griff nach dem Zweig einer Buche und sah, dass daran bereits kleine Knospen austrieben.

Über meinem Kopf zog ein Schwarm Zugvögel hinweg nach Norden. Ihre Körper formten einen spitz zulaufenden Keil. Ich öffnete meinen Mantel.

Es war früher Nachmittag. Ich atmete ein paarmal ganz bewusst ein und aus, die Luft war klar, es roch nach Wiese und Moos. Links des Weges erstreckte sich ein Feld, aus dessen Erde sich in regelmäßigen Abständen winzige grüne Hälse reckten.

Erst jetzt zeigten sich mir die Auswirkungen meiner Nacht im Eis und die Anstrengung der vergangenen Tage in vollem Umfang. Meine Hände zitterten, mir gelang es kaum, Daumen und Zeigefinger zusammenzuführen. Mein Nacken war steif von den Nächten in der Bahn. Am schlimmsten aber erging es meinen Füßen. Mittags auf der Zugtoilette hatte ich sie noch einmal untersucht; die Zehennägel waren mittlerweile schwarz geworden, und bei jedem Schritt schoss mir ein beißender Schmerz bis in die Waden.

Der Weg zog sich etwa zweihundert Meter über eine kleine Anhöhe bis zu einer Lichtung. Was dahinterlag, blieb von der Kuppe verborgen. Ich rückte meinen Mantel zurecht, suchte nach einer trittsicheren Spur, doch schon beim ersten Aufsetzen versank ich im Schlamm, der meinen Schuh überzog wie Kuvertüre. Ich kam ins Straucheln, tat einen weiteren Schritt, um mich zu fangen, und trat dabei mit dem zweiten Schuh in den Matsch.

Unbeirrt humpelte ich weiter, nach ein paar Metern wurde

der Untergrund fester, die tiefen Pfützen lösten sich auf, das Wasser floss in die Senke hinab. Ich wollte dem Schmutz am Abend mit einer Bürste zu Leibe rücken.

Ich erreichte die Anhöhe, lief durch einen lichten Lindenhain und ging traumwandelnd meinem unbekannten Ziel entgegen. Am Ende des Wäldchens erwartete mich eine idyllische hügelige Landschaft, von einfachen Zäunen getrennte Felder, Äcker und Wiesen. Ich konnte mir keinen Reim auf all das machen, staunte nur über die Anmut des Ortes.

Ein frischer Wind kam auf, ließ die knöchelhohen Halme der wilden Wiese tanzen und streichelte über mein Gesicht. Ich geriet bereits nach wenigen Schritten ins Schwitzen. Durch das Graubraun der Äcker und das satte Grün, das vor einigen Tagen noch unter einer Schicht aus Eis und Schnee verborgen gelegen hatte, schlängelte sich ein Kiesbett. Im Licht der tief stehenden Sonne schimmerte die Welt golden, und ich sah, dass mich der Weg in einiger Entfernung auf ein Gebäudeensemble zuführte.

Von irgendwoher hörte ich das Echo eines Traktors. Der Kies knirschte stumpf unter meinen Schuhen, als mich das Bellen eines Hundes aus den Gedanken riss. Ich erschrak, und erst als ich den Border Collie erblickte, der mit wehendem Fell und freudig wedelndem Schwanz auf mich zukam, legte sich meine Sorge.

Er sprang an mir hoch, als habe er nur auf meine Ankunft gewartet. Ich war nicht in der Lage, mich zu wehren, er leckte mir mit seiner rauen Zunge quer über das Gesicht. Ich hielt seine Vorderläufe umschlossen, spürte seine gummiweichen Tatzen und die stumpfen Klauen. Hoch aufgerichtet stand er vor mir. Es war, als würden wir miteinander tanzen. Ich genoss die unverhoffte Begrüßung, bis der Hund abließ, sich vor mir auf dem Boden wälzte und dann genauso schnell wieder verschwand, wie er gekommen war.

Ich klopfte meine Kleidung ab, ich sah ziemlich derangiert

aus, die schmutzigen Schuhe und die Pfotenabdrücke auf Hose und Jacke, und doch spürte ich, ich erinnere mich deutlich, eine seltsame Vertrautheit in mir aufsteigen. Hatte ich mich im San Vita im Moment meiner Ankunft von einer eisigen Hand gepackt gefühlt, von einem unausweichlichen Zwang, öffnete sich an diesem Ort etwas in mir.

Langsam kam ich den Gebäuden näher. Durch ein kleines, altes Holztor trat ich auf einen Hof, der von zwei Ställen flankiert war. Ein Dutzend Hühner pickte im Staub nach Körnern. Aus den Luken der Heuböden quoll Stroh, sein Duft vermischte sich in der aufwehenden Luft mit dem Geruch der Tiere und Ställe und dem süßlichen Aroma von frisch geschlagenem Holz, das in hohen Stapeln unter einem Sturz lagerte.

In der Mitte des Hofes lag ein Wohnhaus aus grobem Naturstein. Ich sah kleine steingefasste Fenster mit dunklen, stark verwitterten Fensterläden. Sicher war es auch im Sommer angenehm kühl im Innern dieses Hauses.

Ich ging zögerlich darauf zu, wie von der Angst begleitet, bei etwas Verbotenem erwischt zu werden. Und doch spürte ich einen kindlichen Kitzel, eine Vorfreude, ich wusste nicht, worauf. Einige der Hühner flatterten davon, nur um sogleich weiterzupicken. An der Winde eines Brunnens schwang ein Eimer sanft vor und zurück.

Die Tür des Wohnhauses stand offen. Im Inneren war es düster. Ich blieb stehen und lauschte. Von irgendwoher klang ein dumpfes Klopfen zu mir, und als ich genauer hinhörte, vernahm ich einzelne Töne einer Melodie, die ich nicht zuordnen konnte. Vielleicht lief im Haus ein Radio?

»Hallo?«, rief ich über den Hof, ich legte Kraft in meine Stimme.

Wieder stoben ein paar Hühner davon.

»Hallo? Guten Tag?«, rief ich nun unmittelbar in den Hausflur und steckte meinen Kopf schon halb zur Tür hinein. Ich sah Möbelstücke aus dunklem Holz in einem dämmerigen Korridor, sonst war nichts zu sehen. »Ist jemand daheim?«

Ich verbat mir, das Haus unerlaubt zu betreten, ging über den Innenhof zurück und um die Stallungen herum, vorbei an einem schmutzigen alten Land Rover, der neben einem der Seitengebäude geparkt war. Je näher ich der Rückseite des Wohnhauses kam, desto lauter wurde das Klopfen. Ich hatte den Stall gerade umrundet, da erkannte ich, dass dieses Klopfen ein Holzhacken war und dass die Melodie, die ich gerade nur aufgeschnappt hatte, den Lippen eines Mannes entsprang, der sein Beil kontrolliert auf und ab fahren ließ. War das Jesper? War dieser Mann, der da einfach so stand und Holz hackte, etwa Jesper? Er musste es sein.

Ich blieb wie angewurzelt an der Ecke stehen – zu sehr überraschte mich, was ich sah. Schon in diesem allerersten Moment übte etwas an diesem Mann eine Anziehung auf mich aus, seine Ruhe und Konzentriertheit, die Art und Weise, wie er sich bewegte. Ich hätte ihm ewig dabei zusehen können.

Für einen Augenblick erinnerte er mich in seiner Körperspannung und Kraft an Arnim, an den ich seit dem Zwischenfall im Wald kein einziges Mal mehr gedacht hatte, aber ich verwarf den Gedanken sofort, denn dieser Mann, der dort sein Lied pfiff, war anders. Anders als für Arnim, für den ich schon am Bahnsteig, wo er mit den Eiszapfen im Bart auf mich gewartet hatte, ein gewisses Mitleid empfand, spürte ich für ihn augenblicklich Bewunderung.

Als ich mich aus meiner hypnotischen Beobachtung riss, schaute der Mann auf und erblickte mich. »Kann ich Ihnen helfen?«, hörte ich seine freundliche Stimme. Es gab keinen Zweifel mehr – das war mein alter Freund.

Wir schauten einander bloß an, und ich meinte, auf seinem Gesicht ein Lächeln zu erkennen. Er ließ das Beil an seinem Körper herabhängen und tat ein paar langsame Schritte auf mich zu, als gäbe es nichts auf der Welt, das ihn verunsichern könnte. Da begriff ich, was ihn von Arnim unterschied. Jesper war frei. Vollkommen frei. Niemand hatte ihm aufgetragen, hier zu stehen und das Holz zu hacken, er konnte es jederzeit bleiben lassen, und diese Erkenntnis traf mich mit erbarmungsloser Klarheit. Es erschütterte mich geradezu – was auch immer in den Jahren, seit wir uns das letzte Mal gesehen hatten, passiert war, Jesper hatte mich Lügen gestraft. Mit einem Mal schämte ich mich für mein falsches Mitleid, meine Geringschätzung, die ich ihm in meiner Mickerigkeit entgegengebracht hatte. Um Jesper hatte man sich niemals Sorgen machen müssen. Er war das blühende Leben. *Ich* war es, der nun auf Knien bei ihm angekrochen kam.

Seine Augen untersuchten mich, offen, voller Neugier und ohne Scheu tasteten sie mein Gesicht ab.

Er war nur noch wenige Schritte von mir entfernt. Sein Lächeln wurde immer breiter, fast sprang es auf die Welt über. Hatte er mich schon erkannt?

»Da bist du ja«, sagte Jesper ruhig und warm, er ließ das Beil fallen und breitete die Arme aus. »Da bist du ja endlich, mein Freund.«

Ich stand starr da.

»Mein lieber, lieber Freund«, wiederholte Jesper und drückte mich wie einen vollgestopften, mannshohen Seesack mit beiden Armen. »Hast du mich doch noch gefunden.« Seine Umarmung nahm mir regelrecht den Atem.

Nachdem er mich abgesetzt hatte, blieb er dicht vor mir stehen, nur wenige Zentimeter trennten unsere Gesichter. Jesper hielt mich an den Oberarmen fest, als würde er sicherstellen wollen, dass ich nicht im nächsten Moment wieder verschwinde. Und obwohl ich mich bereit gefühlt hatte für unser Wiedersehen, obwohl ich es auf meiner Reise hierher in allen Varianten durchgespielt hatte, hätte ich mich schon in diesem Augenblick am liebsten weinend vor ihn hinfallen lassen.

»Hallo, Jesper«, sagte ich müde.

Er ließ meine Arme los und griff nach meinem Gesicht. Ich spürte gleich, dass seine Hände rau und spröde waren, die Hände eines Mannes, der jeden Tag mit den Elementen in Kontakt war.

»Ist das hier alles deins?«, stotterte ich verlegen und spürte einen Anflug von Schwäche. »Es ist schön. Wunderschön.«

Jesper lächelte. Dann zog er mich zu sich und drückte seine Stirn gegen die meine, die nach dem Fußweg zu seinem Haus schweißnass war. »Was sind denn das für Fragen«, sagte er halb lachend. »Sind das die Dinge, die dich interessieren? Wem was gehört? Deswegen bist du aber hoffentlich nicht hierhergekommen?«

»Ich ...«, versuchte ich eine Antwort. »Ich habe ...«

»Du siehst müde aus«, unterbrach mich Jesper. »Unbeschreiblich müde.«

»Das bin ich.«

»Aber was ist denn passiert?«, fragte er, und ich konnte in seinem Gesicht sehen, wie echt seine Sorge war. »Was ist los mit dir?«

»Ich weiß es nicht, Jesper«, antwortete ich wahrheitsgemäß und versank immer weiter im Boden. »Ich weiß überhaupt nichts mehr.«

Er streichelte mir mit seinem weichen Handrücken sanft über die Wange, ganz so, wie Professor Trinkl es einmal getan hatte. »Deine Haut ist glatt und schön. Wie die eines Kindes.« Ich hörte das Staunen in Jespers Stimme. »Aber deine Augen ... sind so leer ... wie tot.«

»Ich bin entsetzlich müde«, wiederholte ich. Ich spürte, dass mich jeden Moment meine Kräfte verließen, aber ich riss mich zusammen.

»Komm mit. Du musst dich ausruhen«, sagte Jesper, griff mir unter die Arme, und wir taten ein paar Schritte. Er stockte noch einmal. »Du humpelst ja.«

»Meine Füße sind mir beinahe erfroren. In einem Schneesturm.«

Er stutzte.

»Es war ein eisiger Winter, weißt du nicht mehr?«

»Doch, doch. Natürlich«, sagte Jesper ruhig. »Dann kümmern wir uns als Erstes um deine Füße, in Ordnung?«

Ich nickte. Dass ich ganz ohne Ankündigung aufgetaucht war, in welcher Verfassung ich war, wie ich aussah, das alles schien für ihn keiner Erklärung bedürftig. »Es ist so schön, dass du da bist. Alle werden sich freuen.«

»Alle?«, fragte ich ungläubig. »Wer denn?«

»Martha und ich, und die Tiere«, lachte Jesper. »Ich habe viel von dir erzählt. Wir haben immer gehofft, dass du kommst.«

»Das ist schön«, sagte ich mit einem Lächeln. Ich wollte ihm unbedingt glauben.

Im Haus nahm Jesper mir meine Jacke ab und setzte mich auf einen Stuhl, der neben einem gusseisernen Ofen stand. »Warte bitte. Ich bin gleich zurück«, sagte er und verschwand. Die Holzdielen knarzten unter seinen Schritten.

Aus dem Nebenzimmer hörte ich kurz darauf Stimmen, Jesper sprach mit jemandem, mit einer Frau. Sie bemühten sich, leise zu reden, oder schluckten das weiche, offenporige Holz der Bauernmöbel, die gekalkten Wände ihre Stimmen? Die Stube hatte eine beruhigende Wirkung auf mich.

Vor der Wand stand eine mächtige Uhr, das lange Pendel schwang sanft hin und her. Ich ließ mich von seiner Bewegung auf angenehme Weise mitnehmen – und bald merkte ich, dass ein großer Teil meiner Anspannung und meiner Scham bereits von mir abgefallen war. Ja, dieser Ort sprach zu mir, er empfing mich mit offenen Armen.

Ich spürte plötzlich einen sanften Druck an meinem linken Bein und sah, dass eine kleine, getigerte Katze erst ihr Köpfchen, dann ihren Hals und Nacken und schließlich ihren

Körper an mich schmiegte. Ich hörte sie schnurren, wir sahen uns in die Augen, und im selben Moment spürte ich noch eine zweite Katze an meinem rechten Unterschenkel. Ein wohliges Kribbeln stieg mir den Rücken hoch.

Eigentümlicherweise dachte ich plötzlich ans San Vita. Es kam mir nun geradezu bestialisch vor, widernatürlich, wie der monströse Versuch, die Natur zu domestizieren, und wie ich mich daran erinnerte, an Trinkl und seine Dunkelkammer, an Ilva und all ihre Maschinen, musste ich kichern. In dieser Mischung aus Erschöpfung und Überreiztheit hätte ich beinahe laut zu lachen begonnen, doch dann kam Jesper zurück, und ich beruhigte mich rechtzeitig.

Über seiner Schulter lag ein ausgefranstes Handtuch, er hielt eine mit dampfendem Wasser gefüllte Schüssel in den Händen. Er stellte sie ab, und als er die beiden Katzen in der Stube bemerkte, wie sie um meine Beine schlichen, scheuchte er sie mit strengen Worten hinaus – offenbar hatten sie im Haus nichts verloren.

Mit ihm war eine Frau mittleren Alters gekommen, die eine Küchenschürze eng um die Hüfte gebunden trug, darunter eine Art bäuerlichen Rock, der ihr bis über die Knöchel reichte, das braune Haar mit den grauen Strähnen trug sie offen, wild und ungezähmt. Ich schätzte sie ein paar Jahre älter als Jesper.

»Guten Abend«, sagte sie und machte eine kleine Verbeugung. »Wie schön, dass wir uns kennenlernen.« Ich war irritiert von dem melodischen Akzent in ihrer Stimme. Ihr Gesicht blieb regungslos, beinahe streng.

»Guten Abend«, antwortete ich. »Ich freue mich auch. Sehr.«

»Jesper hat mir viel erzählt von Ihnen. Er hat immer gehofft, dass Sie ihn eines Tages besuchen würden.«

»Jetzt zeig uns aber erst mal deine Füße«, unterbrach Jesper das Gespräch. Er wandte sich der Frau zu, die Martha sein musste, legte ihr vertraulich, fast schon intim die Hand um die Taille und sagte ein oder zwei Sätze in einer Sprache, die ich weder verstand noch zuordnen konnte.

Unter den Blicken von Martha und Jesper öffnete ich die Schnürsenkel, die von dem getrockneten Matsch ganz steif geworden waren, dann zog ich unter Schmerzen die Schuhe aus. Das Wasser der Pfützen war durch das Leder eingedrungen, auch meine Strümpfe waren nass und verdreckt. Seltsamerweise empfand ich keine Scham, ohne zu zögern, entledigte ich mich meiner Strümpfe. Die Füße sahen nicht gut aus, an mehreren Stellen waren sie wund gescheuert, dazu die schwarz unterlaufenen Nägel.

»Das bekommen wir hin«, hörte ich Martha sagen, die sich nun zu mir niederkniete. »Es sieht schlimmer aus, als es ist. Glauben Sie mir.«

»Denken Sie?«, fragte ich hoffnungsfroh.

»Ich habe schon Ärgeres gesehen. Entspannen Sie sich.« Martha bedeutete mir mit einem leichten Stoß, mich zurückzulehnen.

Jesper war einen Schritt zurückgetreten, lehnte im Türrahmen und schaute uns zu. »Alles wird gut«, sagte er.

Martha legte das Handtuch unter meine Füße. Das harte Frottee kitzelte meine Sohlen. Sie zog einen Waschlappen aus der Schüssel und begann meine Füße zu waschen, fuhr mir mit den Fingern zwischen den steifen Zehen hindurch. Immer wieder wrang sie den Lappen über der Schüssel aus, deren Inhalt sich bald dunkel färbte. Das heiße Wasser tat gut. »Ist es schon besser?«, fragte Martha und sah zu mir auf.

»Viel besser, danke.«

Sie trocknete meine Füße mit schnellen Bewegungen ab, dann stand sie auf und schüttete das Wasser mit einem kräftigen Schwung zum Fenster hinaus. Von dem Ofen nahm sie den Kessel, goss frisches Wasser nach und warf eine Handvoll Kamillenblüten dazu, die sie aus einer Tasche ihrer Schürze hervorgeholt hatte.

»Warten Sie, bis das Wasser nicht mehr so heiß ist, und dann stellen Sie Ihre Füße hinein. Ein Kamillenbad wirkt Wunder.«

Ich nickte Martha zu und tat, was sie mir gesagt hatte. Jesper stand weiterhin in der Tür und beobachtete mich. In seinem Blick lag Güte, ein interessiertes Lächeln spielte um seine Mundwinkel, als beobachtete er einen tapsigen Welpen. Er wartete, bis Martha das Zimmer verlassen hatte.

»Warum hat es so lange gedauert?«, fragte er. »Hast du meine Briefe nicht bekommen? Ich habe dir regelmäßig geschrieben und mich nach dir erkundigt ...«

Ich atmete tief ein und hielt die Luft an.

»Ich habe oft an dich gedacht. Ich habe mir Sorgen gemacht«, fügte er hinzu.

»Aber was denn für Sorgen?«, fragte ich zurück.

»Nun, ich würde sagen, ich hatte so ein Gefühl. Ich kenne dich doch.« Jesper lächelte zweideutig, und seine strahlenden Augen drangen in mich ein. »Mit jedem Brief, den du nicht beantwortet hast, wurde mir klarer, dass es dir nicht gut gehen kann.«

Dass Jesper so ehrlich sprach, so unaufgeregt und klar, ließ mich jeden Widerstand vergessen. Ich seufzte schwer.

»Ist schon gut«, sagte Jesper. »Wir reden später darüber. Du ruhst dich jetzt erst mal aus. Du brauchst Schlaf.«

»Es ist nicht einfach für mich zu schlafen. Ich habe es verlernt«, antwortete ich.

Jesper lachte, meine Antwort belustigte ihn offenbar. »Verlernt. Na, gut ... Hier wirst du es schon wieder lernen. Ich verspreche es dir.«

Ich stellte meine Füße in die Schale, und die Wärme des Wassers drang tief in meine Zellen ein. Zuerst zog es fast unerträglich stark in den Gliedern und Gelenken, dass ich versucht war, die Füße wieder herauszuziehen, aber wenige Augenblicke später setzte eine so tiefe Entspannung ein, dass ich mir um ein Haar in die Hose gemacht hätte.

»Du kannst so lange hierbleiben, wie du möchtest«, sagte Jesper und trat näher zu mir. »Oder hast du es eilig?«

»Ich habe unendlich viel Zeit«, sagte ich mit geschlossenen Augen.

»Wir können auf dem Hof etwas Hilfe gebrauchen«, fügte Jesper hinzu. »Du könntest dich nützlich machen.«

Ich öffnete meine Augen und sah ihn fragend an.

»Die Böden sind saftig. Schau dich um«, fuhr er fort. »Man kann es riechen, man kann es spüren. Der Frühling kommt schnell. Das wird eine reiche Ernte. Die beste seit Jahren.«

Martha kam wieder zur Tür herein. »Ihre Hilfe wäre willkommen«, bestätigte sie.

»Es wird von Jahr zu Jahr schwerer, Personal zu finden. Von fleißigen Erntehelfern ganz zu schweigen«, erklärte Jesper. »Niemand will mehr arbeiten. Echte, richtige Arbeit, verstehst du?«

Ich schaute die beiden abwechselnd an. Imogen schoss mir in den Sinn. Würde ich ihr erklären können, was ich hier tat? Würde sie es verstehen?

»Nichts möchte ich lieber tun«, sagte ich so bestimmt wie möglich.

Jesper klatschte in die Hände und warf Martha einen Blick zu, den ich nicht recht zu deuten wusste. Sie verzog keine Miene. »Wir haben noch eine Kammer unterm Dach. Dort müsste nur mal aufgeräumt werden«, sagte sie.

»Kannst du kräftig anpacken?«, fragte Jesper.

»Ich werde es versuchen«, sagte ich.

»Na, wird schon klappen! Es gibt nichts, was man nicht lernen kann«, sagte Jesper. »Martha und ich haben uns all das ja schließlich auch selbst beigebracht.«

Ich schaute zu den Fenstern hinaus. Die Sonne war mittlerweile untergegangen, draußen war es stockfinster. Abermals kniete sich Martha neben mich und begann, eine gelbe Salbe aus einer Dose auf meine Füße aufzutragen und einzumassieren.

»Ringelblumensalbe«, sagte sie und wackelte am Nagel meines großen Zehs, um zu prüfen, ob er schon lose war. »Die meisten Ihrer Nägel werden abfallen. Aber keine Angst, in ein oder zwei Wochen werden schon widerstandsfähigere neue nachwachsen. Ein kleiner Neuanfang.«

Meine Füße pochten und glühten, sie waren besser durchblutet als jemals zuvor. Ich ließ mich fallen, gab mich der Massage hin, als ich hörte, ganz leise, dass Martha zu summen begonnen hatte. Es waren dieselben Töne, die auch Jesper vorhin gepfiffen hatte. Im Kopf summte ich mit.

Unbemerkt von Marthas Blicken zwickte ich mich zweimal, so fest ich konnte, in den Oberschenkel. Das hier war kein Traum. Ich würde nicht noch einmal in Arnims Puppenstube erwachen.

Bevor wir zu Bett gingen, aßen wir einen Teller Suppe. Wir saßen am Tisch, jeder löffelte stumm in sich hinein, ich war zu erschöpft, und auch Martha und Jesper schienen beim Abendbrot keinen Wert auf Konversation zu legen. Vollkommen natürlich saßen wir beieinander, grübelten oder ließen unsere Gedanken schweifen, aßen, jeder für sich, und ihre Ruhe ging dabei auch auf mich über.

Im Anschluss führte mich Jesper in meine Stube, wo eine Schüssel mit kaltem Wasser auf einem Tischchen für mich bereitstand. Auf dem schmalen Bett daneben lagen ein Schlafanzug und dicke Wollstrümpfe.

»Trinkwasser holen wir aus dem Brunnen im Hof. Alles übrige Wasser, fürs Waschen, Spülen und Putzen, kommt aus der Zisterne hinterm Stall«, sagte Jesper, und ich nickte dankbar. »Hast du gar nichts dabei?«, fragte Jesper jetzt, von seiner eigenen Beobachtung erstaunt.

Ich schüttelte den Kopf und befühlte die Taschen meines

Anzugs, holte dann sowohl den Umschlag mit dem Geld als auch das Messer daraus hervor. Er schaute mich an, schien überrascht. »Ein Jagdmesser?«, sagte er und lachte laut. »Was willst du denn jagen? Zeig mal.«

Ich legte es ihm in die Hand. Jesper strich langsam mit dem Daumen über das Holz des Griffs und klappte geschickt die Klinge auf. Als Jugendliche waren wir verrückt nach Messern gewesen, hatten über verschiedene Umwege eine ganze Sammlung angelegt, mit der wir Tage und Nächte hindurch hantiert und geübt hatten. Ich sah unsere gemeinsame Geschichte plötzlich wieder in Jespers Augen, ich sah den heranwachsenden Jungen, mit dem ich durch die Wälder getobt war, der mich auf seinem Rücken kilometerweit getragen hatte, mit dem ich Feuer gemacht hatte, immer größere, gefährlichere Feuer, mit dem mich so viele intensive Erinnerungen verbanden. Warum hatte ich diesen Teil von mir aus meinem Leben verbannt? Warum hatten diese Erinnerungen erst aus mir herausgepresst werden müssen?

Stattdessen hatte ich begonnen, Jesper für seine Ideale zu belächeln, dafür, dass er, wie ich fand, nicht begriff, wie es im Leben lief. Ich hatte mich vor seinen »Hirngespinsten« regelrecht gefürchtet, wollte mich vor ihnen schützen, als hätten sie auch mich infizieren können. Sosehr ich ihn in den Jahren unserer Kindheit bewundert hatte, für seinen Mut, für seine Kraft, irgendwann blickte ich nur noch auf ihn herab. Und jetzt?

»Ein schönes Messer«, sagte Jesper, klappte es wieder zu und gab es mir zurück. »Wir werden schon Verwendung dafür finden.« Dann fiel sein Blick auf den Umschlag. »Und was ist da drin?«

»Geld«, sagte ich. »Viel Geld.«

Er verzog das Gesicht, schien sich über mich lustig zu machen. »Das sieht dir ähnlich«, sagte er süffisant. »Soll ich es vielleicht für dich aufbewahren?«

Ich nickte. Bei ihm war das Geld sicher in guten Händen.

Ich konnte mich kaum noch auf den Beinen halten und setzte mich aufs Bett. Jesper schob sich den Umschlag hinter den Hosenbund, ging zu dem kleinen Fenster, öffnete es einen Spalt und zog die Vorhänge zu. Dabei begann er wieder zu pfeifen.

»Was ist das für eine Melodie?«, fragte ich ihn.

»Wie? Du kennst es nicht mehr?«

»Doch, doch ...«, bemühte ich mich zu sagen. »Natürlich. Wie heißt das Lied noch gleich?«

Jesper setzte sich zu mir. Dann fing er an, schüchtern, aber mit klangvoller, tiefer Stimme, die ersten Zeilen zu singen: »›Der Mond ist aufgegangen / Die goldnen Sternlein prangen / Am Himmel hell und klar.‹«

Vor Scham über die plötzliche Nähe dieses Moments fuhr ich bis in die Tiefen meines Körpers zusammen. Doch nach ein paar langen Sekunden, in denen ich meiner Irritation keine Form hatte geben können, verflog dieses Gefühl, und ich schaute Jesper mit großen Augen an.

»›Der Wald steht schwarz und schweiget, / Und aus den Wiesen steiget / Der weiße Nebel wunderbar‹«, sang er weiter. »Ich kann nicht glauben, dass du das Abendlied vergessen hast.« Er lächelte. »Wir haben es mit deiner Großmutter so oft gesungen. Weißt du das nicht mehr?«

Ich dachte nach, aber das Denken fiel mir jetzt schwer. »Ich erinnere mich nur noch, dass sie mit uns Lieder über den Krieg gesungen hat«, sagte ich leise.

Jesper lachte. »Wirklich?!«, fragte er halb verdutzt. »Siehst du ... Daran erinnere *ich* mich nicht mehr.«

»Du hast gesagt, du wusstest, dass es mir nicht gut geht?«, fragte ich ihn jetzt.

»Schau dich doch an.« Er legte mir eine Hand auf die Schulter. »Wer du warst. Und wer du geworden bist. Wie du hier liegst, wie du gehst und wie du sprichst?«

Ich sah Jesper starr an und versuchte, meine Augen offen zu halten.

»Aber das weißt du selbst. Deswegen bist du schließlich gekommen. Richtig?«

Ich stand noch einmal auf und begann, meine Kleider auszuziehen und über einen Stuhl zu hängen. Dann schlüpfte ich in den Schlafanzug.

»Weißt du, es gibt Dinge, die unveränderlich sind. Dinge, die so fest mit uns verwachsen sind, dass keine Kraft des Alls sie uns jemals nehmen könnte.«

Ich legte mich unter die Bettdecke und zog sie mir bis ans Kinn. »Was sind das für Dinge?«

»Dinge, die deine Großmutter auch sehr geliebt hat. Die Wiesen. Die Wälder. Die Flüsse. Die Felder.«

Ich kuschelte mich unter die Decke. »Kannst du mir noch ein bisschen was vorsingen?«, fragte ich Jesper. »Es ist so ein schönes Lied.«

»Nicht wahr?«, sagte Jesper, blies das Licht der Kerze aus und räusperte sich: »›Wie ist die Welt so stille, / Und in der Dämmrung Hülle / So traulich und so hold! / Als eine stille Kammer, / Wo ihr des Tages Jammer / Verschlafen und vergessen sollt.‹«

»Und diese Melodie ist so friedlich!«, sprach ich mit geschlossenen Augen.

»›Seht ihr den Mond dort stehen? / Er ist nur halb zu sehen, / Und ist doch rund und schön‹«, sang Jesper weiter, und ich stimmte, schon in den Schlaf hinübergleitend, mit ein: »›So sind wohl manche Sachen, / Die wir getrost belachen / Weil unsre Augen sie nicht sehen.‹«

Dann muss ich eingeschlafen sein.

Und ich schlief. Viele Stunden lang. Länger als in all den Monaten zuvor. Ich schlief und schlief und schlief. Ich schlief und träumte von meiner Großmutter, von Kindheitstagen, von

Jesper und mir, von den Wäldern und Feldern unserer Jugend, von den Tagen und Nächten unter den Sternen. Und ich erwachte erst, auch wenn ich das nicht gleich begriff, als sich mein Körper vollständig erholt hatte.

Die Sonne stand hoch am Himmel. Es musste bereits Mittag sein, und von draußen drang durch das Fenster, vor dem der kleine Vorhang im Wind tanzte, der Gesang der Vögel zu mir in die Kammer. Ich lauschte dem bunten, betörend schönen Vogelkonzert, ehe ich sah, dass eine kleine Meise es sich auf dem Fuß meines Bettes bequem gemacht hatte, als wäre es ihre Aufgabe, mich zu wecken.

Ich betrachtete meine Hände, öffnete und schloss sie mehrere Male mit voller Kraft, ballte sie zu Fäusten, bis sich die Haut über den Knöcheln weiß färbte, dann streckte ich die Arme durch, als habe sich in mir eine Urkraft zurück an die Oberfläche gekämpft, ich wollte einen animalischen Schrei ausstoßen, so gut hatte ich geschlafen, so erwacht fühlte sich alles in mir an, so neugeboren erschien mir die Welt um mich herum.

Ich sprang aus dem Bett, die Meise flog wie an einer Schnur gezogen hinaus. Ich wusch mich über der Schale, klatschte mir das Wasser ins Gesicht und ging im Schlafanzug die knarzenden Treppen nach unten.

»Jesper?«, rief ich durch die Zimmer, »Martha? Seid ihr da?«, erhielt aber keine Antwort.

Noch etwas unsicher bewegte ich mich durch das Haus, auf dem Ofen in der Küche brodelte ein großer Kochtopf vor sich hin, der Deckel hüpfte über dem aufsteigenden Dampf auf und ab.

»Hallo?«, rief ich noch einmal, dann sah ich Martha. Sie trug eine hölzerne Kiste mit Obst und Gemüse ins Haus.

»Geht es Ihnen besser?«, fragte Martha. »Konnten Sie sich erholen?«

»Ja«, antwortete ich, doch bevor ich ausführen konnte, wie

gut ich geschlafen hatte, noch bevor ich ihr gegenüber meine tiefe Dankbarkeit ausdrücken durfte, war sie schon an mir vorbei in einen Vorratsraum verschwunden.

Auf nackten Füßen verließ ich das Haus in den Garten, wo ich Jesper bei meiner Ankunft angetroffen hatte. Von einer gepflasterten Terrasse tat ich ein paar Schritte auf eine gepflegte Wiese, ihr Grün fühlte sich weich an unter meinen Sohlen. Der Boden schmatzte beim Gehen, so feucht war er nach der Schneeschmelze.

Einige der Bäume und Sträucher standen in beginnendem Grün, ich sah Birken, Erlen, eine mächtige alte Buche und Haselnussbäume, die der Terrasse im Sommer Schatten spenden würden. Ich ging über die Wiese – eine kleine Weide stand dort wie gemalt. Als Kind hatte ich im Frühling so gern mit den weichen Blütentrieben gespielt, die sich, wenn man sie vom Zweig riss und sich damit über die Wangen fuhr, anfühlten wie das flauschige Fell eines jungen Kaninchens.

Ich stand vor der Weide, auch sie würde in einigen Tagen anfangen zu blühen, dachte ich und sog die frische Luft tief in meine Lunge. Sie roch mild und süß. Plötzlich stieß etwas gegen meinen Knöchel, es traf genau den Punkt, an dem die Haut sich nur hauchzart über den Knochen spannt. Der Schmerz war enorm. »Verdammt!«, entfuhr es mir viel zu laut, und mein Schrei flog über die Hügel hinweg.

Ein Mähroboter mit einer Solarzelle auf dem Rücken hatte mich mit voller Kraft gerammt. Er weigerte sich, die Richtung zu ändern, fuhr immer wieder ein kleines Stückchen zurück und dann wieder gegen meinen Knöchel wie ein Käfer, der nicht bereit war aufzugeben. Ich hob den Fuß, ließ den Roboter gegen meine nackte Sohle fahren und stoppte ihn. Der Motor bäumte sich auf, ächzte vergeblich, ich versetzte dem Roboter einen Tritt, er drehte sich um neunzig Grad und verschwand in eine andere Richtung.

»Lass ihn doch«, hörte ich Jespers Stimme in meinem Rücken und erschrak. »Du hast sehr lang geschlafen. Drei ganze Tage und Nächte.« Jesper trug Arbeitskleidung, er schwitzte, sein blondes Haar klebte ihm in nassen Strähnen an der Stirn, er hatte grobe Handschuhe an und hielt eine Mistgabel. »Martha hatte schon Sorge, du würdest gar nicht mehr aufwachen«, fügte er hinzu und wurde ernster. »Ehrlich gesagt, wurde sie schon ein bisschen ungeduldig.«

»Ungeduldig?«, fragte ich unsicher zurück. »Das tut mir leid. Das wollte ich nicht.«

»Ich habe ihr versprochen, dass du dich hier nach Kräften einbringen wirst«, sagte Jesper und legte seinen Kopf schief. »Sie kann manchmal ein bisschen streng sein. Sie duldet nicht, wenn man es sich ›bequem‹ macht. Sie sagt immer: ›Nur der Faule verschließt die Augen vor dem Licht des Morgens und bleibt im Rätsel der Dämmerung verfangen.‹« Er lachte, als er die Worte sprach.

Scham überkam mich. »Du hättest mich wecken sollen, Jesper! Ich wollte wirklich nichts falsch machen«, sagte ich.

»Ist schon in Ordnung«, beruhigte er mich. »Du hast den Schlaf gebraucht. Das habe ich Martha erklärt. Keine Sorge ...« Er schaute an mir herunter. »Wie geht es deinen Füßen?«

»Viel besser. Die Schmerzen sind verschwunden, einfach weg.« Und wie zum Beweis ging ich ein paar Male auf die Zehenspitzen. »Siehst du?«

»Schön«, sagte Jesper. »Und willst du noch immer bleiben? Hier bei uns? Bis es dir besser geht?«

Ich nickte. »Nichts lieber als das.«

»Weißt du, ich möchte ehrlich sein mit dir«, sagte Jesper. »Martha ist sich nicht ganz sicher, ob du der Richtige bist, um uns zu helfen. Wir sind eine eingespielte Gemeinschaft. Nichts ist dem Zufall überlassen, der Zufall ist sogar eine Bedrohung für uns. Er bringt nichts als Probleme.«

Wieder nickte ich, ich hörte ihm aufmerksam zu – wie er redete, wie er genau zu wissen schien, wovon er sprach, diese

Sicherheit und Gelassenheit, die er an den Tag legte. All das beeindruckte mich jetzt noch mehr als bei meiner Ankunft.

»Wir wollen Martha nicht verärgern.« Jesper machte wieder eine Pause, er schien nach den richtigen Worten zu suchen. »Aber ich lege meine Hand für dich ins Feuer. Ich wollte doch, dass du kommst. Und ich will, dass du bleibst.«

Jesper lächelte, und ich lächelte zurück. »Ich werde dich nicht enttäuschen«, sagte ich und griff nach Jespers Hand, die durch den Arbeitshandschuh übermenschlich groß wirkte, umschloss sie mit beiden Händen, drückte und schüttelte sie fest. »Ihr könnt euch auf mich verlassen.«

Jesper strahlte.

»Und ich bleibe ja nicht für immer«, sagte ich. »Nur, bis es mir besser geht.«

»Nur, bis es dir besser geht«, bestätigte Jesper.

Wenig später brachte er mir eine ausgewaschene Jeans, kniehohe Gummistiefel mit rutschfester Sohle, damit ich bei der Arbeit im Stall nicht ausglitt, sowie, gegen die Sonne, die in den kommenden Tagen, wie Jesper prophezeite, rasch an Intensität zunehmen würde, einen Strohhut mit breiter Krempe sowie, sollte es regnen, einen aus dickem Filz.

Während wir gemeinsam über den Hof gingen, während Jesper mir alles zeigte und erklärte, erzählte ich ihm in mir ungekannter Offenheit von der Odyssee der letzten Jahre, von meinem Leben an der Seite von Imogen, von meinen Ängsten und Sorgen, von meinem geheimsten Kummer. Von meinem Unglück. Jesper musste mich nicht bitten, zum ersten Mal überhaupt fielen die Worte einfach so aus mir heraus, vielleicht weil ich sie mir in diesem Moment zum allerersten Mal eingestand.

Jesper urteilte nicht, er hörte einfach zu. Wie sein Leben verlaufen war, musste er mir nicht erzählen, es lag in allen Einzelheiten vor mir, um mich herum, unter meinen Füßen.

Ich konnte es sehen, schmecken, riechen und fühlen. Und ab sofort würde ich ein Teil davon sein.

Meine Tage auf dem Hof würden einer immer gleichen Routine folgen, erklärte er mir, und meine Tätigkeiten anspruchsvoller werden, je länger ich blieb. Er zeigte mir die Ställe der Kühe, der Schweine und der Ziegen, die ich um fünf Uhr in der Früh ausmisten würde, um im Anschluss das Futter, das ich am Abend zuvor vorbereitet hatte, zu den Tieren zu bringen. Ich würde ihm bei Reparaturen und Instandhaltungsarbeiten zur Hand gehen oder sie, wenn möglich, selbst durchführen, ich würde pflügen, säen, düngen, jäten, bewässern und, im besten Falle, ernten und bei der Verarbeitung helfen, beim Einmachen und Konservieren von Marmelade, Saft, Sauerkraut und Honig. Ich sollte die Tiere auf die Weide führen, das Melken lernen, das Fällen von Bäumen, das Holzmachen und das Pflanzen junger Bäume.

»Wann hast du das letzte Mal mit deinen Händen gearbeitet?«, fragte Jesper. Und ich wusste darauf keine Antwort. »Die Hände sind dafür da, dass sie etwas ins Werk setzen. Dass sie etwas erschaffen. Verstehst du?« Er machte eine lange Pause und sah mich an. »Wann haben deine Hände zum letzten Mal einen Unterschied gemacht?« Immer wenn Jesper redete, lächelte er.

Er nahm sich viel Zeit, mir all das zu zeigen, was er in den vergangenen Jahren selbst gelernt hatte. Und ich saugte alles auf wie ein trockener Schwamm, alles in mir sehnte sich danach, Neues zu lernen, alles in mir wollte das, was Jesper bereits beherrschte, auch können.

»Das sieht gut aus«, sagte er und klopfte mir auf den Rücken, als es mir gelang, dem Euter einer Ziege schon nach wenigen Versuchen etwas Milch abzugewinnen. »Ein Naturtalent! Das machst du ab sofort jeden Tag. Du kannst am Morgen auch deinen Kaffee direkt drunterhalten, wenn du magst. So mache ich es.«

Ich mochte das Gefühl der kleinen Ziegenzitzen in meinen Händen, die pochende Körperwärme, ihre zartrosa Haut, die sich anfühlte wie Knetmasse, die warme Milch, die mir beim Melken über die Finger lief.

Spät am Abend, weit nach Sonnenuntergang, gingen wir mit einer Taschenlampe in der Hand quer über das Feld, das ich bei meiner Ankunft schon von der Straße aus gesehen hatte. Aus den winzigen grünen Hälsen waren inzwischen kleine Blätter geworden, die aus der Erde ragten. Jesper kniete sich hin, grub seine Hände in das feuchte Erdreich und zog eine Knollenfrucht heraus, die kaum größer war als eine Murmel. »Probier mal«, sagte er und hielt mir das violett schimmernde, erdige Kügelchen hin. »Das ist eine ganz alte Sorte, sie schmeckt mild und cremig.«

»Ist das schon reif?«, fragte ich ungläubig.

»Kohlrabi ist immer reif.«

Ich wischte den Dreck an meiner Hose ab und biss den kleinen Kohlrabi vom Stängel. Sand knirschte zwischen meinen Zähnen, aber ich ließ mir nichts anmerken. Es schmeckte mild und cremig, genau wie Jesper gesagt hatte.

Ich riss noch einen zweiten Stängel aus der Erde. Schon lange hatte ich mich und das Essen nicht mehr so gespürt.

»Dieses Jahr ist alles anders. Wenn es so weitergeht, können wir in wenigen Wochen ernten«, sagte Jesper.

Ich nickte, schweigend gingen wir unter dem weiten Sternenhimmel ein paar weitere Felder ab, das Leben keimte überall.

Schließlich kehrten wir zum Haus zurück, und als Jesper und ich uns am Fuß der Treppe, die mich zu meiner Kammer hinaufführte, verabschiedeten, fühlte ich mich auf eine Weise wunschlos erschöpft, die ich mir nicht hätte träumen lassen.

»Es ist schon verrückt, oder?«, sagte ich zu Jesper. »Wie wenig es braucht.«

Jesper lächelte. »Es braucht fast nichts.«

»Das Leben ist so kurz. So wertvoll«, sprach ich leise.

»Warum sollten wir es vergeuden?« Jesper strich sich mit der flachen Hand über den dichten Bart. »Es ist alles, was wir haben.«

Ich fand nicht gleich zur Ruhe, zu viel war an diesem Tag auf mich eingeströmt. Ich lag da und lauschte in meinen Kopf hinein, folgte den Gedanken, wie sie mich in diesen und jenen Winkel meines Gehirns führten. Es geschah ganz leicht, ganz natürlich, ich spürte den Raum um mich herum, spürte, dass ich Teil dieses Raums war, bis mir ganz allmählich ein seltsames, immer lauter werdendes Geräusch zu Bewusstsein kam.

Irgendetwas klopfte und pochte, pausierte dann wieder, nur um kurz darauf noch heftiger zu werden. Es kam aus der Wand, dann wiederum hörte es sich so an, als würde jemand Möbel über die Dielen ziehen.

Das Klopfen wurde lauter, ebbte wieder ab, wie Wogen auf dem Meer, und bald meinte ich, das ganze Haus würde in schwankende Bewegung versetzt, ehe ich plötzlich, in all dem Krach, menschliche Stimmen erkannte, erst einen Mann, dann eine Frau, die sich, wie mir jetzt klar wurde, einander hingaben. Plötzlich hörte ich es ganz deutlich und wunderte mich, warum ich so lange gebraucht hatte, bis ich das Offensichtlichste, das Allermenschlichste hatte zuordnen können; ein Mann und eine Frau, ihr Leid und ihre Lust. Ich hörte Jespers dunkle Stimme, Martha klang wild und lebendig, sie ergänzten einander, als folgte ihr Spiel einer einzigen, unveränderbaren Liturgie der Gefühle.

Ich konnte mich nicht erinnern, wann ich zum letzten Mal Zeuge einer solchen Innigkeit geworden war – eine Ewigkeit musste es her sein. Ich fühlte mich wie ein kleiner Junge, der noch nichts weiß von der Liebe, der zum ersten Mal mit ihr in Berührung kommt und dem nichts weiter bleibt, als zu staunen.

Hatte ich das mit Imogen jemals so erlebt? War ich überhaupt in der Lage dazu, war es Imogen? Was stand uns im Wege?

Ich erinnerte mich plötzlich an den Kuss mit Mana, doch bevor ich mich ganz in dieser Erinnerung verlor, verstummten Jesper und Martha.

Es kehrte wieder Ruhe ein, ich stellte mir vor, wie die beiden schweißüberströmt nebeneinanderlagen, ich schloss meine Augen und schlief zufrieden ein. Jespers Glück war auch mein Glück.

Die Tage gingen dahin. Tage voller sinnstiftender Verausgabung, ich fühlte mich immer leichter, und die Sorgen der letzten Wochen und Monate gerieten in Vergessenheit; die Nächte waren ruhig und erholsam.

Um den siebten oder achten Tag bemerkte ich bereits die ersten körperlichen Veränderungen – sie kamen mit einem Preis, zahlten sich aber aus. Das Tragen der Arbeitshandschuhe hatte nicht verhindern können, dass ich Blasen an den Händen bekam. Die ganze Arbeit, das ständige Zupacken, Drehen und Wenden von Axt, Heugabel und Säge hatte die Haut an mehreren Stellen aufplatzen lassen. Von der ungewohnten körperlichen Anstrengung hatte ich zudem im ganzen Körper einen heftigen Muskelkater bekommen. Doch so schmerzvoll sich beides im ersten Moment erwies, so befriedigend war es, die positiven Seiten all dessen zu erfahren. Nachdem der Muskelkater abgeklungen war, spürte ich, wie meine Kraft beinahe täglich mehr wurde. Meine Oberarme, mein Rücken, meine Brust, alles fühlte sich gestärkt an.

Und als auch der heftige Sonnenbrand an Nacken, Gesicht und Unterarmen abgeheilt war, den ich mir gleich in den ersten Tagen zugezogen hatte, weil ich die Frühlingssonne vollkommen falsch eingeschätzt hatte, blieb ein goldbrauner Teint, der mir gefiel. Als ich mich am Morgen im Spiegel sah, erschrak ich. So kannte ich mich gar nicht mehr, und ich dachte daran, was Ilva mir bei meiner ersten Behandlung einzutrichtern versucht hatte: »Das Allerwichtigste für Ihre Haut ist, bitte vergessen Sie das niemals, versprechen Sie mir das, sich keiner direkten Sonneneinstrahlung auszusetzen.«

Plötzlich konnte ich darüber nur lachen. Hatte diese verdammte Ilva mit ihrem von jeder Unreinheit befreiten Gesicht, hatte sie mit ihren Händen schon irgendwann einmal etwas erschaffen? Hatte sie jemals etwas getan, das einen echten Unterschied machte? Wusste Ilva, wovon sie sprach? Und wie ich so dastand, die Spuren der Sonne und des Windes in meinem Gesicht betrachtend, und an ihre Worte und ihre Einstellung zum Leben zurückdachte, tat sie mir leid.

Wenn Jesper und ich Äcker umgruben oder bepflanzten, stimmte er jedes Mal alte Lieder an, deren Texte ich mir schnell einprägte und die ich schon nach wenigen Runden mitsingen konnte. Lieder über die Abfolge der Jahreszeiten, über den Lauf der Gestirne, über die Zyklen des Erntens und Säens, Lieder über das Leid und das Leben, die Arbeit und das Glück.

Besonders an eines erinnere ich mich noch. Es war schon weit nach Mitternacht, als ein lautes Schreien aus dem Kuhstall Jesper und mich aus dem Schlaf holte. Wenige Minuten später standen wir gemeinsam im Stall – bei der Kuh hatten die Geburtswehen eingesetzt. Nervös lief sie auf und ab, legte sich hin, stand wieder auf, sie kämpfte mit sich und den Schmerzen.

»Schau, ihre Blase stülpt sich schon vor«, sagte Jesper und deutete zwischen ihre Hinterläufe. »Gleich geht es los.«

Ein mit klarer Flüssigkeit prall gefüllter Ballon schaute aus der Kuh heraus. Ich war so davon in den Bann gezogen, von den wilden, schmerzerfüllten Schreien des Tiers, von der brachialen Gewalt der Natur, dass ich wie in Trance dastand. Wie immer übernahm Jesper das Kommando. Er sprach beruhigend auf die Kuh ein, ich verstand kaum, was er sagte. Mit seinen Händen befühlte und massierte er ihren großen Bauch.

»Das Kälbchen liegt nicht richtig«, sagte Jesper und drückte fester und fester zu. »Ich muss es in Position bringen.«

Kurz darauf stieß die Kuh einen ohrenbetäubenden Schrei aus, ich sah, wie aus ihrem Hinterteil ein kleines Beinchen hing, das wild zappelte.

»Auch das noch«, sagte Jesper, wandte sich von der Kuh ab und zog sich einen bis zur Schulter reichenden Gummihandschuh über.

»Kann ich etwas tun? Kann ich helfen?«, rief ich Jesper in meiner Ohnmacht zu, erhielt aber keine Antwort.

Langsam glitt sein Arm in die Kuh hinein, immer tiefer, vorsichtig tastete er in ihr herum, bis er gefunden zu haben schien, wonach er gesucht hatte. Ich sah die Anspannung in seinem Gesicht, plötzlich stöhnte Jesper stark auf, und dann ragte auch das zweite Bein des Kälbchens heraus und wenig später der Kopf.

Jesper ließ ab, riss sich den Handschuh herunter und kam zu mir. Er atmete schnell.

Gebannt stand ich neben ihm, folgte dem Wunder der Geburt. Mein Blick sprang immer wieder zwischen der Kuh, dem Kälbchen und Jespers Gesicht hin und her, und als das Kalb mit einem dumpfen Klatschen ins Stroh fiel und die Kuh augenblicklich anfing, mit ihrer riesigen Zunge die Fruchtblase von ihrem Jungen herunterzuschlecken, begann Jesper ein Lied zu singen, das ich mein Leben lang nicht mehr vergessen werde:

Vom Schatten der Bäume umgeben
Da sitz ich so gerne allein;
Da fallen mir goldene Träume
Der schönsten Vergangenheit ein.

Was nützen dem Fürsten die Schlösser,
Dem König sein Geld und sein Tand;
Sie haben viel größere Sorgen
Und wünschen sich oft meinen Stand.

So leb ich als Landmann zufrieden,
Dieweil ich kein Edelmann bin;
Ich muss mich mit wen'gem begnügen
Und lasse den Luxus dahin.

Bei all der Erleichterung und Freude, die ich in diesen Tagen spürte, trübte ein Umstand meine Stimmung. Wann immer ich Martha begegnete, wenn wir auf dem Hof aneinander vorbeiliefen, wenn wir am Abend zu dritt in stiller Runde beim Essen saßen, jedes Mal glaubte ich, in ihren Augen einen Rest Skepsis zu erkennen, einen letzten Zweifel daran, ob mein Aufenthalt bei ihnen unter einem guten Stern stand. Was Jesper mir gesagt hatte, dass Martha die Faulen und Unfähigen nicht ausstehen konnte, klang in mir nach. Traute sie mir nicht? Doch diese Unsicherheit trieb mich nur noch mehr an, sie und Jesper mit allem, was mir zur Verfügung stand, zu unterstützen.

Eines Mittags sprach sie mich an. Ich saß gerade auf einer kleinen Bank, machte eine Pause von der Arbeit im Gemüsegarten, als sie plötzlich – ich hatte sie nicht kommen hören – neben mir saß.

»Sie haben sich gut eingelebt, nicht wahr?«, sagte sie mit einem Lächeln, das mir, anders als Jespers Lächeln, undurchdringlich erschien. »Ihnen geht es gut bei uns.«

»Ja«, antwortete ich. »Sehr.«

»Wie ich sehe, haben Sie aufgehört, sich zu rasieren«, sagte Martha. »Wollen Sie sich auch einen Bart wachsen lassen. So wie Jesper?«

Leicht überrumpelt fasste ich mir ins Gesicht.

»Vermisst Ihre Frau Sie gar nicht?«

Ich schluckte, allein der Gedanke an Imogen brachte mich aus dem Konzept. »Ich ... ich hoffe, ich falle Ihnen nicht zur Last?«, sagte ich nervös.

»Aber nein.« Martha zupfte ihren Rock zurecht. »Nein. Sie sind Jespers Freund. Er liebt sie. Das ist alles, was zählt.«

Ich stand auf und bedeutete ihr, mich wieder an die Arbeit machen zu wollen.

»Eine Sache noch«, hielt Martha mich auf. »Ich hatte bislang nicht daran gedacht, aber vielleicht sollten Sie es wissen.«

»Ja?«, fragte ich unsicher.

»Auch Jesper hat ein kleines Schlafproblem, wenn auch ganz anders als Sie«, sagte sie ruhig. »Er schlafwandelt manchmal.«

»Davon hat er mir gar nichts erzählt«, antwortete ich.

»Er weiß es nicht«, sagte Martha. »Und warum sollten wir es ihm sagen. Was würde ihm das bringen?«

Ich nahm meine Spitzhacke hoch und legte sie mir über die Schulter.

»Es reicht, wenn wir darum wissen und uns entsprechend verhalten.« Sie stand nun ebenfalls auf. »Jesper dreht in der Nacht ab und zu seine Runden. Wenn er Ihnen dabei begegnen sollte, erschrecken Sie ihn bitte nicht und versuchen Sie nie, ihn zu wecken, ja? Spielen Sie einfach mit. Er will meist nur ein wenig plaudern. Plaudern Sie einfach ein bisschen mit ihm.«

»Plaudern?«

»Er wird sich ohnehin nicht daran erinnern. Tun Sie mir den Gefallen?«

»Natürlich«, sagte ich.

Jeden Tag mit Sonnenuntergang nahmen wir das Abendbrot ein. Martha und Jesper saßen an den Kopfenden des Tisches, ich an der langen Seite, und immer sprach einer von ihnen ein kurzes Tischgebet:

In stetem Wandel der Zeiten,
Danken wir für die, die uns begleiten.
Für die Speise, die uns nährt,
Für die Liebe, die uns ehrt.
Für die Gemeinschaft, so klar und rein,
Für das Beständige, das immer wird sein.

Und dann aßen wir. Tag um Tag. Und mit jedem Sonnenaufgang, der über uns kam, mit jeder Nacht, die mich tief und fest schlafen ließ, erschien mir mein altes Leben, die Jahre mit Imogen, die Hektik und Dringlichkeit unseres Alltags, der Druck, die Termine, die Geldsummen, die Anspannung, unser krankhafter Versuch, ein Kind zu bekommen, die medizinischen Eingriffe, das Leiden, durch und durch falsch. Ich konnte mir kaum noch vorstellen, dass all das einmal zu meinem Leben gehört hatte, ja, ich konnte mir in diesen Momenten auch nicht mehr vorstellen, dass es jemals wieder Teil meines Lebens würde sein müssen.

Die Schlafstörungen, daran gab es für mich keinen Zweifel mehr, waren Hilferufe gewesen, Notsignale. Doch anstatt darauf zu hören und ins Handeln zu kommen, hatte ich hilflos versucht, dagegen anzukämpfen oder – schlimmer noch – all das einfach zu akzeptieren, als wäre ein Mensch nicht mehr als ein ins Stocken geratener Automat, dem man mit ein paar Schlägen und Stößen weitere Umdrehungen wider seine Natur abtrotzen konnte. Martha hatte mich bei unserem kurzen Gespräch im Garten gefragt, ob Imogen mich nicht vermisste. Doch wenn ich ehrlich war, interessierte mich das nicht mehr.

Ich wusste nicht, wie es Imogen ging, was sie in der saudischen Wüste trieb, was sie dort wollte, was all der Aufwand, den sie dort für ein bisschen Ansehen in bestimmten Kreisen betrieb, für einen Sinn haben sollte. Und ich ertappte mich bei dem Gedanken, wie es wäre, wenn ich, einfach so und ohne eine große Sache daraus zu machen, nie wieder zu ihr zurückkehren würde; unser Telefonat, das inzwischen fast zwei Wochen zurücklag, würde unser letztes bleiben, unverhofft, ungeplant und arglos; was, wenn auch Imogen immer seltener an mich dachte, bis sie schließlich die Erinnerung an mich aufgab, ihr Warten einstellte und sich innerlich von mir verabschiedete. Alles Übrige wäre Papierkram.

Ich würde ganz einfach bleiben, wo ich war, mit meinen Händen arbeiten, gut schlafen und glücklich sein. Vielleicht würde ich genau so einen Hof finden und ihn zu meinem machen, vielleicht ganz in der Nähe? Ich würde leben wie Jesper. Ich würde es einfach ganz genau machen wie er.

Als ich eines frühen Morgens erwachte, war etwas anders. Ich merkte es gleich. Das Fenster stand offen, das Dunkel der Nacht war schon im Begriff, vertrieben zu werden, der Tag kündigte sich an. Es herrschte eine elektrisierende Stimmung, alles vibrierte, und von draußen strömte erstmals nicht mehr die Kälte der Nacht herein, sondern eine milde Brise.

Zu meiner Überraschung wartete Jesper am Ende der Treppe auf mich und schaute zu mir hoch, wie ich, in voller Arbeitskleidung, zu ihm hinunterstieg. Auf der vorletzten Stufe blieb ich stehen und sah ihn fragend an.

»Wie fühlst du dich heute?«, fragte er mit einem Strahlen im Gesicht.

»Gut, ich fühle mich sehr gut.«

»Heute ist ein besonderer Tag.« In seiner Stimme lag ein geheimnisvoller Ton.

»Der Frühling ist da, meinst du das?«

»Ja, auch«, sagte Jesper und lachte. »Komm, ich habe etwas für dich vorbereitet. Eine Überraschung.«

Wir verließen das Haus und traten auf den Innenhof. Der Horizont strahlte in einem aufsteigenden Taubenblau, während andere Teile des Himmels noch immer stockschwarz waren. Jesper griff nach einem feinmaschigen Netz, das an der Scheune lehnte und das an einen übergroßen Lacrosse-Schläger erinnerte. An seiner zulaufenden Spitze war ein Kunststoffgefäß befestigt, dünne Schläuche liefen quer über die Maschen zu ihm hin.

»Was ist das?«, fragte ich Jesper.

»Dein Geschenk«, sagte er und nahm mich fest in den Arm. »Ich habe es selbst entworfen.«

Ich wurde nicht schlau aus dem Gerät. »Und was ist es?«

»Das wirst du gleich sehen, hab Geduld, mein Lieber.« Sein Blick verunsicherte mich. »Du weißt schon, was heute für ein Tag ist? Oder hast du es wirklich vergessen?«, fragte Jesper.

Ich spürte die Nervosität im ganzen Körper. Ich hatte keine Ahnung, wovon er sprach.

»Wie kann man einen so wichtigen Tag vergessen?«

Verlegen schüttelte ich den Kopf.

»Dein Geburtstag. Heute ist dein Geburtstag ...«

Ich verfiel in eine Art Schockstarre.

»Was ist nur los mit dir?«, sagte Jesper.

Mir lief es heiß und kalt über den Rücken. »Mein Geburtstag?«, sprach ich leise vor mich hin.

»Dein Geburtstag, genau«, antwortete er, kam auf mich zu und nahm mich noch fester in den Arm. »Dachtest du etwa, den hätte ich vergessen?«

Er drückte mich lang, und ich spürte einen Zauber zwischen uns; seine Wärme, seine Aufrichtigkeit, so frei von jeder Bedingung oder Berechnung.

»Jetzt gehen wir aber mal los«, sagte Jesper dann, klatschte zweimal so laut in die Hände, dass es über den gesamten Innenhof schallte, und nahm auch für sich ein Netz von der Wand.

»Und was machen wir damit?«, fragte ich.

»Wir fangen den Morgentau.«

Gemeinsam streiften wir über die wilden Wiesen und Weiden. Jesper machte es vor, ich tat es ihm nach – wir ließen die Netze vorsichtig über die feucht glitzernden Halme, Blätter und über die knospenden Blüten gehen, wieder und wieder, wie in einem intuitiven Tanz.

Langsam rann der Tau die Netze hinab, in kleinen silbrigen Bahnen bis in die Behälter. Immer wieder hörte ich es tropfen, ein ganz eigener, dem Zufall entsprungener Rhythmus.

Während wir so dahingingen und den Morgentau auflasen, wurde es heller. Bald schon erkannte ich genau, wo wir bereits geerntet hatten und wo noch etwas zu holen war, wo der Tau noch schimmerte und wo nicht. Wir gingen in gleichbleibendem Tempo, Seite an Seite, ungefähr eine Stunde lang. Unbesorgt zogen wir dahin, ich bemühte mich, jede von Jespers Bewegungen präzise nachzuahmen. Wir sprachen kaum ein Wort, tanzten einfach über die kniehohen Wiesen, und wenn die Maschen über die Halme gingen, hörte ich ein helles Rascheln, als streichelten, ganz nah an meinem Ohr, die zartesten Hände der Welt sanft übereinander.

»Gut jetzt«, rief Jesper plötzlich, als es schon fast taghell geworden war. »Wir haben genug. Und die Sonne geht bald auf. Dann verschwindet der Tau so schnell und geheimnisvoll, wie er gekommen ist.« Er tippte auf seinen Plastikbehälter und hielt ihn gen Himmel – er war randvoll. »Wie viel hast du?«

Auch ich hielt meinen Behälter hoch, er war zu rund einem Drittel gefüllt.

»Gar nicht schlecht.« Jesper ließ sich mit einem Plumps auf der Wiese nieder. »Setz dich, komm. Wir haben was zu feiern.«

Ich sah ihn an, wie er so dasaß, schweißüberströmt lächelte er mich an und zog sich im Lichte der flach fallenden Sonnenstrahlen das Hemd über den Kopf. Sein Oberkörper war muskulös, jeder Muskel definiert, sein Torso glänzte im rosafarbenen Licht. Auch in seinem Bart hatte sich Tau gefangen. Ich setzte mich neben ihn.

»Hast du schon mal Tau getrunken?«, fragte Jesper.

Ich schüttelte den Kopf.

»Natürlich nicht«, sagte er. »Wer tut das schon.« Er strich sich mit beiden Händen das Haar nach hinten.

Ich hörte es Summen. Die Bienen hatten sich bereits auf Erkundungsreise begeben, noch aber versteckten sich die allermeisten Blüten in ihren fest geschlossenen, prallen Knospen.

»Der Tau stillt nicht nur den Durst des Körpers, sondern auch den der Seele, heißt es«, sagte Jesper. »Er ist das reinste Wasser, das die Natur uns schenkt. Er trägt die Energie des neuen Tages und die Essenz des Erwachens in sich.«

Ich sah, wie er den Behälter von den Schläuchen trennte und gegen das Licht hielt. »Er ist so rein und unschuldig wie der Mensch an seinem ersten Tag«, führte Jesper fort, und der Tau schwappte hin und her wie flüssige Diamanten.

»Man trinkt ihn mit denen, die einem etwas bedeuten. Du musst Menschen finden in deinem Leben, mit denen du den Morgentau teilen willst. Verstehst du?«

Ich nickte ergriffen und zog mit zittrigen Fingern die Schläuche ab. Dann reichte Jesper mir seinen Behälter und nahm mir den meinen aus der Hand.

»Auf unseren ersten Tag«, rief Jesper fröhlich in die Sonne hinein.

Ohne nachzudenken, leerte ich den Tau mit einem einzigen großen Schluck. Er war kühl und erfrischend, schmeckte nach Gras und Moos, nach Nektar und Bäumen. Nach Ewigkeit.

Jesper ließ sich rückwärts ins Gras fallen und schloss die Augen. »Es ist wie früher.«

Ich blieb sitzen und ließ meine Blicke und meine Gedanken schweifen. In einiger Entfernung sah ich das Wohnhaus, vor dem Martha gerade damit beschäftigt war, frisch gewaschene weiße Wäsche auf eine Leine zu hängen; etwas weiter ging eine Herde Schafe ihrer Sache nach; ich schaute auf Jesper, der neben mir im Gras lag, die Handflächen, wie zum Gruß der Sonne zugewandt – da erkannte ich, dass er an seinem Handgelenk ein kleines Zeichen tätowiert hatte. Es war mir bislang noch nicht aufgefallen, also beugte ich mich zu ihm hinüber, um es besser sehen zu können. Er schlug die Augen auf, als hätte er meinen Blick auf sich gespürt, und ich fühlte mich für einen Moment ertappt. »Was ist?«, fragte er.

»Was hast du da an deinem Handgelenk?«

Jesper hielt es mir wortlos hin. Erst jetzt erkannte ich, dass es eine kleine Träne war, die unmittelbar auf seine Hauptschlagader gestochen war.

»Was bedeutet das?«

Er zog seine Hand wieder weg, streichelte gedankenverloren über seinen Unterarm und atmete schwer aus. »Sie erinnert mich daran, dass, solange das Blut durch mich hindurchfließt, kein Grund zur Sorge besteht.« Er war plötzlich ganz ernst.

Ich sah ihn gebannt an, er schloss seine Augen wieder und legte sich hin.

»Weißt du«, sprach er leise weiter, »es heißt, dass sich alles konstant verändert, dass die Welt im Wandel ist und dass dieser Wandel schneller und schneller voranschreitet.« Ich verlor mich ganz in seinen Worten. »Es heißt, dass man sich anpassen muss, aber das ist nicht wahr. Anpassen müssen sich nur diejenigen, die so etwas glauben.«

Ich hing an seinen Lippen.

»Es gibt einen natürlichen Fluss, der unaufhaltsam und stetig an uns Menschen vorüberzieht. Und wir, solange wir freie und glückliche Menschen sein wollen, müssen nichts anderes tun, als in diesem Fluss mitzuschwimmen. Wie das Blut in unseren Adern, verstehst du?« Jesper schlug wieder die Augen auf. »Wenn wir versuchen, die Gesetze des Lebens umzuschreiben, bringen wir nichts als Leid und Sklaverei in die Welt. Der Wahn zur Veränderung entzweit die Menschen. Er treibt sie voneinander weg und führt sie in eine Angst, aus der es kein Entkommen gibt.« Jesper holte noch einmal Luft und sprach noch leiser weiter. »Nur aus Angst setzen diese Menschen noch Kinder in die Welt und geben damit ihre Angst an die nächste Generation weiter. So entsteht ein ewiger, fiebriger Kreislauf.«

Ich nickte hysterisch. »Ja, ja, du hast recht«, sagte ich. »Genau so ist es.«

»Die Leute irren, wenn sie sagen, dass früher alles besser war«, erklärte Jesper in hohem Ton. »Die Wahrheit ist: Alles ist genau wie immer. Und daran erinnert mich diese Träne, verstehst du?« Aus seinen Augen sprach absolute Überzeugung. »Jeder braucht etwas, woran er sich festhalten kann.«

Ich sah, wie seine Brustmuskeln beim Sprechen auf und ab hüpften.

»Vielleicht findest du eines Tages heraus, was das für dich ist. Ich würde es dir sehr wünschen.«

Als ich am späten Abend in meine Kammer kam, schlug mein Herz wie wild. Ich hatte das Abendessen heruntergeschlungen und mich entschuldigt, um so schnell wie möglich auf mein Zimmer zu gehen.

Oben angekommen nahm ich mein Messer zur Hand und setzte mich im Schneidersitz aufs Bett. Meine Hände zitterten, ich atmete tief durch, wurde mir meines Herzschlags bewusst und kam langsam zur Ruhe. Dann suchte ich nach dem kleinen Stock, den ich von der Wiese aufgelesen hatte, und begann, daran herumzuschnitzen. Ich hobelte immer feinere Späne ab, bis ich am Ende einen spitzen kleinen Keil in den Händen hielt, wie eine starke Nadel.

Vor dem Abendessen hatte ich ein wenig Asche aus einem der Holzöfen entnommen, die ich mir nun in die Hand rieseln ließ. Mit etwas Speichel rührte ich daraus einen zähen schwarzen Brei an.

Ich nahm die Nadel und tauchte sie ein, dann legte ich meinen Zeigefinger und Mittelfinger auf mein Handgelenk. Sofort spürte ich meinen Puls, mein Herz schlug gleich wieder heftiger. Ich konnte die Arterie mit bloßem Auge pochen sehen, wartete noch ein, zwei Sekunden, setzte dann die Nadel auf meine Haut und erhöhte den Druck.

Ich spürte den Schmerz. Ich muss achtgeben, nicht zu tief zu stechen, dachte ich, als ich sah, wie die Nadel durch die oberste Hautschicht drang, so weit, dass sich das Schwarz mit dem leuchtenden Rot meines Blutes mischte. Erschrocken zog ich die Nadel zurück, wischte hektisch mit einem Tuch darüber, wartete, bis es aufgehört hatte zu bluten, und sah dann, dass sich da ein kleiner dunkler Punkt unter der Haut abzeichnete.

Ich lachte wie ein kleines Kind, das sich über dem Gelingen eines Streichs nicht mehr beherrschen kann. Zehn-, elfmal tauchte ich die Nadel in die schwarze Masse, musste zweimal nachschärfen, stach konzentriert zu, spürte dem wiederkehrenden Schmerz lustvoll nach, bis ich glaubte, fertig zu sein.

Ein letztes Mal wischte ich mit dem mittlerweile durchtränkten Tuch über die Einstichstellen, wo nun in der Tat ein tropfenähnliches Zeichen zu sehen war. Ich hatte genau achtgegeben, hatte nichts überstürzt und empfand einen erhebenden Stolz.

Jesper musste davon nichts erfahren, seine Träne auf meiner Hand sollte mein Geheimnis bleiben.

Um die Einstichstellen herum hatte sich ein feuriger Kreis gebildet – ich tunkte das Tuch in ein Desinfektionsmittel, das ich aus dem Kuhstall entwendet hatte, wischte noch einmal darüber und schmierte dick Vaseline drauf.

Die vagen Umrisse der Träne gingen im Rhythmus meines Pulses auf und ab, als blase sie sich mit jedem Herzschlag aufs Neue auf. Das Leben, es pulsierte unter meiner Haut.

Für einen flüchtigen Moment wünschte ich, Imogen würde mich sehen können. Dann war ich wieder ganz bei mir und lachte über den Gedanken.

Was würde es für einen Unterschied machen? Was ging es sie überhaupt noch an?

Ich war nicht mehr der, den sie fortgeschickt hatte.

An einem der darauffolgenden Tage ahnte ich es schon, als ich beim Frühstück saß. Ich hatte gut geschlafen, ich hatte geträumt, wilde, schöne, lebhafte Träume; auch das Zeichen an meinem Handgelenk war so gut wie verheilt, und doch wusste ich sofort, dass etwas nicht stimmte.

Als ich den Stall ausmistete, bemerkte ich ein Kribbeln in der Nase. Ich ging dem Gefühl nach, spürte bereits ein leichtes Kratzen im Hals, und als das Drücken auf den Schleimhäuten auch nach zwei Stunden nicht nachgelassen hatte, war ich überzeugt, mich erkältet zu haben. Es war zwar inzwischen sommerlich warm geworden, doch es war gut möglich, dass ich mich bei unserem morgendlichen Ausflug in die Tauwiesen verkühlt hatte.

Ich stahl mir in der Küche eine Stoffserviette, mit der ich mir unbemerkt die Nase putzen konnte, ging wie gewohnt meinen Aufgaben nach und hoffte, dass niemand von meiner kleinen Erkrankung Wind bekommen würde. Aus irgendeinem Grund schämte ich mich vor anderen dafür, krank zu sein.

Am späten Nachmittag, Jesper und ich trieben gerade die

Kühe in den Stall, hatte sich mein Zustand deutlich verschlechtert. Unentwegt lief mir die Nase, klarer Schleim rann meinen Rachen hinunter, ich schluckte gegen einen andauernden Hustenreiz an.

»Ist alles in Ordnung mit dir?«, fragte Jesper eher beiläufig, auch er wollte keine große Sache daraus machen.

»Klar, mir geht's blendend«, antwortete ich.

»Sicher?«, fragte er vorsichtig nach. »Sag mir bitte, wenn etwas nicht stimmt.«

Ich schlug einer Kuh mit der flachen Hand auf die Flanke, trieb sie den Weg entlang. Schließlich traute ich mich doch. »Ich glaube, ich habe mich erkältet.«

»Dann solltest du dich hinlegen. Mit einem Infekt ist nicht zu spaßen. Am Ende entzündet sich dein Herzmuskel.«

»Geht schon.« Ich kraulte mir durch den dichter werdenden Bart. »Ich will nicht, dass Martha denkt, dass ich mich auf die faule Haut lege.«

»Ach was.« Jesper lachte und machte eine wegwerfende Handbewegung. »Wir sind hier doch nicht auf dem Sklavenschiff. Ich werde ihr sagen, dass ich darauf bestanden habe. Eine Sommergrippe kann jeden erwischen.«

Ich nieste heftig, zog die Serviette aus meiner Hosentasche und nieste noch einmal hinein.

»Ist das eine von Marthas Servietten?«, fragte Jesper überrascht.

»Ich …«, stammelte ich erschrocken.

»Na, sie muss es ja nicht unbedingt erfahren«, sagte Jesper und lächelte. »Und jetzt legst du dich hin. Verstanden?«

Als ich eine knappe Stunde später, die Sonne war noch nicht untergegangen, in meinem Bett lag, an die Decke schaute und in mich hineinfühlte, trieben mich seltsame Gedanken um. Immer wieder tauchte Professor Trinkl vor meinem inneren Auge auf. Obwohl ich wach war, zogen wie Blitze aufscheinende Erinnerungen an mir vorüber. Ich hörte seine sonore Stimme, hörte ihn durch den Schneesturm nach mir rufen. Dann sah ich auch Mana, wie sie in der Salzgrotte dahintrieb, wie sie Schlittschuh lief, wie sie aus dem Kopf alle möglichen Lieder und Gedichte aufsagte, wie sie lachte. Über wen lachte sie?

Meine Gedanken kreisten immer schneller. Ich befühlte meine Stirn. Ich hatte kein Fieber. Noch war ich optimistisch, dass ich am nächsten Tag wieder bei Kräften sein würde, obgleich ich immer schlechter Luft bekam. Und als ich von unten abermals Jesper und Martha hörte, beruhigten mich ihre Geräusche zum ersten Mal nicht. Mir war heute nicht nach ihrer Liebe.

Erst kurz vor Mitternacht schlief ich ein, die gesamte Nacht plagten mich Albträume. Mehrmals schrak ich schweißnass hoch, zog irgendwann meinen Schlafanzug aus, um nicht klamm in den Laken zu liegen. In einem Zustand zwischen Wahn und Traum war mir, als säße Professor Trinkls Berner Sennenhund auf meiner Brust. Sein Gewicht nahm mir die Luft, ich schlug wild um mich, versuchte, den Hund von mir herunterzuschlagen, doch meine Fäuste gingen einfach durch ihn hindurch.

In Panik sank ich unter seinem Gewicht zusammen, er drückte mich in die Matratze, und als er seine triefenden Lefzen auseinanderriss, über mein Gesicht stülpte und zubiss, erstickte ich. Und wachte auf.

Es war nicht Trinkls Hund, der da auf meiner Brust lag, sondern eine der Katzen. Ihre Schnauze war nur wenige Zentimeter von meinem Gesicht entfernt, mit vibrierenden Schnurrhaaren lag sie da, ihr kleines Herz pochte, ich konnte es spüren. Meine Augen brannten, mein Atem ging rasselnd. Sie schaute mich an, als wüsste sie, was sie tat.

Als ich begriff, was los war, stieß ich einen lauten Schrei aus und schleuderte das Tier vom Bett.

Das war keine Erkältung. Es waren die Katzen. Es mussten die verdammten Katzen sein.

Den Morgen verbrachte ich damit, meine Kammer nach den Hinterlassenschaften des Tieres abzusuchen. Ihre Haare waren überall, auf meinem Oberbett, dem Kopfkissen, meiner Kleidung, dem Teppich, dem Boden. Wie war dieses Vieh, das nicht einmal ins Haus durfte, in mein Zimmer gekommen? Ich hatte die Tür, wie jede Nacht, zugezogen, sie musste zur Klinke hochgesprungen sein und sie eigenständig geöffnet haben, oder sie war über das Fenster hereingekommen?

Die folgenden zwei Tage mied ich die Katzen, wo immer es ging, doch schon ihr schierer Anblick ließ meine Schleimhäute pulsieren. Ich wusste nicht, dass ich so heftig auf sie reagierte, in Imogens und meinem Umfeld hatte es zum Glück nie Katzen gegeben, doch es musste so sein. Es war die einzige Erklärung.

Ich nieste nun pausenlos, rieb mir die Augen, bekam nachts keine Luft, weshalb ich am Morgen nicht nur wieder ungeheuer gerädert, sondern auch mit trockenem, schmerzendem Hals erwachte.

Trotz allem zwang ich mich dazu, Jesper zur Hand zu gehen. Ich ließ ihn in dem Glauben an einen nicht vollständig auskurierten Infekt, doch sein ungebrochenes Verständnis und sein Mitgefühl hatten bei mir bereits zu einer gewissen Dünnhäutigkeit geführt.

»Es ist alles okay, Jesper«, zischte ich ihn an. »Du bist nicht meine Mutter.«

Dass er selbst kein Problem mit den Katzen hatte, entfachte eine glimmende Wut in mir, die ich unterdrückte, so gut es ging.

Ich traute mich nicht, Jesper die wahre Ursache meines Problems mitzuteilen. Bis zu einem gewissen Grad hatte ich mich in den Gedanken hineingesteigert, er und Martha würden die falschen Schlüsse daraus ziehen und entscheiden, dass es unter diesen Umständen für mich besser wäre, den Hof zu verlassen – denn dazu war ich unter keinen Umständen bereit.

Ich wusch mir mehrmals am Tag Hände und Augen, spülte meine Nase mit Salzwasser, untersuchte meine Kleidung dauernd nach Katzenhaaren, doch das Problem blieb bestehen, bis mir eine Idee kam.

Mir war aufgefallen, dass im Alltag niemand Notiz von den Katzen nahm. Ich hatte nicht einmal gesehen, wie sie gefüttert wurden. Anders als der Border Collie, der mehrmals täglich sein Fressen vorgesetzt bekam, einen alten Knochen oder ein Stück Pansen, waren die Katzen Jäger und Selbstversorger. Sie waren frei, zu kommen und zu gehen, wie sie wollten, waren niemandem etwas schuldig, also würde ihr Fehlen auch niemand so bald bemerken. Es war das Beste, wenn *sie* an meiner Stelle den Hof verließen.

Ich blieb an diesem Abend lange wach, wartete geduldig ab, bis das Treiben in Jespers und Marthas Schlafzimmer verstummt war, und machte mich auf den Weg. Ich schlich auf nackten Sohlen ins Erdgeschoss, am Fuß der Treppe sah ich eine der Katzen liegen. Vermutlich schlichen sie sich mittlerweile jede Nacht ins Haus.

Mit offenen Augen lag sie da und machte keinen Laut, als ich sie hochnahm und wie einen wirbellosen Sack unter meinen Arm klemmte. Dann nahm ich den Schlüssel von Jespers Land Rover an mich, der an einem Haken im Flur hing.

Mit pochendem Herz trug ich die Katze durch die Nacht, schloss den Kofferraum des Geländewagens auf und warf sie hinein. Die zwei anderen Katzen fand ich dösend auf den warmen Steinen der Terrasse sowie im Mondschein vor der Scheune dahinschleichend, vielleicht auf der Suche nach einer Maus.

Die bloße Berührung ließ meine Allergie einen Sprung machen. Eine der Katzen hatte mich beim Hochnehmen leicht gekratzt, und als ich alle drei im Kofferraum verstaut hatte und mich hinter das Lenkrad setzte, bemerkte ich, dass der Kratzer rot angeschwollen war und stark juckte.

Der Land Rover stand an einer kleinen Senke. Um niemanden zu wecken, löste ich Wegfahrsperre und Handbremse, legte den Leerlauf ein, und schon rollte ich, beinahe geräuschlos, in Richtung des Feldweges. Draußen herrschte die Stille der Nacht, aus dem Kofferraum drang das Miauen zu mir nach vorn, es kam mir wie ein Klagen vor, als hätten die drei in diesem Moment begriffen, was ich mit ihnen vorhatte.

Eine von ihnen hatte sich auf die Hinterläufe gestellt und an der Rückbank aufgerichtet. Ich sah ihre fassungslos funkelnden Augen im Rückspiegel. Und drehte ihn weg.

Erst als wir dreißig, vierzig Meter gerollt waren und der Hof in der Dunkelheit nicht mehr als ein Schatten inmitten von Schatten war, startete ich den Motor. Und als wir um die erste Kurve bogen, traute ich mich, auch die Lichter anzuschalten.

Den ganzen Tag hatte ich gehadert, ob ich es übers Herz bringen würde, die Kätzchen zu töten. Es wäre der schnellste und sicherste Weg gewesen, sie zu ertränken, mit einem Stein zu erschlagen oder ihnen mit meinem Messer ins Herz zu stechen, so wie ich es bei dem Bären getan hatte. Ich würde nicht weit fahren müssen, nur ein paar Minuten, und dann auf einen Feldweg abbiegen. Ich wäre schnell wieder zurück auf dem Hof. Niemand würde etwas bemerken. Doch sobald ich versuchte, mir den Tötungsvorgang vorzustellen, wurde mir klar, dass ich den entscheidenden Schritt nicht würde gehen können – Trinkl hatte meine Hand geführt, ohne seine Hilfe hätte ich den Bären nicht erlegt.

Mir blieb keine Wahl, ich würde sie aussetzen müssen, irgendwo im Niemandsland des Odenwaldes, eine nach der anderen, möglichst weit voneinander entfernt und weit genug weg von Jespers und Marthas Hof.

Ich steuerte den Wagen bis zur Landstraße. Sie führte dunkel durch hügelige Landschaft, durch dichte Waldstücke und über Lichtungen hinweg, und mindestens zweimal passierten wir einen Bach. Ich ließ beide Fenster herunter, damit der Fahrtwind alles Katzenhafte nach draußen blies.

Nach einer Dreiviertelstunde hielt ich zum ersten Mal in einer kleinen Bucht am Straßenrand, ich löschte das Licht und stellte den Motor ab. Ich ging um den Land Rover herum, öffnete die Heckklappe, die drei Katzen sahen mich mit weit aufgerissenen Augen an. Die erste leistete keine Gegenwehr, sie ließ es einfach geschehen. Ich nahm sie vorsichtig auf den Arm, hielt sie möglichst weit von mir weg, ihre Beine baumelten schlaff in der Luft.

»Es tut mir leid«, sprach ich zu ihr, »ich wünschte, es gäbe eine andere Lösung. Es tut mir wirklich leid.« Dann setzte ich sie auf den nachtfeuchten Boden, hörte hinter mir ein ratloses Maunzen, es brach mir das Herz, doch mir blieb keine Wahl. Ich stieg ein und fuhr weiter zum nächsten Feldweg.

Schon bald war ich wieder zurück auf dem Hof. Die ganze Aktion hatte über zweieinhalb Stunden gedauert, zweieinhalb Stunden, in denen ich mir unentwegt Vorwürfe gemacht hatte, in denen ich, weiß Gott, nicht stolz auf mein Handeln war. Erst als ich erschöpft in mein Bett sank, machte sich ein Gefühl der Befreiung in mir breit.

Es hätte keinen Grund gegeben, die Katzen zu töten. Aber es war richtig gewesen, sie auszusetzen. Die Katzen würden an jedem anderen Ort der Welt genauso gut zurechtkommen wie an Jespers Hof. Sie konnten auf sich selbst aufpassen, konnten sich arrangieren und anpassen, brauchten niemanden, der für sie sorgte und sie in den Arm nahm. Anders als die Menschen hatten sie alles unter Kontrolle.

Die Symptome klangen am nächsten Tag ab. Sie verschwanden nicht ganz, aber ich bekam besser Luft, brachte mich wieder ein und schlief auch wieder besser. Ich war hoffnungsvoll, bei Jesper und Martha bleiben zu können, zumindest so lange, bis ich endgültig geheilt war, bis ich mein Leben endlich in die eigenen Hände würde nehmen können, bis ich alles von Jesper gelernt hatte. Ob Imogen in diesem Leben noch einen Platz hätte oder nicht, das spielte für mich nur noch eine untergeordnete Rolle. Letztendlich entschied das allein ich.

Jesper und Martha machten nicht den Eindruck, als würden sie das Fehlen der Katzen bemerken, doch mein schlechtes Gewissen verfolgte mich.

Im Garten hatten die Bienen angefangen zu schwärmen. Sie flogen aus ihren Stöcken entlang der Scheune, an denen Jesper in den vergangenen Tagen durchgehend zu tun hatte, und überfielen die nun in voller Blüte stehenden Wiesen. Ein solches Gewimmel hatte ich noch nicht gesehen, ihr Summen durchzog den Tag wie ein angenehmes Hintergrundrauschen.

»Sie haben den Winter gut überstanden«, freute sich Jesper, als er nur mit einer einfachen Schutzbrille vor den Augen aus einer Wolke Bienen auf mich zukam. »Sie leben! Und wie sie leben!«, rief er, und seine Freude darüber erfüllte auch mich. Alles würde gut werden, dachte ich, er hatte recht gehabt.

Die Wiesen rund um unseren Hof waren innerhalb weniger Tage in die Höhe geschossen, und Jesper bat mich darum, ihnen mit der Sense zu Leibe zu rücken.

Wir gingen gemeinsam in die Scheune, Jesper wollte mir zeigen, wie man die Sense, über deren Klinge sich den Winter über eine Schicht Flugrost gelegt hatte, instand setzte. Er hielt die lang geschwungene Schneide über einen Dengelbock und bearbeitete sie mit einem kleinen Hammer. Immer wieder wendete er das Blatt mit einer geschickten Bewegung aus dem Handgelenk, sodass er abwechselnd die eine wie die andere Seite traf. Der Rost flog förmlich davon, und mit jedem Schlag blitzte darunter das Silber der Sense auf.

»Das müsste genügen«, sagte Jesper nach wenigen Minuten, beschaute sich seine Arbeit im Licht und machte ein paar trockene Schwünge. »Siehst du? So holst du aus, die eine Hand hinten am Baum, die andere hier vorn am Griff, und dann lässt du sie waagerecht durchs Gras fahren. Etwa zehn Zentimeter über dem Boden.« Er reichte mir die Sense herüber. »Aber Vorsicht. Sie ist sehr scharf.«

Ich machte mich auf den Weg zu den Wiesen. Die Sonne stand hoch am Himmel und brannte auf mich herab. Trotz des Strohhuts schwitzte ich stark, krempelte also die Ärmel meines Hemdes über die Ellbogen und die Beine meiner Hose bis über die Knie, sodass der laue Luftzug etwas Abkühlung bringen konnte.

Ich übte den optimalen Schwung – es war wichtig, die Kraft aus der Hüfte zu holen, nicht aus den Armen. Die Sense war leicht und lag gut in der Hand, wenn man sie schnell durch die Luft fahren ließ, gab sie ein Zischen von sich. Die Kunst bestand darin, nicht zu viel Kraft in den Schwung zu legen und die Sense im Takt der eigenen Schritte wie ein Metronom hin- und herschwingen zu lassen.

Ich ließ die Klinge durch das hohe Gras zischen, erwischte aber nur die Köpfe der Gräser und Wildblumen. Ich justierte meinen Griff, schon beim zweiten Versuch klappte es deutlich besser, und so ging ich immer tiefer hinein in die Wiese. Ich lauschte dem Rhythmus der Schneide und dem hell knackenden Widerstand der Halme. Ich sah das Ergebnis meiner Arbeit unmittelbar. Allein durch mich kam Ordnung ins Chaos.

Ich heftete meinen Blick auf die Unterarme, die – braun gebrannt und muskulös – unter dem Schweiß in der Sonne glänzten. Ich wünschte mir, meine Großmutter würde mich dabei beobachten, und sah mich plötzlich selbst, mit der

Sense in der Hand, unter der gleißenden Sonne und meine Großmutter, die dem einfachen Leben auf ihrem Hof so hinterhergeweint hatte, wie sie mich von Weitem beobachtete, in den Moment versunken, stolz auf ihren Enkel im Tanz mit der Natur.

»Stirbt der Bauer, stirbt das Land«, hatte sie früher gesagt. Ich wusste damals nicht, was es bedeutete, aber jetzt sprach ich es vor mich hin: »Stirbt der Bauer, stirbt das Land.« Meine Großmutter liebte die Tüchtigen, »tüchtig« sollte ich sein, hatte sie immer gesagt.

Mir gefiel dieses Bild derart, dass mir die Arbeit kaum Mühe bereitete. Ich würde mindestens diese Wiese heute gemäht bekommen, vielleicht noch die zweite, die hinter den Weiden begann. Sobald ich eine Bahn geschlagen hatte, raffte ich das geschnittene Gras mit den Händen zusammen, um es zum Trocknen auszubreiten.

Ich hatte gerade eine Pause eingelegt, wischte mir mit dem Unterarm über die Stirn, als ich ein Kitzeln an meinem rechten Bein bemerkte und an mir runterblickte: Meine Unterschenkel waren übersät von roten Pusteln, von den Knöcheln bis zu den Knien. Auch meine Hände und Arme waren von einem heftigen Ausschlag befallen. Und als hätte das Auge erst die Bestätigung geben müssen, setzte am ganzen Körper ein so entsetzlicher Juckreiz ein, dass ich augenblicklich begann, wie wild an mir herumzukratzen.

Ich schaute mich hektisch um, ob mich jemand beobachtete, hielt meine Hände krampfhaft still, doch das Jucken war überwältigend. Überall an mir klebten Gräser und Pollen, getränkt im Schweiß, ich stand längst in einer Wolke aus Blütenstaub und trockenen Grassamen, die ich durch meine Arbeit aufgewirbelt hatte.

Ich rannte zum Brunnen im Innenhof, zog einen Eimer Wasser nach oben und schüttete ihn mir über den Kopf – meine Augen brannten wie Feuer, ich konnte sie kaum noch öffnen, hatte auch an ihnen herumgerieben, dann riss ich mir alle Kleider vom Leib, wusch mir wie in einem Rausch Hände, Oberkörper, Arme und Beine, immer und immer wieder, tauchte mein Gesicht in den Eimer, sog das Wasser durch die Nase in den Mund, spuckte aus, wieder und wieder, um meinen Körper von all dem Gift zu befreien.

Nass und nackt stand ich da, das eiskalte Wasser hatte den Juckreiz gelindert, doch mein Körper glühte. Die Pusteln zeichneten ein Bild der Verwüstung. Niemand durfte mich in dieser Verfassung sehen, dachte ich, als ich in einem Fenster ganz oben unter dem Dach neben einem zur Seite geschobenen Spitzenvorhang Martha erkannte.

Sie hatte mich die ganze Zeit über beobachtet.

Eine ganze Stunde lang saß ich reglos auf meinem Bett; eine Stunde, in der ich all meine Willensstärke aufbringen musste, um nicht weiter zu kratzen, in der ich meine Arme und Beine mit nassen Tüchern kühlte. Bis das Gröbste überstanden war.

Weil ich keine Schwäche zeigen durfte, streifte ich mir zwei Lagen frischer Arbeitskleidung über, stopfte die Hosenbeine in die Strümpfe, schlüpfte in die festen Handschuhe und wickelte mir ein mit Wasser getränktes Stofftuch um Mund und Nase – dann fuhr ich mit der Arbeit fort, als wäre nichts geschehen. Die dicke Kleidung gab mir die Kontrolle über die akuten Symptome zurück, meine Augen aber tränten weiter, ein Hustenanfall jagte den nächsten.

Der Schweiß lief mir in Bächen am Körper herab, doch ich gab nicht auf. Niemand hier am Hof sollte glauben, dass ich unter der kleinsten Beeinträchtigung litt.

Beim Abendbrot jedoch gab ich kein gutes Bild ab. Ich tat alles, um die Augen offen zu halten. Die Allergie, der Stress, den die aggressiven Proteine in meinem Körper verursachten, all das hatte mich derart erschöpft, dass ich mich nur noch ins Bett wünschte. Ich folgte dem zitternden Löffel auf seinem

Weg zu meinem Mund mit teilnahmslosem Blick. Wie immer redeten wir während des Essens nicht, doch die Tatsache, dass Martha mich am Nachmittag gesehen hatte und es nicht ansprach, machte das Schweigen bleiern. Ob sie Jesper davon erzählt hatte?

»Ich bitte um Entschuldigung, ich glaube, ich habe mich ein bisschen überanstrengt heute«, sagte ich hilflos, als ich viel zu früh aufstand und in Richtung Treppe taumelte.

Für alles gibt es eine Lösung, dachte ich am nächsten Morgen und bat Jesper darum, mir den Land Rover leihen zu dürfen.

»Ich muss ein paar Anrufe tätigen«, erklärte ich und ließ es beiläufig klingen. »Nichts Besonderes, nur ein oder zwei Anrufe, damit am Ende niemand polizeilich nach mir suchen lässt«, versuchte ich einen Scherz.

»Natürlich«, antwortete Jesper und gab mir auf meinen Wunsch Geld aus meinem Umschlag heraus.

Ich fuhr bis zur nächsten Ortschaft und achtete darauf, nicht denselben Weg zu nehmen, den ich mit den Katzen genommen hatte.

In der Apotheke erhielt ich rezeptfreie Medikamente – Antihistaminika, Cortisonsalben gegen akute Beschwerden, Sprays für die Schleimhäute, Tropfen für die Augen sowie ein hoch dosiertes verschreibungspflichtiges Inhalationsspray gegen akutes Asthma, das mir der Apotheker erst auf mein Drängen hin und nach einer Zahlung von fünfhundert Euro aushändigte.

»Das Spray bitte nur im Notfall, und die Tabletten unter keinen Umständen überdosieren«, betonte er ein zweites Mal, als er mir die Tüte mit den Medikamenten rüberreichte. »Die meisten dieser Arzneien machen extrem müde.«

»Aber sie helfen? Oder?«

»Bis zu einem gewissen Grad, ja.« Die brummige Stimme

verfing sich in seinem Rauschebart, doch da war ich schon wieder fast zur Tür hinaus.

Die Tatsache, dass ich etwas in der Hand hatte, etwas, mit dem ich meinem Problem begegnen konnte, beruhigte mich. Noch im Auto warf ich zwei Tabletten ein und zerkaute sie für eine schnellere Wirkung, sprühte mir Cortison in die Nase und fuhr zurück zum Hof. Ich würde nicht nachgeben, ich würde nicht aufgeben, bis ich alles von Jesper in mich aufgesogen hatte.

Ich beobachtete ihn nach wie vor mit Bewunderung, auch wenn ich mich unter dem Einfluss der Medikamente und der ständigen Alarmbereitschaft meines Körpers bisweilen dazu anhalten musste, ihm gegenüber nicht missgünstig zu werden. Wenn ich ihn auf dem Feld arbeiten sah, wie er mit nacktem Oberkörper über die Felder zog, wenn ich nachts sein Stöhnen hörte, wenn ich sah, wie unverwundbar er war, begann ich mich manchmal zu fragen, warum der Zufall ihn mit so viel Glück beschenkt hatte. Doch Jesper behandelte mich auf Augenhöhe, er begegnete mir mit Respekt und Geduld, und wann immer er mich unterstützen konnte, tat er es, ohne zu zögern.

Als ich eines Mittags auf der Toilette entdeckt hatte, dass sich drei Zecken, dicht nebeneinander, an meiner Leiste festgebissen hatten, wusste ich keinen Rat, als ihn um Hilfe zu bitten. Er hatte mich gewarnt, ich sollte mich täglich absuchen, was ich aber nur halbherzig getan hatte, zu sehr war ich mit meinen Symptomen beschäftigt.

Die Zecken waren bereits zu prallen, grau schimmernden Kugeln angeschwollen, aus denen winzige Beinchen ragten.

Jesper wunderte sich, ohne mir wirklich einen Vorwurf zu machen. »Sie müssen sich bereits vor Tagen an dir festgebissen haben ...«

Wie konnte ich sie nicht bemerkt haben?

»Du darfst sie auf keinen Fall zerquetschen«, sagte er ruhig, »wir müssen sämtliche Teile ihres Körpers entfernen. Auch die Beißwerkzeuge.« Dann nahm er mich zur Seite, schnappte sich, ohne zu zögern, mein Jagdmesser, hielt es über eine Flamme und setzte die spitze Klinge unter der ersten Zecke an, um sie mit einer gekonnten Bewegung aus der empfindlichen Haut meiner Leiste zu hebeln. Dann kamen die anderen beiden an die Reihe. Ich war ihm unendlich dankbar.

»Glaubst du, Jesper«, fragte ich ihn, als ich mir die Hose wieder hochzog. »Glaubst du, jeder kann sein Leben führen, wie er es sich erträumt? Oder müssen wir uns damit abfinden, innerhalb unserer Möglichkeiten zurechtzukommen?«

Jesper sah mich lange an, sein Blick war nicht unfreundlich, mir schien, als habe er auf eine Frage dieser Art gewartet.

»Jeder Mensch kann so weit schauen, wie seine Füße ihn tragen, denke ich.«

Das musste mir für den Moment reichen. Ich machte weiter. War es nicht das, was er tun würde?

In der folgenden Nacht hörte ich laute, polternde Geräusche, dann langsame, schlurfende Schritte auf den Dielen im Erdgeschoss. Sie kamen die Stufen hoch, und ohne ein einziges Mal anzuhalten, hatten sie das Obergeschoss erreicht. Die Schritte kamen näher, ich hörte es deutlich, bis sie vor meiner Tür innehielten.

Kurz darauf bewegte sich die Klinke. Ein großer schwarzer Schatten erschien im Türrahmen, vollkommen reglos. Es konnte nur Jesper sein, er sah noch kräftiger aus als bei Tage, dann trat er in das Mondlicht, das durch das Fenster fiel, und ich sah, dass seine Augen zwar weit geöffnet waren, dass sie aber auf eine gruselige Weise ins Nichts schauten. Ich fürchtete mich mehr, als ich mir eingestand.

»Jesper«, sagte ich leise. »Alles in Ordnung?«

Er schlafwandelte, schloss die Tür hinter sich und setzte

sich wortlos zu mir auf die Bettkante. Es vergingen gewiss zwei oder drei Minuten, in denen er nur dasaß und ich, vor Unsicherheit gelähmt, versuchte, kein Geräusch von mir zu geben.

Draußen vor den Fenstern rauschte sanft der Wind. Sonst kaum ein Laut, nur Jespers schneller Atem.

»Es geht dir jetzt besser«, sagte er anlasslos.

Noch nie war von Jesper für mich eine Gefahr ausgegangen, ganz im Gegenteil, er war viele Jahre lang mein Beschützer gewesen, und doch empfand ich jetzt, wie er so dasaß in seinem Nachthemd und mich mit kalten Augen ansah, eine gewisse Furcht. Was hatte Martha noch gleich gesagt, wie ich mich verhalten sollte?

»Mhm«, brummte ich leise zur Bestätigung.

Jesper saß da und wippte mit dem Fuß. »Jaja ... jaja ...«, murmelte er vor sich hin. Er atmete zu schnell für einen Schlafenden, ich dagegen versuchte, so leise Luft zu holen wie möglich, ich versuchte zu atmen, als wäre ich gar nicht da.

»Komisch«, sagte er, stand auf und machte sich auf den Weg zurück zur Tür.

Er wandte sich noch einmal zu mir um, sah mir direkt in die Augen. Ich lag wie festgenagelt da. »Denkst du, die Katzen kommen noch mal zurück?« Jespers Stimme war leblos, ganz ohne Anteilnahme.

»Nein«, flüsterte ich.

Als er mein Zimmer verlassen hatte, zog ich mir die Bettdecke über das Gesicht.

Der Einfluss der Medikamente, die tranceartige Müdigkeit, die damit einherging, die ständigen Autoimmunreaktionen, die an meinen Händen, Kniekehlen und Armbeugen auch die Neurodermitis zurückgebracht hatten, die ruhelosen Nächte, all das sorgte dafür, dass ich längst nicht mehr mit derselben Kraft und Sorgfalt arbeitete. Ich wurde immer fahriger, unkonzentrierter, und ich glaube heute, dass es meine Unachtsamkeit gewesen ist, die zu einer Reihe von kleineren und größeren Unglücken geführt hatte. Hatte ich einmal Frostschutzmittel statt Dünger benutzt? Hatte ich nicht bemerkt, dass der Hühnerstall die ganze Nacht über offen stand?

Eines Morgens weckte mich ein hysterischer Schrei, und als ich ihm noch im Schlafanzug gefolgt war, hinaus auf den Hof und um den Stall herum, sah ich, dass Jesper am Boden kniete und mit den Händen in der Erde wühlte.

»Was zur Hölle!«, rief er, und erst als ich näher kam, erkannte ich, dass es keine Erde war, sondern Tausende, vielleicht Hunderttausende toter Bienen. Sie lagen überall, ihre Körper bedeckten den Boden, bildeten hier und da kleine Hügel. Immer wieder vergrub Jesper seine Hände in ihnen, streckte sie in den Himmel und ließ die toten Tiere dann prasselnd niederrieseln.

»Was ist passiert?«, fragte ich ängstlich.

Jesper reagierte nicht. Wahrscheinlich wollte er mich in diesem Moment nicht sehen.

»Ich mache mich mal an die Arbeit«, sagte ich leise.

Vier seiner Bienenvölker waren an diesem Tag einfach so verendet, ganz plötzlich und ohne erkennbaren Grund. War es eine eingeschleppte Krankheit gewesen? Ein Parasit? Eine Veränderung, mit der sie nicht zurechtgekommen waren?

Der Verlust traf Jesper schwer, und obwohl ich nicht mehr herausfand, ob ich irgendetwas damit zu tun hatte, spürte ich eine drückende Schuld.

Die Bienen waren tot. Dafür aber kamen am nächsten Morgen die Katzen zurück. Nicht alle, aber immerhin zwei. Ich sah sie sofort, als ich nach dem Frühstück auf den Hof trat. Ich erkannte ihre Musterung wieder, die getigerte mit den grünen Augen, die schwarze mit den weißen Pfoten. Dicht an dicht schlichen sie über den Hof, sie lauerten, drehten im Bruchteil einer Sekunde ihre Köpfe zu mir, machten einen Buckel, fauchten und starrten mich an.

Die beiden wichen einander nicht mehr von der Seite, als hätten sie sich geschworen, sich gegenseitig Schutz zu geben. Und wann immer ich ihnen begegnete, zischten sie mich an.

Mir blieb derweil nur die Hoffnung, dass ihr Verhalten niemandem auffallen würde.

Irgendwie musste ich trotz allem wieder in die Spur finden, sagte ich mir. Ich musste nur meine Allergien unter Kontrolle halten. Spätestens im Herbst würde ich wieder zur Ruhe kommen, den Winter über würde ich mich vollständig erholen, und es wäre noch immer genug Zeit, um mir über alles klar zu werden. Ich musste nur noch ein bisschen durchhalten. Nur noch den Sommer.

Meine Träume wurden immer merkwürdiger und lebhafter, immer dunkler und bedrohlicher, nicht unwahrscheinlich, dass diese Träume auch von den Medikamenten beeinflusst waren.

In einem von ihnen stand ich über den Brunnen im Hof gebeugt und wusch Wäsche mit einem Waschbrett. Zwischen meinen Fingern schäumte ein Hemd, immer wieder rieb ich den weißen, von Staub und Mist verunreinigten Stoff über das Blech, als ich eine Stimme hörte. Unbeeindruckt fuhr ich mit der Wäsche fort, dann riss mich ihr sirenenhaftes Rufen aus der Arbeit, unaufhörlich rief jemand meinen Namen.

Der Hof war wie ausgestorben, menschenleer, auch von den Tieren war nichts zu hören, kein Grunzen, kein Gackern, auch kein Wind, der durch die Blätter raschelte, nur die Sonne, die auf alles herunterknallte – es war entsetzlich heiß. Bei jedem Tritt stob der Dreck auf, als habe sich das ganze Land in eine einzige Ödnis verwandelt, die nur darauf wartete, in Flammen aufzugehen.

»Na los«, hörte ich jetzt klar und deutlich. »Worauf warten Sie denn?«

Als ich um die Scheune kam, erblickte ich Professor Trinkl.

Er trug seinen strahlend weißen Kittel, ein Stethoskop um den Hals, auf dem Kopf einen leuchtend roten Feuerwehrhelm.

»Da sind Sie ja endlich«, sagte er mit einem breiten Grinsen. »Sie lassen sich gerne mal Zeit, nein?«

»Herr Professor!«, rief ich aus und erschrak, als ich sah, womit er gerade beschäftigt war. »O Gott ... Was machen Sie denn da?«

»Na, wonach sieht's denn aus?« Er zog ein Streichholz aus einer Schachtel, strich es an und schnipste es mit Mittelfinger und Daumen in die offene Scheune.

»Hören Sie auf!«, schrie ich. »Hören Sie sofort auf!« Ich wollte auf ihn zurennen und ihm in den Arm fallen, kam aber nicht vorwärts.

»Wissen Sie«, sagte Trinkl in aller Ruhe, sein Grinsen fror ein, »ich habe es Ihnen übel genommen, dass Sie verschwunden sind, ohne sich von mir zu verabschieden.« Er schnipste ein weiteres Streichholz in die Scheune. »Ohne ein Wort der Dankbarkeit. Aber schon gut, schon gut, Sie hatten es eilig.«

»Das ist Jespers Scheune!«, schrie ich immer aufgebrachter. »Lassen Sie uns in Frieden!«

Trinkl hob nun seinen Blick und schaute in Richtung Heuboden, aus dem das Stroh quoll, das ich selbst geerntet hatte. »Die Rechnung hat Ihre Frau übrigens schon beglichen«, sagte Trinkl, schnippte ein Streichholz hoch in die Luft und sah mir dann in die Augen. »Ihr ›Freund‹ macht sich über Sie lustig, wussten Sie das?«

Ich war außer mir. Um uns herum war es tiefschwarze Nacht geworden, dann ging das Stroh in Flammen auf.

»Was haben Sie sich gedacht, als Sie hierhergekommen sind?«, fragte Trinkl. »Er lacht Sie aus.« Der Professor deutete zum Fenster von Jespers Schlafzimmer. »Und Sie lassen es einfach mit sich machen ...«, sagte er dann, kam auf mich zu und verpasste mir zwei väterliche Ohrfeigen. »Soll ich es Ihnen beweisen?«

Professor Trinkl klatschte in die Hände, dann standen wir vor Jespers Schlafzimmertür. Durch die Fenster sah ich das Feuer lodern, das Trinkls Gesicht in waberndes Licht tauchte. Er deutete auf das Schlüsselloch.

»Trauen Sie sich.«

Ich zitterte vor Angst, tat aber, was er von mir verlangte. Ich sank auf die Knie, presste mein rechtes Auge an die Öffnung und blickte hinein. Es dauerte ein paar Momente, bis mein Auge sich an das gleißende Licht gewöhnt hatte.

»Aber …«, sprach ich mehr zu mir als zu ihm. »Das ist nicht möglich.«

Trinkl lachte. »Das sagen *Sie!*«

Die Flammen krochen unaufhaltsam den Flur entlang auf uns zu.

In Panik, verschlafen zu haben, schreckte ich hoch und legte Medikamente nach. Ich musste mich unverzüglich an die Arbeit machen, möglicherweise war noch niemandem aufgefallen, dass ich so lang im Bett geblieben war, doch unten im Esszimmer erwarteten mich bereits Jesper und Martha. Ganz still saßen sie nebeneinander am Küchentisch und sahen mich an. Zum ersten Mal spielte ein warmes Lächeln um ihre Augen, Jesper dagegen schien etwas zu bedrücken.

»Setzen Sie sich bitte mal kurz zu uns«, sagte Martha und klopfte mit der flachen Hand neben sich auf den Tisch. »Wir wollen etwas Wichtiges besprechen.«

Ich zögerte. »Aber …«, stotterte ich. »Ich wollte gerade in den Stall.«

»Ach«, sagte Martha. »Das kann heute mal warten. Also?«

Wir saßen uns gegenüber, meine Hände juckten von der Neurodermitis, doch ich zwang mich, den Reiz zu unterdrücken.

»Wie geht es Ihnen?«, fragte Martha.

»Gut«, sagte ich, »mir geht es gut.«

Martha lächelte weiter. Und auch Jesper zwang sich jetzt dazu.

»Was ist mit Ihren Augen?«

»Was ist damit?«

»Sie sind blutrot«, sagte Martha.

Ich räusperte mich, um antworten zu können, ein dicker Schleimpfropfen hatte sich auf meine Stimmbänder gelegt. »Ich habe schlecht geträumt.«

»Das tut mir leid.«

Sie blickte auf meine aufgekratzten Hände, sah zu Jesper, dann wieder zu mir. »Wissen Sie, wir, also Jesper und ich, wir haben uns überlegt, ob Sie vielleicht eine Pause brauchen. Eine kleine Auszeit.«

»Eine Auszeit? Wie meinen Sie das?«

»Damit Sie mal wieder auf andere Gedanken kommen. Vielleicht war das alles ein bisschen viel in der letzten Zeit. Kann das sein?«

Hilfe suchend sah ich in Jespers Augen, fand in ihnen aber keinen Halt. Er spielte an einem seiner Fingernägel.

»Vielleicht«, antwortete ich leise. »Vielleicht haben Sie recht.«

»Ich wusste, dass Sie das auch so sehen würden«, sagte Martha. »Wunderbar.«

»Es ist ja nicht für lang«, beeilte ich mich zu sagen und sah die beiden abwechselnd an. »Ich komme ja zurück?«

Martha setzte noch mal ein Lächeln auf. »Nein, nein. Es ist nicht für lang.«

Jesper griff nach dem Autoschlüssel, der, wie ich jetzt erst bemerkte, die ganze Zeit auf dem Tisch gelegen hatte. »Ich dachte«, begann nun er, »wir machen einen kleinen Ausflug zusammen. Was denkst du?«

Ich konnte die Unruhe kaum ignorieren.

»Warum nicht«, antwortete ich und schämte mich für das Zittern in meiner Stimme.

»Lass uns deine Großmutter besuchen.«

Ich schaute ihn erstaunt an. »Warum?«

»Einfach so. Wir machen eine kleine Reise. Nur du und ich.«

Seine Stimme klang weich und freundlich, Martha nahm seine Hand und drückte sie. Aber in seinen Worten lag etwas anderes.

»Wollen wir?«

Der Land Rover hatte tagelang in der prallen Sonne gestanden. Als ich die Beifahrertür öffnete, schlug mir eine stumpfe Hitze entgegen. Jesper setzte sich hinters Steuer und winkte mich zu sich herein: »Na, komm schon«, sagte er gequält.

Ich setzte mich auf den heißen dunklen Kunstledersitz. Der dicke Pullover klebte an meinem Rücken fest. Jesper startete den Motor, aus den Belüftungen rauschte heiße Luft, ich stellte das Gebläse aus, kurbelte das Fenster herunter und hoffte, dass der Fahrtwind Abkühlung bringen würde.

Wir rollten rückwärts los, und als wir wendeten, eilte Martha, gefolgt von ihrem Border Collie, an die Fahrertür – der Hund stieß ein nervöses Bellen aus und stellte sich immer wieder auf die Hinterläufe. Sie beugte sich zu Jesper, rieb ihre Wange an seiner, streichelte ihm über das Gesicht und gab ihm einen Kuss. Die beiden flüsterten sich gegenseitig etwas ins Ohr, ich meinte, dass sie wieder in dieser Sprache redeten, die ich nicht zuordnen konnte. Jesper lächelte und nickte. »Das mache ich«, sagte er schließlich und wiederholte es noch einmal, dann legte er den Vorwärtsgang ein.

Jesper wirkte konzentriert. Wir fuhren den Feldweg hinunter, der Kies knirschte unter den Reifen. Ich drehte mich um und sah den Hof durch das Heckfenster. Ich sah das Fenster meiner Kammer, ich sah die Ställe, die ich allmorgendlich ausgemistet hatte, ich sah das Stroh, das aus der Luke zum Heuboden quoll, ich sah mich an dem Tag, als ich hier angekommen war, wie ich Jesper beim Holzhacken gefunden hatte, wie Martha mir die Füße gewaschen hatte. Doch die Leichtigkeit, die mich dabei überkommen hatte, verwandelte sich jetzt, da wir von hier fortfuhren, in sorgenvolle Wehmut.

Die erste Stunde sprachen wir kein Wort. Ich guckte aus dem Fenster, schaute immer wieder rüber zu Jesper, der beide Hände fest am Lenkrad hielt, versuchte, ein Zeichen von ihm zu erhaschen, einen freundlichen Blick, der mich beruhigen würde, ein Lächeln, an dem wir ein Gespräch aufhängen könnten, einen Blick, der mir zeigte, dass er mich unter keinen Umständen würde hängen lassen – doch Jesper konzentrierte sich auf die Straße. Ich gähnte ununterbrochen. Die Monotonie der Landstraßen, die heiße Luft im Auto und die Medikamente taten ihr Übriges.

»Warum legst du dich nicht nach hinten?«, fragte Jesper schließlich.

Ich schüttelte den Kopf. »Während der Fahrt?«

»Oder mach einfach die Augen zu. Schlaf eine halbe Stunde. Es ist noch ein ganzes Stück.«

»Geht schon.« Ich gab mir Mühe, es tapfer klingen zu lassen. Die Wahrheit war, ich hatte Angst davor einzuschlafen. Ich hatte Angst, Jesper könnte nur darauf warten, um mich irgendwo aus dem Auto zu stoßen.

»Wirklich kein Problem.«

Ich musste wach bleiben. Ich musste Jesper zwingen, wieder mit mir zurückzufahren.

Als wir die A5 erreichten, flimmerte die Hitze vor uns auf dem Asphalt.

»Der Sommer kam viel zu schnell«, sagte Jesper besorgt, noch immer sah er mich nicht an. Er deutete nach draußen, wo eine kleine Windhose auf einem Acker Staub und Schmutz aufwirbelte. »Ich hoffe, die Böden verkraften das. Für diese Jahreszeit ist es viel zu heiß. Wir müssen aufpassen.«

»Ja«, sagte ich nickend und hoffte, Jesper hatte mich mitgemeint.

»Ich muss vor Sonnenaufgang zurück sein. Die Pflanzen brauchen Wasser.«

Die Landschaft zog an uns vorüber. Und ich hielt mich wach, indem ich die Windkraftanlagen zählte, die hinter meinem Fenster vorbeizogen wie schwebende Riesen.

Am Nachmittag erreichten wir den Friedhof. Es hatte sich nicht viel verändert, nur der Parkplatz neben der kleinen Kapelle am Eingang war mittlerweile gepflastert worden.

»Wann bist du zum letzten Mal hier gewesen?«, fragte Jesper.

»Ich ...«

Sein Blick war eine einzige Mahnung.

»Bei ihrer Beerdigung«, sagte ich.

»Wie lang ist das her?«

»Über fünfzehn Jahre?« Ich war mir nicht sicher.

»Du hättest sie besuchen müssen«, sagte er streng. »Das bist du ihr schuldig, das sind wir uns selbst schuldig, dass wir, solange wir leben, zu den Toten kommen.«

Ich schwieg.

»Weißt du, man geht zu den Toten nicht nur, um sich an sie zu erinnern. Man geht zu den Toten, um sich zu vergewissern, dass sie wirklich tot sind.« Jesper schloss den Land Rover ab. »Zeigst du mir, wo es ist?«

Was gab Jesper das Recht, so mit mir zu sprechen?

Wir betraten den Friedhof durch das schwere gusseiserne Tor, an dem der Efeu emporwuchs.

»Wie ist sie eigentlich gestorben?«, fragte Jesper.

»Eingeschlafen«, antwortete ich. »Sie ist einfach eingeschlafen. Sie war alt und krank. Es war Zeit. In den letzten Tagen, als ihr Verstand immer mehr verblasst ist und sie mich kaum noch erkannt hat, habe ich die ganze Zeit ihre Hände gehalten. Ihre Haut war so dünn und faltig wie Pergament. Aber es hat mich gar nicht gestört.«

»Warum auch?«

»Ganz am Ende hatte sie noch einen lichten Moment«, fügte ich hinzu. »Daran denke ich oft. Sie war nicht mehr ansprechbar, lag nur da. Da hat sie die Augen aufgerissen und meinen Namen gerufen, voller Lebensfreude und Überraschung, mich zu sehen. ›Es war so schön, oder? Wir hatten so eine herrliche Zeit‹, sagte sie, drückte meinen Arm mit voller Kraft und streichelte mich. Dann wurde sie traurig. ›Glaubst du, es wird noch einmal so sein wie früher?‹ Sie war plötzlich ganz klar. Und aus ihrer Klarheit sprach das Entsetzen.«

Jesper hörte aufmerksam zu. Ein Schmetterling war auf seiner Schulter gelandet.

»Die Hoffnung in ihrer Frage hat mich erschreckt, aber ich wollte sie nicht belügen. Stattdessen habe ich gesagt: ›Aber jetzt sind wir hier, Oma, *jetzt gerade* sind wir noch hier!‹«

Wir schlenderten weiter. Ich sah die kleine Friedhofskirche, in der wir von ihr Abschied genommen hatten. Ich sah meine schwarz gekleidete Mutter vor mir, die ich mit beiden Armen stützen musste und die so laut und heftig um ihre Mutter weinte, dass ich sie den gesamten Weg von der Kirche bis zum Grab den Sargträgern hinterhertragen musste, weil ihre Füße den Dienst versagten. Ich hörte ihr Schluchzen, ihr bitteres, lautklagendes Weinen, ich spürte ihre Tränen, die Unbedingtheit ihrer Gefühle, wie ich sie nie zuvor erlebt hatte, und sosehr mich der Anblick meiner Mutter damals erschüttert hatte, so merkte ich jetzt, da Jesper und ich den Weg von damals gingen, dass sich diese Erschütterung längst in etwas Warmes und Angenehmes verwandelt hatte. Eigentlich war ich meiner Mutter danach nie wieder so nah gekommen.

»Du hättest mich einladen müssen zu ihrer Beerdigung«, sagte Jesper noch einmal. »Ich wäre gern gekommen.«

»Es tut mir leid.«

»Ich hätte mich auch gern von ihr verabschiedet.«

Hinter der letzten Grabreihe erreichten wir eine Wiese, auf der in unregelmäßigen Abständen Eichen und Buchen standen. Ich schaute mich unsicher um.

»Irgendwo hier liegt sie«, sagte ich.

»Auf einer Wiese? Ohne Grab?«

Ich nickte. »Das hat sie sich so gewünscht, eine schöne grüne Wiese mit ein paar großen Bäumen sollte es sein. Außerdem war sie pragmatisch. Sie wollte niemandem zur Last fallen.«

»Wo genau?«

»Ich weiß es nicht«, sagte ich und winkte unbestimmt über die freie Fläche. »Irgendwo gleich neben einem der Bäume, denke ich.«

»Du weißt nicht mehr, welcher Baum es war?«

Ich versuchte mich zu erinnern, aber der genaue Ort, an dem die Männer in ihren weiten dunklen Anzügen den Sarg der Erde übergeben hatten, war wie ausgelöscht. »Es ist so lange her«, sagte ich entschuldigend.

»Zumindest kann ich mich endlich verabschieden«, sagte Jesper. »Kein Anfang ohne Abschied, oder?«

Jesper ging langsam los, den Blick auf dem Boden suchte er die Wiese Schritt für Schritt ab. »Hier ist was! Eine Platte mit Namen«, rief er bald. »Hast du dein Messer dabei?«

Ich griff mir ans Bein. Ich trug es, wie jeden Tag, in der Seitentasche meiner Hose. Jesper nahm es, bückte sich nach der Plakette und begann, die Flechten von dem Stein zu kratzen. »Hier«, rief er aus. »Hier steht ihr Name. Es gibt sie noch!«

Ich nickte und holte weitere Erinnerungen hoch. Wir hatten zu dritt um das Loch gestanden, mein Vater, meine Mutter und ich – und nachdem der Pastor seine Gebete gesprochen hatte, stimmten wir alle gemeinsam ein Lied an. Meine Mutter hatte es ausgesucht, weil sie wusste, dass Oma es liebte. Es wurden Zettel mit dem Liedtext unter den Anwesenden verteilt – doch anders als die meisten kannte ich den Text gut:

Land der dunklen Wälder
Und kristall'nen Seen,
Über weite Felder
Lichte Wunder geh'n.

Starke Bauern schreiten
Hinter Pferd und Pflug,
Über Ackerbreiten
Streicht der Vogelzug.

Und die Meere rauschen
Den Choral der Zeit,
Elche steh'n und lauschen
In die Ewigkeit.

Nachdem wir Blumen abgelegt hatten, kamen die Trauergäste, die liebsten Freundinnen meiner Großmutter, eine nach der anderen zu uns, um uns ihr Beileid auszusprechen.

Das Gefühl dieses Tages lebte wieder in mir auf, ich war tief bewegt. Wie sie zu uns kamen, in ihre Tränen und Erinnerungen versunken, um ihre Gefährtin trauernd, wie sie mich in stiller Anteilnahme drückten, wie sie uns immer wieder versicherten, was für ein wundervoller, einzigartiger Mensch meine Großmutter gewesen sei, all das wirkte damals lange in mir nach.

»Denkst du«, fragte ich Jesper, »denkst du, um mich wird eines Tages auch jemand trauern?«

»Was sagst du?« Jesper kam aus der Hocke hoch.

Ich stand immer noch am Weg und beobachtete ihn aus der Distanz. Ich hörte es in den Blättern rauschen, nur ein paar

Vögel sangen leise. Ein warmer Wind ging mir um den Kopf. Ich atmete tief ein und wieder aus, holte dann noch einmal Luft, um zu gähnen, dann überkam mich wie aus dem Nichts ein Hustenanfall. Vielleicht hatte ich etwas in den Hals bekommen, die Pollen waren hier auf dem Waldfriedhof überall, jedenfalls würgte ich an meinem Husten herum.

Jesper schien es nicht zu bemerken. Ich griff nach dem Asthmaspray in meiner Jackentasche, nahm ein paar tiefe Züge und zerkaute drei Tabletten. Rasch hatte sich der Husten beruhigt.

»Glaubst du, dass eines Tages Menschen kommen, um mich zu betrauern?«

»Bestimmt«, sagte Jesper.

»Und du versprichst mir, dass du auch da sein wirst?«, fragte ich weiter. »Wirst du vielleicht für mich singen?«

Jesper nickte stumm.

»Du lässt mich nicht allein, oder? Wir passen aufeinander auf. Egal, was passiert ...«

Er stand nun einfach da und schaute mich an. Uns trennten etwa zehn Meter, und doch erkannte ich jetzt deutlich, dass etwas in seinem Blick lag, etwas, das mir das Blut in den Adern erkalten ließ.

»Jesper?«, fragte ich.

Er hielt meinem Blick nicht stand. Er verhielt sich merkwürdig, fast ängstlich, ich hatte ihn noch nie so erlebt.

»Jesper!«, rief ich laut und ging auf ihn zu. »Was ist los?«, aber er reagierte nicht. Also packte ich ihn am Kragen. »Was hast du, verdammt?!«

Er wehrte sich nicht gegen mein Schütteln, sein Körper war schlaff, wie ein nasser Lappen schlackerte er in meinen Händen umher. Und für einen Moment, nur für einen flüchtigen Augenblick, verspürte ich den Wunsch, ihn mit beiden Händen an der Kehle zu packen und zu würgen.

Dann wandte er mir den Kopf wieder zu. Seine Augen waren leer. Sein Gesicht ausdruckslos. »Du musst gehen«, sagte er. »Du musst unseren Hof verlassen.«

Ich merkte, dass ich den Kragen seines Hemds noch immer in meinen verkrampften Händen hielt. Die Neurodermitis strahlte mich feurig rot an. »Was sagst du?« Langsam ließ ich ihn los.

»Martha sagt, dass es besser ist, wenn du gehst. Es tut mir sehr leid, mein Freund.«

Ich schaute ihn starr an.

Wieder wandte er seinen Blick ab. »Es geht dir nicht gut. Das weißt du doch auch ...«

»Ich habe keine Ahnung, wovon du sprichst!«, zischte ich zurück. »Es geht mir besser als jemals zuvor!«

»Das Leben bei uns ist nicht das Richtige für dich«, sagte Jesper, und ich sah, wie sehr er sich darum bemühte, Sanftmut auf seinem Gesicht aufscheinen zu lassen. Eine Sanftmut, die mich beruhigen sollte, die aber gerade das Gegenteil bei mir bewirkte, dann wurde er deutlicher: »Das ist mein Leben. Nicht deins.«

Jesper fasste sich hinten in den Hosenbund und zog etwas heraus. Er reichte mir den mittlerweile ganz zerknitterten Umschlag mit meinem Geld.

»Was zur Hölle ist das?«, entfuhr es mir.

»Dein Geld.«

»Es ist Martha! *Martha* will, dass ich gehe!«, ich wurde scharf. »Sie mag mich nicht! Es ist *sie*, nicht wahr?«

»Martha macht sich Sorgen.«

»Martha hasst mich«, sagte ich. »Ihr wollt mich loswerden! Ihr wollt mich weggeben wie einen räudigen Hund.«

»Bitte, ich bitte dich«, entgegnete Jesper. »So ist es nicht. Aber schau dich mal an. So geht es nicht weiter.«

Ich drehte mich entsetzt weg und lachte, um das Schluchzen, das sich in mir aufbäumte, abzuwürgen. »Ich fasse es nicht. Du stößt mich fort. Einfach so. Weil Martha es dir befiehlt.«

Ich bückte mich zu der Plakette hinunter und suchte nach dem Namen meiner Großmutter. Es waren an die hundert Namen darauf, klein, aber gut zu lesen. Als ich ihn gefunden hatte, fuhr ich mit meinem Zeigefinger über die Buchstaben und versank in die Erinnerung an sie – gab es vielleicht doch die Möglichkeit, dass die alten Zeiten zu einem zurückkämen?

Doch Jesper ließ mir nicht einmal meine Gedanken, ich spürte, wie er mich am Handgelenk packte und wieder nach oben zog. Er griff fast wütend nach meiner Hand und hielt sie mir vors Gesicht. Sie war übersät von roten, halb krustigen, halb offenen Ekzemen.

»Lass das.« Ich wehrte mich, doch Jesper ließ nicht locker.

Er schob den Ärmel meiner Jacke hoch, drehte mein Handgelenk und sah mir in die Augen. Scham überkam mich.

»Und was ist das?«, fragte Jesper und strich mit dem Daumen über die tätowierte Träne. »Warum?«

Ich entzog ihm meine Hand mit einem heftigen Ruck und rollte den Ärmel wieder herunter. »Das ist gar nichts«, sagte ich. »Es geht dich nichts an!«

Als wir vom Grab in Richtung Ausgang gingen, spürte ich Verbitterung. Jesper und ich sprachen kein Wort. Ich fühlte mich klein und machtlos, ich wollte ihn bitten, es sich anders zu überlegen, doch mir war der Hals zugeschnürt.

Zwei Eichhörnchen versperrten uns plötzlich den Weg. Überall liefen sie hier herum, rannten wie wild die Bäume auf und ab und tanzten um die Stämme herum, als wäre nichts dabei. Die beiden standen auf den Hinterbeinen, ihre putzigen kleinen Händchen uns in bittender Geste entgegengestreckt. Sie schauten Jesper an.

Er sah sich um, schnappte sich einen in den Weg hineinhängenden Zweig, riss ein paar frische Triebe ab, löste ein paar saftige Knospen und rieb sie in seinen Händen fest gegeneinander.

Als die Eichhörnchen das Rascheln hörten, kamen sie noch näher, das eine sprang bereits an Jesper empor, das andere wartete geduldig ab. Jesper legte die Knospen in seine Handfläche, und nun sprangen beide Tiere auf ihm herum, kletterten auf seine Schulter, auf seinen Kopf, als spielten sie mit ihm, als wären die drei schon seit Ewigkeiten vertraut miteinander.

Jesper so zu sehen, im Spiel mit den Tieren, befeuerte meine Wut.

»Willst du noch einmal mitkommen und dich von Martha und den Tieren verabschieden?«, fragte Jesper, als wir fast am Parkplatz angekommen waren. »Oder ist dir das zu viel?«

Ich dachte nach, doch all die wirren Emotionen blockierten mich. Vielleicht war es besser, wenn ich jetzt und hier von ihm ging. Wenn ich ihm auf der Stelle zeigte, dass auch ich zu klaren Entscheidungen fähig war, dass auch ich einen starken Willen hatte. Unter Umständen würde er dann begreifen, was er diesmal für immer verlor.

Oder sollte ich gerade nicht aufgeben? Vielleicht führte er mich in Versuchung, wollte Jesper mich testen, ob ich stark genug war, mich gegen seinen Widerstand durchzusetzen? Wollte er, dass ich über mich hinauswuchs und ihm bewies, dass ich ihm ebenbürtig war. Vielleicht war es sein Wunsch, dass ich mich verwandelte – dass ich zu seinem Ebenbild wurde. Hatte er mir nicht deswegen all die Briefe geschrieben?

»Ich komme mit«, sagte ich, ohne zu ihm aufzusehen. »Ich komme noch einmal mit.«

Ich hörte Jesper ausatmen.

»Gut«, sagte er nur. »Das ist gut.« Er hatte den Autoschlüssel bereits in der Hand.

Stumm saßen wir in der Hitze des Autos.

»Wir müssen vor Sonnenaufgang zurück sein«, sagte Jesper dann und startete den Motor. »Wollen wir uns abwechseln?« Er sah mich von der Seite an, plötzlich war da wieder diese warme Freundlichkeit der letzten Wochen, doch ich vertraute ihr nicht mehr. »Ich brauche ein bisschen Schlaf, bevor ich aufs Feld gehe.«

Ich versuchte, seinem Blick standzuhalten. »Klar«, sagte ich kühl.

Die Bäume warfen bereits lange Schatten, in spätestens einer Stunde würde es dunkel sein. Jesper lenkte den Wagen vom Parkplatz, die Hauptstraße entlang, und dreißig Minuten später hatten wir wieder die Autobahn erreicht.

»Am besten machst du die Augen zu«, sagte Jesper. »Ich wecke dich in zwei Stunden, in Ordnung?«

Ich nickte. Doch ich würde nicht schlafen. Nicht jetzt. Ich zwang mich hinter den geschlossenen Lidern immer wieder zur Besinnung.

Irgendwann merkte ich, wie Jesper von der Autobahn abfuhr. Das Dröhnen des Motors wurde leiser, wir kamen zum Stehen.

»Bist du wach?«, fragte er leise und legte mir seine Hand auf die Schulter.

Ich schlug die Augen auf und sah ihn entschlossen an. »Ja.«

Wir stiegen aus, Jesper nahm auf dem Beifahrersitz Platz, ich stellte mir den Sitz und die Rückspiegel ein. »Schnall dich an«, sagte ich, da Jesper es sich bereits gemütlich gemacht hatte, den Kopf an die Scheibe gelehnt, die Hände im Schoß.

Er tat, was ich ihm sagte.

Kaum waren wir wieder auf der Autobahn, begann Jesper zu schnarchen. Sein Oberkörper hob und senkte sich, sein Bart reichte ihm bis auf die Brust. Ganz ruhig lag er da, er schlief wie ein Baby. Nichts würde ihn wecken können.

Durch das offene Fenster drang schwüle Abendluft herein. Es roch nach Gewitter. Und kurz darauf zuckte in der Entfernung ein Blitz durch den Nachthimmel und erleuchtete ihn in metallischem Blau.

Um mich auf andere Gedanken zu bringen, schaltete ich das Radio ein und lauschte einem Klavierkonzert. Zwar spürte ich, dass meine Lider langsam schwer wurden, die Erregung der vergangenen Stunden aber hielt mich wach. Gedanken sprangen in meinem Kopf herum, in der einen Sekunde fühlte ich mich vollkommen hoffnungslos, so sicher war ich mir, dass ich nie wieder in eine Zeit vor der Schlaflosigkeit zurückfinden würde, dass ich, was auch immer ich tat, in dieses Schicksal und dieses Leben gezwungen war; dann wieder wurde ich geflutet von Zuversicht, von der absoluten Gewissheit, dass Jesper und ich auch diese Prüfung überstehen würden, dass für mich alles möglich war. Ich war der Lösung so nah, schaute zu Jesper und war für ein paar Augenblicke beseelt.

Ein tiefes und lautes Donnergrollen rief mich zurück in die Wirklichkeit, ich zuckte zusammen und hätte beinahe das Lenkrad herumgerissen. Als ich mich von dem Schrecken erholt hatte, schaute ich zu Jesper. Er saß kerzengerade in seinem Sitz, die Augen weit aufgerissen.

»Was ist passiert?«, fragte er wenige Sekunden später.

»Du hast dich erschreckt.«

Er saß da und sagte nichts weiter.

»Hast du den Donner gehört?« Ich bekam keine Antwort von ihm.

Sekundenlang blieb Jesper wie eingefroren. »Wo sind wir?«, sprach er ausdruckslos vor sich hin.

»Wir fahren nach Hause.«

»Ach ja? Warum?« Er öffnete plötzlich den Gurt, tat es in Seelenruhe, dann begann er, zwischen den Sitzen hindurch auf die Rückbank zu klettern.

»Was machst du denn da?«, fragte ich. »Bleib hier.« Doch

Jesper reagierte nicht, er schaffte es schließlich nach hinten und nahm auf dem mittleren Sitz Platz, seinen Blick nach vorn gerichtet.

»Aber wir fahren ja gar nicht nach Hause«, sagte er, und die Art, wie er es sagte, wie er, von wo auch immer er gerade war, zu mir sprach, erinnerte mich an die letzten Stunden mit meiner Großmutter.

Es hatte jedoch nichts Zartes, nichts Schutzsuchendes. Jesper saß einfach so in meinem Rücken, starrte geradeaus auf die Autobahn, eine ungeheure Kälte stand in seinen Augen, und all das ließ mein Unbehagen sekündlich anwachsen.

»Leg dich doch einfach hin«, sagte ich leise. So leise, dass er es vielleicht gar nicht hörte.

Ich zwang mich dazu, nicht mehr in den Rückspiegel zu schauen, und hielt meine Augen auf die Fahrbahn gerichtet.

Es vergingen gewiss Minuten. Minuten, in denen nichts geschah, in denen ich mich nur dazu anhielt, wachsam zu bleiben, bis plötzlich ein Flüstern zu mir nach vorne drang. Ich verstand ihn zunächst nicht, verstand nur, dass er die immer gleichen Sätze wiederholte.

Ich neigte meinen Kopf leicht zur Seite, um besser hören zu können, dann endlich wurde mir klar, was er sagte: »Es zittern die morschen Knochen. Hörst du die morschen Knochen auch zittern?« Erst jetzt, da ich mich bei voller Fahrt zu ihm nach hinten wandte und ihn direkt ansah, bemerkte ich, dass Jesper etwas in den Händen hielt – die Klinge meines Messers blitzte im Licht der auf der Gegenspur fahrenden Autos, er hielt es in beiden Händen und drehte es zwischen seinen Fingern.

»Leg das Messer weg.« Ich wollte laut und deutlich sprechen, aber der Mut verließ mich schon bei der ersten Silbe, es kam nur ein ängstliches Krächzen raus.

»Hast du Angst?«, hörte ich Jesper sagen, und ich krampfte meine Finger um das Lenkrad.

Ich trat aufs Gas, spürte kalten Schweiß auf meinem Rücken. Ich würde die nächste Ausfahrt nehmen. Ich würde anhalten, aus dem Auto springen, einfach losrennen, weit, weit weg, und Jesper zurücklassen. Ich musste es nur bis zur nächsten Ausfahrt schaffen, bloß nicht abrupt bremsen und Jesper verstören.

Panisch hielt ich Ausschau nach einem Autobahnschild, das nicht kam, fuhr immer schneller und war mindestens einmal davor, auf den Seitenstreifen zu wechseln und eine Vollbremsung zu machen. Doch ich riss mich zusammen, ich musste nur durchhalten. Dann begann ich plötzlich, einer intuitiven Regung folgend, die ersten Zeilen des Abendlieds zu singen, mit denen Jesper mich am Tag meiner Ankunft in den Schlaf gebracht hatte.

Ich sang mit zittriger Stimme, ganz leise, wurde Zeile für Zeile lauter, als ich nach einigen Strophen im Rückspiegel zu erkennen glaubte, dass Jespers Augen langsam, aber sicher immer kleiner wurden.

Mir fielen sämtliche Verse wieder ein, alles war da, auch meine Lieblingsstelle kam mir sofort in den Sinn. Ich sang sie so sanft, wie es mir möglich war: »›Wir stolze Menschenkinder / Sind eitel arme Sünder, / Und wissen gar nicht viel. / Wir spinnen Luftgespinste / Und suchen viele Künste, / Und kommen weiter von dem Ziel.‹«

Bei »Luftgespinste« drehte ich mich zu Jesper um, der sich nun der Länge nach auf den Rücksitz legte. Und wenige Augenblicke später schnarchte er wieder.

Ich bemühte mich um klare Gedanken. Ich musste die Sache hinter mich bringen. Es war nicht mehr weit bis zu Jespers Hof. Dann würde ich diesen ganzen Albtraum endgültig hinter mir lassen. Auch Jesper konnte ich also nicht trauen. Er hatte mich von sich gestoßen. Er hatte mich bedroht. Er war ein Verräter.

Blitz und Donner waren jetzt ganz nah, der Regen prasselte

in schweren Tropfen auf die Scheibe, wo der Wischer sie nach links und nach rechts schob.

Ohne den Blick von der Straße zu nehmen, griff ich nach hinten und entwendete Jesper das Messer, noch immer hielt er es fest umklammert in seiner Hand. Doch er ließ es geschehen.

Sein tiefes Schnarchen machte mich rasend. Was bildete Jesper sich eigentlich ein? Wie er mir vorhin das Geld zugesteckt hatte, als würde er mich kaufen wollen, als müsste er mich bezahlen, damit ich verschwand. Hatte er mich etwa nur zu sich gerufen, um mich bloßzustellen? Hatte er mir am Ende nur aus Rache geschrieben, damit ich sein Glück mit eigenen Augen sähe?

Ich schaute auf die tätowierte Träne an meinem Handgelenk und stieß einen spitzen Lacher aus. Was für ein Wahnsinn, was für eine grenzenlose Dummheit. Wie hatte ich mich in den letzten Wochen zum Idioten gemacht? Zum nützlichen Narren. Hatte kostenlos auf seinem Hof geschuftet, mich bis an den Rand der Erschöpfung getrieben und am Ende auch noch darum gebettelt, mich weiter vorführen und ausbeuten lassen zu dürfen. Plötzlich fiel es mir wie Schuppen von den Augen, Jesper hatte mich zu einem Zwerg gemacht, zu seinem Zwerg. Er hatte versucht, mich zu brechen und mich in Arnim zu verwandeln. »Schau dich an«, sagte ich laut zu mir, »ein Knecht, der seinen schlafenden Herrn durch die Nacht kutschiert!«

Ich hasste ihn dafür.

Und jetzt?

Ich würde sein Spiel nicht länger mitspielen. Jetzt da ich ihn durchschaut hatte, würde ich ihn so schnell es nur ging zu Hause abliefern und ihn in seinem lächerlichen Idyll zurücklassen.

Sicherlich würden Martha und er über mich lachen – sollten sie doch. Das Lachen würde ihnen noch vergehen.

Es war kaum noch Verkehr. Ich drückte das Gaspedal durch. Wenn ich mich beeilte, würden wir schon in einer Stunde am Hof sein – dann war es vorbei.

Vielleicht würde ich noch einmal ganz von vorn beginnen und zurück ins San Vita fahren. Arnims Drohung hin oder her, was wollte dieser Gnom mir verbieten? Ich würde Mana überraschen, immerhin sie würde sich freuen. Wir würden in der Salzgrotte schwimmen und dort weitermachen, wo wir aufgehört hatten, gemeinsam in den See springen, in den klimatisierten, luftgefilterten Zimmern und Restaurants sitzen und plaudern – Ilva würde mit ihren geschickten Fingern den Laser führen und diese armselige Träne entfernen. Wir würden über meine Odyssee lachen, und auch Professor Trinkl würde lachen. Und alles würde mit der Zeit wieder gut werden. Imogen würde mit Sicherheit alles verstehen.

Es war nicht mehr weit. Noch ein paar Kilometer, vielleicht eine halbe Stunde.

Der Regen beruhigte mich. Ich folgte den Mustern, die die Blätter der Scheibenwischer zeichneten, und schaute träumerisch durch die Windschutzscheibe hinaus ins Nichts.

Im Radio spielte eine sanfte Violine. Sie drang von weit entfernt zu mir vor.

Jesper war mein Freund gewesen, dachte ich, aber unsere Zeit war vorbei. Ich brauchte ihn nicht. Das hatte ich endlich verstanden.

Weit und breit war kein anderes Auto zu sehen.

Für einen Moment fielen meine Augen zu. Nur für den Bruchteil einer Sekunde, aber ich war sofort wieder da und voll bei Verstand. Ich hatte alles im Griff.

Gleich hatten wir es geschafft. Nur nicht bummeln. Wir mussten pünktlich sein.

Die Violine aus dem Radio hatte seltsamerweise für einen Moment ausgesetzt, so als hätte jemand den Ton heruntergedreht. Aber dann spielte sie weiter. Ich freute mich und genoss die sanften Klänge. Dann knallte es, ich erinnere mich genau. Ein reißender, steifer, metallischer Knall. Eine kleine Ewigkeit war es ganz still, und während wir flogen, ein paar Meter hoch durch die Luft, hörte ich das sanfte Zischen, das der mächtige Geländewagen durch den dichten Regen schnitt.

Während des Flugs hielt ich die Augen geschlossen. Und wartete.

EPILOG

Schon zwei Tage später konnte ich das Krankenhaus verlassen. Erstaunlicherweise hatte ich mir nur eine Rippe gequetscht sowie eine Platzwunde am Kopf und eine Gehirnerschütterung zugezogen.

Jesper hingegen war bei dem Aufprall quer durch den Innenraum des Land Rovers geschleudert worden. Sein Rückgrat war wie ein Streichholz zerbrochen, vermutlich hatte er überhaupt nichts von dem Unfall mitbekommen. Ich erfuhr noch im Krankenwagen von seinem Tod.

Jesper war nicht angeschnallt gewesen, noch unter Schock erklärte ich dem Polizisten, dass ich ihn mehrmals gebeten hatte, sich den Gurt anzulegen.

»Er hat nicht auf mich gehört«, sagte ich unentwegt vor mich hin.

»Wir melden uns, sollten wir weitere Fragen haben«, sagte der Polizist streng, und ich weiß noch, dass eine Angst mich durchströmte, als er mir, bevor er sich umdrehte und ging, eine Sekunde zu lang in die Augen sah.

Entgegen dem Rat der Ärzte, meine Frau anzurufen, sie von dem Unfall zu unterrichten und mich abholen zu lassen, verließ ich das Krankenhaus auf eigene Faust, rief mir ein Taxi und stieg anschließend in den Zug.

Auch die letzte Etappe meiner Reise musste ich allein hinter mich bringen. Ich war vor einigen Wochen allein aufgebrochen, war allein im San Vita angekommen, war allein bei Jesper aufgetaucht, hatte mich ohne fremde Hilfe dem Grund meines Unbehagens gestellt und war dabei über mich hinausgewachsen. Nun würde ich auch den letzten Teil ganz allein auf mich nehmen.

Die vergangenen achtundvierzig Stunden waren wie in einem Rausch an mir vorüberzogen, die Minuten nach dem Aufprall, der Transport ins Krankenhaus, die Gespräche mit den Ärzten, die Befragungen durch die Polizei – ich war wie betäubt, regelte aber die Dinge, ohne darüber nachzudenken. Ich lebte noch.

Ich setzte mich in den Speisewagen und schaute mit leeren Augen aus dem Fenster, eine halbe Stunde lang, eine ganze Stunde lang, bald spürte ich ein Loch im Bauch, einen fast übermenschlichen Appetit. Ich musste stark unterzuckert sein, meine Finger zitterten, also bestellte ich einen Gulasch-Eintopf mit Pommes frites und einen Kartoffelsalat, dazu ein großes Glas Bier.

Als die Kellnerin das Tablett auf meinen Tisch stellte, griff ich nach dem Glas, an dem das Kondenswasser herunterlief, und nahm einen riesigen Schluck. Ich setzte das Glas ab und spürte schon Sekunden später, wie der Alkohol in meine Blutbahn strömte, er durchfuhr mich wie ein wohliger Schauer. Sofort fühlte ich mich verändert, die Muskeln lockerten sich, die Anspannung wich aus meinen Schultern, die Haare auf meinen Unterarmen stellten sich in der kalten Luft der Klimaanlage auf. Ich schüttelte mich und nahm noch einen Schluck. Erst jetzt wurde mir klar, unter welcher Anspannung ich die ganze Zeit gestanden haben musste, plötzlich fühlte sich alles warm und weich, leicht und sorglos an. Ich trug keine Schuld an Jespers Tod, es war ein Unfall, und überhaupt war es Jespers und Marthas Idee gewesen, auf diese Reise zu gehen.

Ich leerte das Bier, spürte einen Druck auf der Blase, torkelte leicht den Gang entlang durch den Speisewagen, stieß an das Bein eines älteren Herren, lachte und entschuldigte mich. Auf der Toilette schaute ich in den Spiegel. Ich war braun gebrannt, die Falten in meinem Gesicht waren kaum zu sehen, ich hatte vorschnell über Ilva geurteilt. Meine Augen glänzten, und als ich, wie zuletzt als Jugendlicher, mein Hemd hob und meinen Oberkörper betrachtete, stellte ich fest, dass ich muskulös geworden war – die blauen Flecken entlang der Rippen, unter denen ich beim Luftholen einen stechenden Schmerz spürte, verliehen mir etwas Elementares. Ich hatte einer großen Gefahr ins Auge geblickt und war als Sieger vom Feld gegangen.

Wenn ich die Augen leicht zusammenkniff, wenn ich die Haare mit Wasser benetzte und zurückstrich, dachte ich, würde ich aussehen wie Jesper. Auch den Bart würde ich nicht so bald ablegen. Er gefiel mir.

Schon die reine Luft im Krankenhaus hatte all meine Symptome verschwinden lassen, auch die Neurodermitis hatte sich deutlich verbessert. Ich fühlte mich kraftvoll. Imogen würde mich kaum wiedererkennen, dachte ich und lächelte.

Ein paar Meter vor unserem Haus stieg ich aus dem Taxi, die letzten Meter wollte ich zu Fuß gehen. Die Luft über dem Asphalt flirrte, es ging kaum ein Wind.

Es fühlte sich an, als wäre ich jahrelang fort gewesen, viel zu lang. Ich war auf Umwege geraten, doch augenblicklich war mir alles wieder vertraut. Hier war mein Platz.

Ich schaute hoch zu unserer Wohnung. Auf dem Balkon sah ich unsere Haushälterin, die gerade die Pflanzen goss. Ich wartete, bis sie mich bemerkte, und sie winkte zu mir herunter, als wäre ich nie weg gewesen.

»Ich komme«, rief ich, und sie lachte fröhlich, ging hinein und schloss die Balkontür.

Hinter einem der anderen Fenster sah ich Imogen vorbeihuschen. Sie telefonierte und lief dabei, wie immer, hektisch auf und ab.

Ich ging zur Haustür und klingelte. Ich hatte keine Angst mehr.

Heute Nacht würde ich Imogen ein Kind schenken.

ENDE

»Pausenlos gelacht und immerzu gelitten«

Christian Ulmen

Coveränderungen vorbehalten

Timon Karl Kaleyta

Die Geschichte eines einfachen Mannes

Roman

Piper Taschenbuch, 320 Seiten
ISBN 978-3-492-31884-6

Ein junger Mann aus einfachem Hause will nach oben. Mit unerschütterlichem Vertrauen in sein Schicksal treibt es ihn an die Universität und weiter. Er erobert die Welt der Popmusik, er begegnet der Liebe und schaukelt sich höher und höher über den Abgrund. Ein Leben, das beinahe zu viel ist für einen wie ihn und das er sich schöner nicht hätte ausdenken können. Radikal komisch und tränentieftraurig. »Timon Karl Kaleyta ist ein so überragend guter Liedtexter – muss der jetzt wirklich auch noch ein Buch schreiben? Ich meine: JA!«
Benjamin von Stuckrad-Barre

Leseproben, E-Books und mehr unter **www.piper.de**